岩 波 文 庫
32-792-3

続　審　問

J. L. ボルヘス著
中 村 健 二 訳

岩 波 書 店

Jorge Luis Borges

OTRAS INQUISICIONES

1952

目　次

続審問

城壁と書物

長城は放浪する韃靼人ども*を阻み……
ポウプ『愚者列伝』Ⅱ・七六

わたしは先だって次のようなことをものの本で読んだ。ほとんど無限に続く万里の長城の築造を命じたのは中国初代の皇帝始皇帝であるが、彼はまたそれまでに書かれたすべての書物の焼却を命じた。この二つの厖大な企て――野蛮人の侵入を防ぐための五、六百レグアにおよぶ石壁と、歴史すなわち過去の厳格な廃絶――が同一人物から発し、それが彼の性格の特質ともなった事実は、なぜかわたしを満足させ、また同時に不安にした。このような気持にさせられた理由をさぐることが、この覚書の目的である。

歴史的に言えば、皇帝がとった二つの処置に、べつだん不可解なところはない。ハンニバル戦争のころに生きていた秦の王始皇帝は山東の六国を征服し、封建制に終止符をうった。彼は城壁を築いた、なぜなら城壁は外敵を防禦するものだから。彼は書物を焼いた、なぜなら彼の反対者たちが書物を持出して過去の帝王たちを讃美したから。書物を焼くことと城砦を築くことは、王侯のとる常套手段であるが、始皇帝のばあい、そのスケールは常軌を逸している——さしあたり、これが一部シナ学者たちの一致した意見である。けれども、彼の二つの行為は、月並な命令のたんなる誇張表現以上のものである、とわたしはおもう。果樹園や庭園が壁で囲い込まれることはよくあることだが、帝国全土が囲い込まれることはない。また、最も伝統を重んじる民族に、神話現実のいずれであれ、過去の記憶を捨てるように仕向けることはゆゆしい一大事である。始皇帝が歴史が己に始まることを命じたとき、中国はすでに三千年の年代記を記録していた。(それらの年月には、黄帝、荘子、孔子、老子が含まれる。)

始皇帝は淫乱のかどで母を国外に追放した。* 正統派の学者たちは、彼の過酷な正義に不孝のおこないしか認めない。始皇帝が経書を破壊したいと思ったのは、おそらくそれが彼を非難したからであろう。始皇帝が過去を抹殺したいと思ったのは、おそらく一つの記憶を、つまり母の破廉恥な行為の記憶を絶つためであろう。(これは一人の子供を殺さんがために、全ての子供の殺害を命じたユダヤの王の事例に似ていなくもない。)これは妥当な推測である。しかし、それは神話のもう一つの側面である城壁については何も教えてくれない。史家によれば、始皇帝は死を口にすることを禁じ、不老不死の霊薬を探させた。彼はまた、一年の日数と同じ数の部屋がある象徴的な宮殿*に隠棲した。

これらの事実は、空間における城壁と時間における火が、死を遮断するための魔法の障壁であったことを示唆している。バルフ・スピノザは、万物はその存在の継続を願望する、と書いている。皇帝とおかかえの魔術師たちは不死が内在的なものであり、老衰が閉じられた空間に入りこむことはできないと信じたのかもしれない。皇帝は時間の始まりを再現したいと思い、実際に最初になるために自らを「始」とよんだのかもしれない。あの伝説の「こうてい」(黄帝)——書記法と羅針盤を発明し、『礼記』によれば、事物にその真の名前を与えた皇帝——に同化しようとして、自らを「こうてい」(皇帝)とよんだのかもしれない。というのも、いまも残る碑文のなかで、始皇帝は自らの統治下にある全てのものに、それにふさわしい名前がついていることを誇っているからである。彼は不滅の王朝の創建を夢みていた。彼は後継者たちが第二皇帝、第三皇帝、第四皇帝というように、無限に数字をつけてよばわるべきことを命じていた。……わたしは先に皇帝の魔術的意図を示唆した。しかしまた、城壁の築造と書物の焼却は同時に行なわれたものではないと想定することもできなくはない。そうすると、われわれの選ぶ順序次第で、二つのイメージが浮かびあがってくる。一つは、まず最初に破壊から手をつけ、次にはその保護にまわった帝王のそれであり、もう一つは以前に擁護していたものを次には破壊する幻滅した王のそれである。どちらの推測も劇的なものではあるが、わたしの知るかぎり、どちらの場合も歴史的根拠はない。ハーバート・アレン・ジャイルズ*は、書物を匿していたものは焼鏝で烙印を押され、罰として死ぬまで大城壁で働かされたと述べている。このことは別の解釈を支持する、または許容する。城壁は比喩だったのではないか。始皇帝は過去を讃美する者たちを、過去と同じくらい厖大、同じくらい愚劣で無用な仕事に従事させたのではないか。城壁は一種の挑戦で、始皇帝は次のように思ったのではないか――「人は過去を愛する。その愛に対してわたしは無力であり、死の番人たちもまた同じである。しかしいつの日か、わたしがいま感じているのと同じことを思う者が現われよう。そしてその男は、わたしが書物を破壊したのと同じように、城壁を破壊するだろう。彼はわたしの記憶を消すだろう。そして、わたしの影、わたしの鏡となって、なおその事実を知らないであろう。」始皇帝は国土の脆弱さを知っていたが故に城壁を築き、聖なる書物(これは全宇宙が、またはわれわれ一人一人の良心が教えることを教える書物の別名である)であることを知っていたが故に経書を破壊させたのではないか。書物の焼却と城壁の築造はひそかにお互いを抹消しあう行為ではないのか。

おそらくわたしが決して目にすることのない国土に、いまも、そしてつねに整然とその影を落としている強固な城壁は、敬神の念もっとも篤い国民に、その過去を焼却するように命じた帝王の影である。この想念が許容する多くの臆測を別にして、われわれはこの想念そのものにいたく感動を覚えるのかもしれない。（その主たる美点は厖大な規模における建設と破壊の対照にあるだろう。）われわれはこれを一般化して、形式はすべてそれ自体に価値があるのであって、推測される「内容」にあるのではない、というように推論することもできよう。それはまた、ベネデット・クローチェ*の理論とも一致するであろう。すでに一八七七年、ウォルター・ペイターは全ての芸術は音楽、すなわち純粋形式の状態を憧れる、と書いている。*音楽、幸福の諸状態*、神話、時間の刻まれた顔、ある黄昏とある土地——これら全てはわれわれに何かを語ろうとし、われわれが見落してはならなかった何かをすでに語り、あるいは何かをまさに語ろうとしている。いまだ生みだされないこの啓示の緊迫性こそ、美的事実というものであろう。

ブエノスアイレス、一九五〇年

パスカルの球体

世界の歴史はことによると一握りの隠喩の歴史なのかもしれない。その歴史の一章を素描することがこの覚書の目的である。

紀元前六世紀、コロフォンの吟遊詩人クセノファネス*は町から町へホメロスの叙事詩を吟唱して歩いているうちに、それらの叙事詩にすっかり厭気がさし、神々をあたかも人間の性質をもった存在であるかのように扱う詩人たちを攻撃した。それに代って彼が同胞に提案したのは、永遠の球体という単一神の観念であった。プラトンの『ティマイオス*』には、球体は表面上のすべての点が中心から等距離であるが故に、もっとも完全でもっとも均質な形であると書かれている。オロフ・ギゴン*はクセノファネスも神を球体との類比で考えていたと述べている(『ギリシア哲学の起源』一八三)。神は球体である、なぜならその形は神性の表現として最上である、もしくは劣ること最も少ないものであるから。それから四十年後、エレアのパルメニデス*がこのイメージを繰りかえす(「《有》

は均斉のとれた巨大な球体に似ている。その力は中心からどの方向にも一定である」)。カロジェロとモンドルフォ*は、パルメニデスが想像しているのは、無限の、もしくは無限に増大する球体であって、その言葉には生成変化の力動的な意味が含まれているとかんがえる(アルベルテルリ*『エレア派』一四八)。パルメニデスはイタリアで教えていた。彼の死後数年して、シチリア人エンペドクレス(アグリゲントの)が、苦心の末に一つの宇宙生成説を構想する。それによると、生成のある段階では土・空・火・水の微粒子が無限の球体を、「円形の孤独をよろこぶ円い球体《スパイロス》」を構成している。

世界の歴史は予定の進路をたどる。クセノファネスが攻撃したあまりに人間臭い神々たちは、やがて詩的虚構に堕し、悪霊に変った。しかし、神ヘルメス・トリスメギストス*だけは数々の書物を書きとらせた。(その総数はさまざまに推定されており、アレクサンドリアのクレメンス*によれば四十二冊、ヤンブリコス*によれば二万冊、神ヘルメスでもあるトートの神官たちによれば三六五二五冊である。) そのページにはあらゆることが記されていたと言われている。三世紀以来編纂され偽造されてきたこの幻の断片的叢書が、いわゆる《ヘルメティカ*》を構成している。そうした書物の一つ、これまたトリスメギストスの作とされる『アスクレピウス』のある箇処に、十二世紀の末フランスの神学者アラン・ド・リル(アラヌス・デ・インスリス)は次のような常套句を発見した。

それを後世は忘れないだろう。「神は可知的球体であって、その中心はいたるところにあり、その周辺はどこにもない。」ソクラテス前派の哲学者たちも無限の球体に言及している。アルベルテルリは(先人のアリストテレスと同じように)、こうした陳述は《付加物における矛盾《コントラディクティオ・イン・アジェクト》》であると考える。なぜなら、主辞と賓辞が相互に否定しあうからだというのである。そうかもしれない。しかし、ヘルメス文書の常套句のおかげで、われわれにはその球体をほとんど想像することも可能である。十三世紀には、象徴主義的ロマンス『薔薇物語』*のなかで(そこでは、このイメージの典拠はプラトンになっている)、さらには百科宝典『三重の鏡』*のなかで、このイメージが再現する。十六世紀には、『パンタグリュエル』の最終巻最終章が、「われわれが神とよぶ、どこにも中心があり、どこにも周辺がないあの知的な球体」に言及している。中世の人びとにとって、この意味は明瞭であった。神はひとつひとつの被造物の中に在り、そのどれによってもも限定されることがない。「視よ天も諸々《もろもろ》の天の天も爾《なんじ》を容《い》るに足らず」(『列王紀略』上八章二十七節)とソロモンは言った。球体という幾何学的比喩は、彼ら中世の人間にはこの言葉の註解と映ったにちがいない。

ダンテの詩はプトレマイオスの天文学を温存しているが、この宇宙説は一四〇〇年のあいだ西洋人の想像力を支配したのであった。地球が宇宙の中心にある。それは不動の球体であるが、その回りを、中心を同じくする九つの球体が回転している。最初の七つは惑星天である(月・水星・金星・太陽・火星・木星・土星)。第八圏は恒星天であり、第九圏は水晶天で(原動天《プリムム・モビレ》とよばれる)、その回りを光から成る至高天がとり囲んでいる。空洞で透明な回転球体からなる、この錯綜した宇宙体系は(一説によると、体系全体では五十五の天球を要した)、人々にとって必須の知識となった。「天動説なる仮説についての註解」というのが、アリストテレスの論駁者コペルニクスが、われわれの宇宙観を一変した原稿につけた臆病な表題である。一人のルネサンス人、ジョルダーノ・ブルーノ*にとって、天穹の崩壊は精神の解放であった。『聖灰日の晩餐』のなかで、彼は次のように言明する。世界は無限の原因の無限の結果であり、神はわれわれの近くにある、「なぜなら、われわれが自らのうちにある以上に、神はわれわれのなかに在るから」。彼はコペルニクス的空間を人類にむかって説明するための言葉を探し求め、ある有名なページのなかで次のように記す――「宇宙はすべてが中心である、あるいは宇宙の中心はいたるところにあり周辺はどこにもない、とわれわれは確信をもって言うことができる。」(『原因、原理および一者について』V)

　歓喜にうち顫えながら彼がそう書いたのは一五八四年のことであるが、そこには依然文芸復興の光が輝いている。しかし、それから七十年後には、その歓喜の火花は一つとして残っていず、人々は時間と空間のなかで、手がかりを失なって途方にくれた。未来と過去が無限であるなら、《いつ》は意味をもたなくなるだろうし、万物が無限にして無限小なるものから等距離であるならば、《どこ》も存在しなくなるだろう。誰もある特定の日、特定の場所には存在せず、誰も自分の顔の大きさを知らない。ルネサンス時代に、人類は大人になったと考えた。彼らはブルーノやカンパネルラ*やベイコンの口を通して、ほぼそうした意味のことを言っている。十七世紀には、人類は老衰の予感に怯えた。自らを正当化するために、彼らはアダムの罪ゆえにすべての被造物をおとずれる、緩慢で避けがたい衰退という信仰を再び発掘する。（『創世記』五章二十七節に、「メトセラの齢《よはひ》は都合《すべて》九百六十九歳なりき」とあり、また同六章四節には「当時《このころ》地にネピリム〔巨人族〕ありき」とある。）ジョン・ダンの挽歌『世界の解剖』*（第一周年）は、同時代人の短い生涯と、妖精や矮人に比すべき低い背丈を嘆いている。ジョンソンの伝記によれば、ミルトンは叙事詩のジャンルが不可能な時代になったことを憂慮した。「神の肖像《にすがた》」であるアダムは、遠視と微視両方の視力をもっていたとグランヴィル*は考えた。ロバート・サウス*は、後に有名になった言葉であるけれども、アリストテレスはアダムの残骸、アテネは楽園の痕跡に他ならないと書いた。この意気阻喪した世紀、ルクレティウスの六歩格詩*を生みつけた絶対空間、ブルーノにとって解放であった絶対空間が、パスカルにとっては迷宮になり、また深淵になる。彼は宇宙を悪《にく》み、神を崇めたいと思った。しかしその神は、彼が悪む宇宙以上に現実的な存在ではなかった。天空に口がきけないことを彼は口惜《くちお》しく思った。彼はわれわれの境涯を、孤島に漂着した人々のそれになぞらえている。彼は物理的世界の絶えざる重圧を感じる。惑いと恐れと孤独を感じる。彼はその気持を次のように述べている——「自然は無限の球体である。その中心はいたるところにあり、周辺はどこにもない。」これはブランシュヴィック版の言葉であるが、原稿の消去とためらいを再現しているトゥルヌールの批判版(パリ、一九四一年)は、パスカルが最初は「恐ろしい」(effroyable)と書いたことを明らかにしている——「……恐ろしい球体である。その中心はいたるところにあり、周辺はどこにもない」。

世界の歴史はことによると、少数の隠喩のさまざまな抑揚の歴史なのかもしれない。

ブエノスアイレス、一九五一年

コウルリッジの花

一九三八年ごろ、ポール・ヴァレリーは、文学の歴史は作家たちの歴史であったり、彼らの生涯や作品の経歴における偶発的事件の歴史であってはならない、むしろ文学の生産者もしくは消費者としての《精神》の歴史でなくてはならない、と書いた。彼はさらに、このような歴史は作家の名前などだれひとり持出さなくても書くことができるだろう、とつけ加えている。《精神》がこのような意見を述べたのはこれが初めてではない。すでに一八四四年、コンコードに棲んでいた《精神》の書記役の一人がこう書いている――「わたしが文学から強く印象づけられることは、すべての作品がひとりの人物によって書かれたのではないかと思える点である。物語の中の意見や視点が、明らかにすべてを見、すべてを聞く一人の男の手になったにちがいないと思われるほど、どれもこれも同じだからである。」(エマソン『随想』第二集八章「唯名論者と実在論者」一八四四年)

これより二十年前、シェリーは次のような意見を表明した――「過去・現在・未来のすべての詩篇は、この世のすべての詩人によって書かれた一篇の無限詩の挿話ないし断片である」(『詩の弁護』一八二一年)。

こうした見解(それは言うまでもなく、汎神論のなかに示唆されている)は、果てしない論争の火種となりかねない。わたしがいまこれらを引き合いに出すのは、わたしのささやかな試論の一助にしたいがために他ならない。三人の作家の異質なテクストを通じて、わたしは一つの観念の展開の歴史を辿ってみたいと思う。最初のテクストはコウルリッジのものであるが、彼がそれを書いたのが十八世紀の末なのか十九世紀の初めなのか、わたしはしかとは知らない。「ある男が夢の中で楽園を通りすぎる。男はその魂がたしかにそこに行ったというしるしに、一本の花を授けられる。男は目を醒まして、手の中にその花を見る——ああ、もしそんなことが起こったとしたら！　そのあと男はどうなるのだろう？」

このコウルリッジの想像を読者はどう思われるだろうか。わたしにとって、それは間然するところがない。つまり、それを別の趣向のだしに使うことは不可能であるように思われる。いわゆる《テルミヌス・アド・クエム》(最終到達点)にふさわしい、完全性と一体性がそこにあるからだ。そして言うまでもなく、コウルリッジの文章はテルミヌス・アド・クエムそのものである。他の分野と同じように文学においても、すべての行為は無限に連続する原因の帰結であり、無限に連続する結果の原因である。コウルリッジの考えの背後には、愛のしるしに一輪の花を求める、大昔から恋人たちに共通して見られた古い考えがある。

わたしが引用する二番目のテクストは、一八八七年に最初の版が書かれ、七年おいた一八九四年の夏に書き直されたウェルズの小説である。最初のものは『時間の航海者たち《アルゴナウテス》』(*The Chronic Argonauts*)と題され(廃棄された表題中の'chronic'は、語源的に'temporal'《時間の》と同じ意味を有する)、決定版の方は『タイム・マシン』と題された。この小説のなかで、ウェルズは未来の出来事の予見という、文学上きわめて古い伝統を継承し、かつ更新している。イザヤはバビロンの破滅とイスラエルの再興を見る。アエネアスは子孫たるローマ人の軍事的運命を見、『サイムンドル・エッダ』*の巫女《みこ》は神々の帰還を見る。長い戦いによってわれわれの住む世界が滅びたとき、この神々はかつて彼らが使ったのと同じチェスの駒が、新しい牧場の草の上に置かれているのを発見するだろう。これら予言する見者たちとちがって、ウェルズの主人公は未来にむかって物理的な旅をする。彼は疲れはて、埃にまみれ、ふらふらになって、遥か彼方の人間世界から還ってくる。(その世界は互いに憎しみあう二つの人種に分かたれている。一つは怠惰なエロイ人で、彼らは荒廃した邸宅、荒れはてた庭園に棲んでいる。もう一つは地下に棲む鳥目のモーロック人で、彼らはエロイ人を餌食にしている。）帰還した主人公の頭髪は白くなっていたが、その手には未来の萎れた花が握られていた。これがコウルリッジのイメージの二番目のものである。未来の花は天上の花や夢の花よりもさらに信じがたい。それを構成する原子がいまは別の空間を占めていて、まだ集成されていないのだから、とうてい花とは言えない。

わたしが取りあげる第三のものは、三者のうち最も起こりそうにないもので、ウェルズよりも遥かに複雑な作家（ただし、通常古典的とよばれているあの好ましい美点に、彼はウェルズほどに恵まれてはいない）の創意になるものである。わたしは「ノースモア卿夫妻の転落*」の作者、哀愁と迷宮の作家ヘンリー・ジェイムズのことを言っている。彼が亡くなったとき、未完の小説『過去の感覚』が遺されていたが、これは『タイム・マシン』の変奏ないし仕上げとも言うべき幻想的作品である。(1) ウェルズの主人公は、他の乗物が空間の中でそうするように、時間の中を前進後退する奇異な乗物に乗って未来へ旅する。ジェイムズの主人公は過去（十八世紀）と融合することによって、その時代に還って行く。（どちらの行為も不可能であるが、ジェイムズのほうが恣意性が少ない。）『過去の感覚』において、現実世界と想像世界（現在と過去）をつなぐものは、先の二つの場合のように花ではなく、十八世紀の絵で、そこには主人公の謎めいた肖像が描かれている。この絵に魅せられた主人公は、それが描かれた日へ帰っていくことに成功する。彼が出会う人々のなかにはもちろん当の画家もいるが、画家は恐怖と嫌悪の念をもって彼を描いている。なぜかといえば、彼は己の未来の容貌に、なにか常軌を逸した異様なものがあることに気づくから。こうして、主人公ラルフ・ペンドレルが古い絵に魅せられて十八世紀に還っていくとき、ジェイムズは類まれな《無限後退《レグレス・イン・インフィニトゥム》》の実例を創りだしたことになる。しかしこの場合、ペンドレルが十八世紀へ還ることは、肖像画が存在するための条件である。原因が結果から生まれ、旅の理由が旅の結果の一つになっている。

ウェルズはおそらくコウルリッジの文章を知らなかったであろう。ヘンリー・ジェイムズはウェルズのテクストを知っていたし、賞讃してもいた。この世のすべての作者は一人であるという理論が明白なものであれば、右に挙げた事実は無意味になる。(2) 厳密に言えば、こうした事実を持出す必要などありはしない。作者の複数性が幻想にすぎないと主張する汎神論者は、古典主義者のなかに思いがけない支持を見出すであろうから。古典主義者にとって、作者の複数性などほとんど問題ではない。古典主義的精神にとって肝要なのは、全体としての文学であって個々の作家ではないのだ。ジョージ・ムア*とジェイムズ・ジョイスは、彼らの作品のなかに他の作家たちのページや文章を取り入れた。オスカー・ワイルドは思いついたプロットをよく他人に教えてやったもので、それを相手がどう利用しようと知ってはいなかった。この二つの行為は矛盾しているように見えるけれども、同じ芸術認識――普遍的で非個人的な一つの認識――を示しているだろう。《ことば》《ロゴス》の深遠な一体性を証したもう一人の証人、個人の領域を否定したもう一人の人物は、あの有名なベン・ジョンソン*である。文学的遺書を兼ねた同時代人についての好意的意見や批判を書いていたとき、彼はセネカ、クウィンティリアヌス*、ユストゥス・リプシウス*、ビベース*、エラスムス、マキアヴェルリ、ベイコン、スカリジェ父子*たちの断片を組合わせていたに過ぎなかった。

　最後にもう一言。ある作家を厳密に模倣する人たちの意識は没個人的なものである。すなわち、その作家を一個人として意識していない。彼らはその作家を文学そのものと混同するが故にそうする。たとえ一個所でもその作家から離れることは、理性と正統から逸脱することではないかと恐れるが故にそうする。長年のあいだ、わたしはほとんど無限の文学世界が、一人の人間のなかにあると思っていた。その人間はカーライルであった、ヨハネス・ベッヒャー*であった、ホイットマンであった、ラファエル・カンシノス＝アセンス*であった、ド・クウィンシーであった。

コウルリッジの夢

断章の叙情詩「クブラ・カーン」(絶妙な韻律技巧を駆使した五十余行の押韻不定型詩)は、一七九七年のある夏の日、イギリスの詩人サミュエル・テイラー・コウルリッジによって夢見られた。コウルリッジの記すところによれば、当時彼はエクスムア近くのとある農家に滞在していた。持病のため、その日も気分がすぐれず、やむをえず鎮痛剤を服用したが、その時パーチャス*の旅行記の一節を読んでいた。忽必烈汗《クビライ》(元の皇帝で、西洋ではマルコ・ポーロによって有名になった)が王宮を造営する条《くだ》りである。薬をのんで間もなく、彼は睡りに落ちる。先ほど何気なしに読んでいた文章が夢の中で発芽し、成育し始めた。眠っている男は一連の視覚的イメージと、それを表現する言葉を直感的に知覚した。数時間後彼は目を醒ましたが、その時は、およそ三百行からなる詩を作った、あるいは受取ったと確信していた。彼はそれらの詩行を異常なまでにはっきりと憶えていて、作品の一部をなす現存の断片を書きとめることができた。しかし、不意の訪問客があっていったん中断したため、残りはもう憶いだすことができなかった。少なからず驚きもし無念でもあったことは(コウルリッジは記している)、「夢の全体の趣旨は朧ろげながら依然記憶にとどめていたものの、八ないし十行ばかりのばらばらな詩行とイメージを除けば、残りの全ては波紋に消される川面の影さながら、ことごとく消え失せてしまっていた。川面の影とは違って、それを復元する術はなかったのである。」コウルリッジが拾いあげることのできた断片は英語で書かれた最高の音楽であり、それを分析することができる人は虹の織り目を解きほぐすことができるだろう(この比喩*はジョン・キーツのものである)とスウィンバーン*は思う。主たる美点が音楽性にある詩作品を、翻訳したり要約したりすることは無益であり、そうした目論見は原作を害なうことになりかねない。であるから、今のところは、夢のなかでコウルリッジが光彩陸離たる韻文の一頁を授かったことを記憶するにとどめよう。

　コウルリッジの夢は異常な出来事には違いないが、類例がないわけではない。心理研究の著書『夢の世界』のなかで、ハヴロック・エリス*はコウルリッジの事例をヴァイオリニスト兼作曲家のジュゼッペ・タルティーニ*の事例と比較している。タルティーニは、悪魔(彼の召使)が素晴しいソナタをバイオリンで弾いている夢を見た。目を醒ますと、彼は不完全な記憶から『悪魔のトリル』を導き出したのだった。無意識の大脳活動に関するもう一つの古典的な例は、ロバート・ルイス・スティーヴンソンの場合である。彼自身「夢の断章」*のなかで語っているように、夢が「オラーラ」*の筋を教えてくれたし、また一八八四年に見た別の夢が『ジキル博士とハイド氏』の筋を教えてくれた。タルティーニは目ざめたあと夢のなかで聴いた音楽を模倣しようとした。スティーヴンソンは物語の筋すなわち全体の形式を夢から受け取った。これらよりもコウルリッジが受けた言語的霊感により近い例は、ビード尊師*によれば(『イギリス国民教会史』Ⅳ・二四)キャドモンが受けたことになっている次のような霊感である。事件はキリスト教が伝播した七世紀末、戦さに明け暮れるサクソン王国時代のイングランドで起こった。キャドモンは無学な牛牧《か》いでもう若くはなかった。ある夜のこと、彼は宴会の席からこっそり抜けだした。竪琴が自分のところにも回ってくることがわかっていたからである。彼には自分が歌えないこともわかっていた。厩《うま》小屋に入ると、やがて馬のそばで眠りこんでしまった。夢のなかで誰かが名前をよび、彼に歌うことを命じた。キャドモンが歌いかたを知りませんと答えると、声が言った、「被造物の起源について歌うがよい。」キャドモンは自分がかつて聞いたこともない歌を朗唱した。目を醒ましたときも彼はその歌を忘れてはいなかったので、近くにある聖ヒルドの僧院で修道僧たちに歌って聴かせることができた。彼は字が読めなかったが、修道僧たちが聖書に記された歴史の諸節を説明してくれ、彼は清潔な牛のようにそれらを反芻してこよなく楽しい歌に仕立てた。彼は同じようにして天地と人間の創造を歌い、『創世記』の物語を歌った。イスラエルの子孫たちのエジプト脱出と約束の地への帰還を、聖書に記されたその他多くの歴史を、主の受肉と受難と復活と昇天を、聖霊の到来を、使徒たちの訓えを、さらにまた最後の審判の恐怖、地獄の懲罰のすさまじさを、天国の悦び、そして神の恩寵と罰とを歌った。彼はイギリス最初の宗教詩人であった。彼は人間ではなく神から学んだのだから、誰も彼と肩を並べることはできない、とビードは書いている。それから何年もたった後、彼は自分の死の時を予言し、眠りのなかでその到来を待った。われわれは彼が再び守護天使に出会ったものと信じよう。

一見したところ、コウルリッジの夢は先人の夢ほどに驚くべきものではないと思われるかもしれない。「クブラ・カーン」は見事な作品であり、キャドモンが夢に見た九行の讃美歌は、起源が夢にあったという点を除けばとくに長所があるわけではない。キャドモンが啓示によって天職にめざめたのに対し、コウルリッジはすでに詩人だったからだ。とはいえ、「クブラ・カーン」を生みつけたコウルリッジの夢は、その後のある事件のために、驚異の対象から不可解な謎へとその様相を一変するだろう。この事件が事実とすれば、コウルリッジの夢は一つの物語として何世紀も前に書き始められ、まだ書き終えられていないことになるのだ。

詩人の夢は一七九七年(一説には一七九八年)に起こった。未完成詩の註解ないし弁解として、彼は一八一六年にこの夢の顚末記を公表する。それから二十年後、ペルシア文学では格別珍らしくもない世界史の一書が、部分訳とはいえ初めて西洋の言葉に翻訳され、パリで公刊される。十四世紀以降をあつかったラシード・ウッディーン著*『世界総合史』がそれである。そのなかに次の一行がある――「忽必烈汗《クビライ》は夢に見、記憶にとどめた設計図に従い、上都の東に王宮を造営した。」これを書いた人物は忽必烈汗の末裔、合賛汗《ガーザン》に仕える宰相であった。

十三世紀の蒙古皇帝は王宮を夢見、見た夢に従ってそれを造営する。十八世紀の英国詩人は(件《くだん》の建物が夢に由来することを彼が知っていたはずはない)王宮についての詩を夢見る。この相称的な夢(それは眠っていた二人の魂に作用し、異なる大陸異なる世紀を結びつけた)に比べるとき、聖典に記された人体の浮游、死者の復活、亡霊の出現もさほど、あるいはまったく、驚くべきこととは思われない。

しかし、われわれはこれをどう説明すればよいのだろうか。超自然を頭ごなしに撥《は》ねつける人々(わたしは、つねに、この一派に与しようと努めている)は、二つの夢物語はたんに偶然の符合にすぎないと言うだろう。われわれが時に雲のなかに見る、ライオンや馬の輪郭がそうであるように。またある者は言うかもしれない、詩人は皇帝が王宮を夢に見たことを何かで知り、詩を夢に見たと偽って、詩の狂想詩的断片性を弁護し、それを正当化する見事な作り話を捏造したのだ、と。(1) この推測は一見理にかなっているように見えるが、そうするとわれわれはシナ学者が確認していないあるテキストを、一八一六年以前にコウルリッジが読むことができたという恣意的な仮定をたてねばならなくなる。(2) こうした説明に比べれば、超理性的仮説のほうがより魅力的である。こうした理論の一つは次のようなものである。皇帝の魂がコウルリッジのそれに入り込み、大理石や金属よりも永続する言葉によって、コウルリッジに廃墟と化した宮殿の再建を可能ならしめた。

第一の夢は現実世界に宮殿を付加し、第二の夢(それは五世紀後に起こっている)は宮殿に示唆されて、詩を、あるいは詩の冒頭部を付加する。二つの夢の類似性が一つの計画を暗示する。関係した厖大な長さの時間がその超人的実行者を露わにする。この不死の、もしくは長寿の実行者にいかな目的があるかを探ることは、無益であると同時に無謀でもあろうが、彼がまだその目的を達していないと推測することは許されるだろう。一六九一年、イエズス会神父ジェルビヨン師*は、忽必烈汗の宮殿で残っているのは廃墟だけであることを確認した。また詩について言えば、われわれは辛うじて全体の五十行あまりが回収されたにすぎないことを知っている。これらの事実は、一連の夢と仕事がまだ終っていないという推測を生む。最初の夢想者は宮殿の幻を授けられ、それを建てた。最初の夢を知らない二番目の夢想者は宮殿の詩を授けられた。計画が失敗に終らないとすれば、今から数世紀のちに「クブラ・カーン」を読んで、ある夜大理石像か音楽を夢見る者が現われるだろう。この男は他の二人が夢に見たことを何も知らないであろう。ことによると、夢の連鎖は尽きないのかもしれない。それとも、最後に夢を見る者が全ての鍵を握っているのかもしれない。

ここまで書いたあと、わたしは別な説明に気づく——あるいは気づくと思う。まだ人間に示されていない一つの原型、ホワイトヘッドのことばを使えば《永遠の客体》*が、徐々にその姿を世界に現わしつつあるのかもしれない。その最初の姿が宮殿であり、第二の姿が詩であった。両者を比較した者は、それらが本質的に同じものであることがわかったであろう。

時間とJ・W・ダン*

「南部《スール》」六三号(一九三九年十二月)のなかで、わたしは《無限後退》に関する最初の先史ないし基本的通史を公にした。* 論及の脱落は全てが無意識のものではない。わたしはJ・W・ダンへの言及を故意に除外したが、彼は無限後退《レグレスス》から時間と観察者に関する驚くべき理論を抽きだしていて、その所説を論じようとすれば(たんなる解説の場合でも)、一エッセイの紙幅を超えるものになっていただろう。その複雑さは別個の論文を必要とした。いま、それをここで試みようと思う。ダン最新の著作『万物不滅論』(フェイバー社、一九四〇年)を精読したことが執筆の動機になっているが、この本は過去の三著の筋を反復ないし要約している。

というか、筋立ては一つである。その構造に格別新しいものはないが、著者の推論はきわめて異常である、いやほとんど衝撃的と言っていいものである。そのことを論じるまえに、そこに見られる前提について、過去の実例を幾つかとりあげてみよう。

数多いインドの哲学体系、パウル・ドイッセン*の記すところでは(『ヴェーダ期のインド哲学』三一八頁)、その第七番目において、自我が認識の直接的対象であることが否定されている――「なぜなら、われわれの霊魂が認識可能なものであるとすれば、最初の霊魂を認識するのに第二の霊魂が、第二の霊魂を認識するのに第三の霊魂が必要だということになるからである。」インド人には歴史的感覚が欠けている。(つまり、彼らは哲学者の名前や生没年よりも、観念そのものを検討することに執着する。)しかしわれわれは、内省のこの根源的否定が、およそ八世紀昔の思想であることを知っている。一八四三年ごろ、その思想をショーペンハウアーが再発見する。「認識者が、厳密に言って、認識者として認識されることはあり得ない。かりにあり得るとすれば、彼は認識主体ではなく、別な認識者の認識対象であろうから。」(『意志と表象としての世界』続篇一九章)ヘルバルト*もこうした類の存在論的増殖をもてあそんでいる。まだ二十歳にもならない頃に、彼は次のように推論した。自我は無限でなければならない。人が自己を認識するという事実は、当然自らを認識する別な自己の存在を必要とし、また後者は後者でさらに別な自己の存在を必要とするからである(ドイッセン『新しい哲学』一九二〇年、三六七頁)。ダンはこの筋立てを借りて物語を作り、それを逸話・寓話・反語・図解などで飾りたてている。

ダン(『時間論のこころみ』二二章)は次のように推論する。意識する主体はその観察対象を意識するだけにとどまらず、己を観察する主体Aをも意識している。したがってそれはまたAを意識している別の主体Bを、したがってBを意識する別の主体Cを意識している。そして、いわくありげにこう付言するのだ――これら緊密に連関した無数の観察者たちは、三次元の空間に存在するのではなく、自らと同じ数の多次元の時間に存在している。この説明を説明するまえに、この一節の意味するところを読者の皆さんにも一緒にお考えいただきたい。

英国唯名論の末裔たるハックスリーは、痛さを知覚する行為と痛さの知覚を認識する行為との間には、たんに言語の差異があるにすぎないと言い、あらゆる感覚について、感覚する主体、感覚を生みだす客体、それにあの傲慢不遜な自我の三者を区別する形而上学者の空理空論を嘲笑している(『エッセイ集』第六巻、八七頁)。グスタヴ・スピラー*は、苦痛の知覚と苦痛そのものは異なった二つのものであることを認めるが、声と顔の同時的知覚がそうであるように、それらは一つに包括されるものだと考える(『人間のこころ』一九〇二年)。わたしは彼の見解を妥当なものであると思う。ダンは意識の意識という考えを持ち出して、われわれ一人一人のなかに、主体または観察者の曖昧で謎めいた階層を作り出す。しかし、わたしに言わせれば、それらは最初の主体の連続態(または架空態)である。ライプニッツは言っている、「精神が思考の一つ一つを考察せねばならないとすれば、まず感覚を知覚したところで感覚について思考し、それからこの思考を思考し、さらにこの思考の思考を思考し、というようにして、この作業を無限に続けることになるだろう。」(『新人間悟性論』二巻一章)

無限個の時間への即時の到達を説明するダンの手順にはこれ程の説得力はなく、むしろ器用に言いつくろった感じがする。『フォルトゥーナの迷宮』(1)におけるファン・デ・メーナ*のように、あるいは『第三の機関《テルティウム・オルガヌム》』におけるウスペンスキー*のように、未来はその変遷と細部の一つ一つをそなえてすでに存在するとダンは言う。この既存の未来に向かって(あるいはブラッドリー*流に言えば、この既存の未来から)、絶対的な宇宙時間の川が、あるいは死滅すべきわれわれの生命の川が流出する。この運動、この流出は、全ての運動と同じように、その移動には一定の時間が必要である。第一の時間が動くことによって第二の時間が生まれ、第二の時間が動くことによって第三の時間が生まれ……というようにして、この継起は無限に続く(2)。これがダンの主張する時間体系である。こうした仮説的ないし架空的な無数の時間のなかに、空間内の無限後退《レグレスス》によって増殖される、無数の見えない主体が座を占める。

この理論を読者はどう思われるだろうか。時間がいかなる種類のものか——そもそも時間が「もの」なのかどうかさえ、わたしはしかとは知らないが、時間の経過と時間自体は一つの謎であって、別個の問題ではないという気がする。論理に弱い詩人が「月が赤い円かな《まど》姿を現わす」と言うとき、彼は単一不可分の視覚的イメージを主語、目的語、動詞の三者で置き換えている(目的語は見え透いた偽装をほどこした主語にすぎないのに)。ダンはこの詩人と同じ過ちを犯しているとわたしは思う。ダンはベルクソンが非難したあの悪しき知的習慣——つまり、時間を空間の第四次元とみなす悪弊——の見事な犠牲者なのだ。未来は既に存在し、われわれはそれに向かって移動しないわけにはいかない、と彼は仮定する。しかし、こう仮定した途端に未来は空間に変り、第二の時間、第三の時間、さらには第百万番目の時間が必要になってくる。(この第二、第三の時間も空間的に、つまり直線または川のイメージで考えられている。)ダンの四冊の著書のうち、時間の無限次元(3)が提示されていないものは一つとしてないが、これらの無限次元は空間的なものである。ダンにとって実時間とは、無限系列がついに到達することのない究極の領域なのである。

未来が既に存在すると仮定する理由は何だろうか。ダンは二つ挙げている。一つは前兆としての夢であり、もう一つは、この仮定を使えば、彼の論法に特有の錯綜した図式が比較的単純になるという理由である。これには、連続的創造にともなう諸問題を回避したいという彼の気持も関係している。

神学者たちの規定によれば、永遠とは全ての瞬間の同時的で鮮明な所有であり、神的属性の一つでもある。ダンは驚くべきことに、永遠が既にわれわれのものであること、またわれわれが夜毎見る夢はそのことを確証していると考える。彼の言うところによれば、直前の過去と直後の未来は、われわれの夢のなかで同時に流れている。目ざめているとき、われわれは継続する時間のなかを一定した速さで進む。ところが夢のなかでは、極めて厖大な領域を一気に跳び越える。夢を見るとは、覚醒時に見たものを整理し、そこから一つの物語または物語群を紡ぎだすことである。スフィンクスのイメージとドラッグストアのイメージを見たあと、われわれはスフィンクスに変ったドラッグストアを創造する。一昨夜自分を見ていた男の口を、明日出会う男につけてみる。(ショーペンハウアーは書いているが、人生も夢も一冊の本に変りはない、ただ違うのは、生きるとはページに従って順序正しく読むことであり、夢を見るとはとばし読みをすることなのだ。)

死後になれば、永遠の上手な処理の仕方が必らず見つかるとダンは言う。人生の一瞬一瞬を回収し、それを好きなように組み合わせることができると言うのである。そのとき、神と友人とシェイクスピアはわれわれの助言者になってくれるだろう。

このような素晴らしい議論に接するとき、著者の犯す誤りなど問題ではない。

天地創造とP・H・ゴス*

「臍《へそ》のない男がいまも私の中に棲んでいる」と、サー・トマス・ブラウン*は奇怪な一行を書きつけているが(『医師の宗教』一六四二年)、その意味するところは、アダムの末裔なるが故に、彼は罪のうちに孕まれた存在であるということなのだ。ジョイスもまた『ユリシーズ』の第一章で、無原罪によって膨らんだ母なき女ののっぺりした腹を浮び上がらせている――「ヘヴァ、裸のエヴァ。彼女には臍《ネヴァル》がなかった。」('Heva, naked Eve. She had no navel.') この主題は(わたしにはわかっている)たちまちグロテスクで瑣末なものになりかねないが、動物学者フィリップ・ヘンリー・ゴスはそれを形而上学の中心問題、すなわち時間の問題に結びつけた。時は一八五七年の昔に溯る。八十年間の閑却も新奇さを害うものではないだろう。

聖書の二つの箇所で(『ロマ書』五章、『コリント前書』一五章)、はじめのアダム(われわれは皆その人ゆえに死ぬ)は、イエス・キリストである終りのアダムと比べられている。(1)

この比較が単なる贖神に終らないためには、その前提としてある不可思議な一致がなければならないが、それは脚色されて、神話物語や対称構成のお話に仕立てられている。『黄金伝説《レゲンダ・アウレア》』*は、キリストの十字架はエデンの園にあった禁断の樹で作られたと伝えているし、神学者はアダムが神と神の子によって創られた時の年齢は、神の子キリストが死んだ時と全く同じで、三十三歳であったという。この無意味な正確さが、ゴスの宇宙生成論に影響を与えたにちがいない。

「地理学上の難問を解くための一試論」という副題を付した著書『オムファロス』*(ロンドン、一八五七年)のなかで、彼はそのことを明らかにしている。この本はどこの図書館にも見あたらないので、この覚書を書くためにわたしが利用するのはエドマンド・ゴス*(『父と子』一九〇七年)およびH・G・ウェルズ(『アララテへの船出』一九四〇年)による要約である。わたしが用いる例証は、両者の短い説明のなかに出てくるものではないが、ゴスの思想と矛盾するものではないと思う。

因果律をあつかった『論理学』のある章のなかで、ジョン・スチュアート・ミルは次のように主張している——ある瞬間における宇宙の状態は、その直前の瞬間における状態の結果であり、無限の知性を備えた者は、ある一瞬を完全に知ることによって、過去と未来の宇宙の歴史を知ることができるだろう。(彼はまた言う——おおルイ・オーギュスト・ブランキよ、おおニーチェよ、おおピュタゴラスよ――宇宙の一状態の再現は他の全ての状態の再現をもたらし、宇宙の歴史を循環サイクルに変えるであろう、と。）ラプラスの幻想をうすめたようなこうした主張のなかで――ラプラスは、宇宙の現在の状態は理論上一つの公式に還元することができ、神のごとき人物ならば、そこから過去と未来の全貌を抽出することができるだろうと想像した――ミルは、外部からの干渉によって、将来この循環が壊される可能性を排除していない。彼は状態qは不可避的に状態rを、状態rは状態sを、状態sは状態tを生じさせるであろうと主張するが、t以前に、神意による大災害――たとえば《世の終り《コンスンマティオ・ムンディ》》――が地球を滅亡させてしまうこともあり得ることを認める。未来は厳として確実に存在するけれども、現実には生起しないかもしれない。神が中途で待伏せしていることもあるから。

一八五七年、人々の心はひとつの論争に揺れ動いていた。『創世記』は神による天地創造に六日間――日没に始まり日没に終る、正確に六ヘブライ日――をあてているが、不敬な古生物学者たちは同じ結果を生じさせるには厖大な時間の蓄積が必要であると主張したのである。聖書は科学教育に口出しすべきではない、科学は人間の知性を向上訓練するための厖大な機構なのだから――ド・クウィンシーもこのように力説したが解決にはならなかった。神と化石を、サー・チャールズ・ライエルとモーセをどう融和させたらよいのか。祈りに助けられたのか、ゴスは驚くべき解答を提出した。

ミルは神の未来の行為によって中断されることもある、因果律に支配された無限時間を想像するが、ゴスは天地創造という神の過去の行為によって中断された、厳格に因果律に支配される無限時間を想像する。状態nは不可避的に状態vを生み出すであろうが、v以前に世界に最後の審判が下るかもしれない。状態nは状態cを前提にしているが、世界がfまたはhの時点で創造されたために、状態cは現実には起こらなかった。聖アウグスティヌスも言うように、時間の最初の瞬間は、神による天地創造の瞬間と符合する。この最初の瞬間は、無限の未来とともに、無限の過去をも内包するものである。この過去はたしかに仮説的なものではあるが、詳細かつ不可避のものであることに変りはない。アダムがこの世に現われるとき、その歯と骨格は三十三歳の男のそれである。アダムがこの世に現われるとき(エドマンド・ゴスは書いている)、母親につながる臍の緒がなかったにもかかわらず、彼には臍がある。理性の原理はいかなる結果にも必ず原因が先行することを要求するが、そうした原因は別の原因を要求し、それらは後退しながら無限に増殖する。(2) これらの原因には全て具体的な痕跡が残っているが、実際に存在した原因は、聖書に言う天地創造以後のものに限られる。ルハンの谷にはグリプトドン*の化石がある。しかし、グリプトドンは実際には存在しなかった。*以上が、フィリップ・

ヘンリー・ゴスが宗教と科学に対して提示した、独創的な(なによりもまず信じがたい)理論である。

宗教も科学も、この理論を斥けた。新聞記者たちはこの理論を、神は地質学者の信仰を試すために化石を地下に秘した、というようにすり替えてしまったし、チャールズ・キングズリー*は、神が岩肌に「不必要な大嘘」を刻みつけたことを否認した。時のある一瞬はその直前の別の一瞬とその直後の別の一瞬をぬきにしては考えられない、またこの瞬間の連鎖は無限に続く――ゴスは自己の理論の形而上学的根拠をこのように説明したが、ついに理解されなかった。ラファエル・カンシノス＝アセンスの編纂した《タルムード》*選集の冒頭に、次のような古い言葉が引かれている――「それは最初の夜というにすぎなかったが、すでに一連の世紀が先行していた。」ゴスははたしてこの一文を知っていたであろうか。

いまでは忘れられているゴスの理論に、二つの美点があることをわたしは主張したい。第一はその怪奇とも言うべき洗練であり、第二は、それが期せずして《創造無源論《クレアチオ・エクス・ニヒロ》》*の帰謬法的否定になっている、つまりヴェーダンタ哲学やヘラクレイトスやスピノザや原子論者が考えたように、宇宙が永遠であることの間接的な証明になっているということである。バートランド・ラッセルはこの理論を現代化した。『精神の分析』(ロンドン、一九二一年）の第九章で、彼は、地球は幻の過去を「記憶している」人類と一緒に、数分前に創造されたと想定している。

ブエノスアイレス、一九四一年

追記　一八〇二年、シャトーブリアンは美的理由から出発して、ゴスと全く同じ理論を構築した（『キリスト教精髄』I、四、五）。雛鳥、幼虫、幼犬、種子が存在した創世第一日を、彼は陳腐で滑稽であると非難している。彼は書いている、「この原初の老朽状態がなかったら、無垢の自然も、今日の堕落した自然程にも美しくはなかったであろう。」

アメリコ・カストロ博士の警告*

「問題」という言葉は陰険な《論点先取《ペティティオ・プリンキピイ》》*になることがある。「ユダヤ人問題」と言うことは、ユダヤ人が問題であると仮定することである。それは、迫害、掠奪、射殺、斬首、強姦、およびローゼンベルク博士*の散文を読むことを予言(ならびに推奨)することである。問題が虚偽であることのもう一つの不都合な点は、そのことが問題同様に虚偽の解答を誘発することだ。プリニウス*(『博物誌』第八巻)は、竜は夏に象を襲うと言っただけでは満足しない。竜がそうするのは象の血を飲むためで、誰も知っているように象の血は非常に冷たいからだという仮説を、彼は臆面もなく提出する。カストロ博士(『ラプラタ地方の言語的特殊性とその歴史的意味』ブエノスアイレス、ロサーダ書店、一九四一年)は、「ブエノスアイレスに言語の混乱」があると言うだけでは満足しない。博士は「俗語《ルンファルド》愛好癖」「ガウチョ礼讃」なる仮説を提出するのだ。

最初の命題――ラプラタ川流域におけるスペイン語の堕落――を証明すべく博士は一

つの方法を駆使するのであるが、それは頭脳の明晰さに対する中傷をかわそうとして詭弁的になり、人柄の誠実さに関する疑惑を晴らそうとして純真をよそおう。彼はパチェコ、バカレッサ、リマ、「ラスト・リーズン」、コントゥルシ、エンリケ・ゴンサレス・トゥニョン、パレルモ、リャンデラス、マルファッティ*などから断片を拾い集め、それを子供のような真剣さで書き写し、次いで堕落したわれわれの言葉遣いの実例として国の内外《ウルビ・エト・オルビ》に公表するのである。“Con un feca con chele/y una ensaimada/vos te venís pal Centro/de gran bacán”のような習作は単なる戯《ざ》れうた*にすぎないのに、彼はそんなことはつゆ思わず、これは「ラプラタ川流域諸国をスペイン帝国の活力をほとんど喪失した地方にしている、あのよく知られた事情」にその遠因がある、「深刻な異変の徴候」であると宣言する。ラファエル・サリリャス*が著書『スペインのならず者——その言語』(一八九六年)のなかに引いている次の四行詩*を証拠にして、博士と同じくらい雄弁に、マドリードにはスペイン語の痕跡はどこにもないという主張を押し通すこともできなくはないだろう。

El minche de esa rumi
dicen no tenela bales;

los he dicaito yo,
los tenela muy juncales. . .
El chibel barba del breje
menjindé a los burós:
apincharé ararajay
y menda la pirabó.

この歌の真闇に比べれば、アルゼンチンの俗語《ルンファルド》で書かれた、次のお粗末な対句詩*でさえ、明晰この上なしといった趣だ――

El bacán le acanaló
el escracho a la minushia;
después espirajushió(1)
por temor a la canushia.

カストロ博士は一三九頁でも、ブエノスアイレスの言語問題をあつかった別の書物を挙げている。八七頁では、リンチ*の小説に出てくる田舎者の会話を解読したと言って自慢し、「彼ら会話の主たちは最も野蛮な表現手段を用いている。ラプラタ川流域の数々の隠語を知っているわれわれのような人間にしか、彼らを完全に理解することはできない」と述べている。「数々の隠語」——この複数は単数であるべきだ《ス・プリュリエル・エ・ピヤン・サンギュリエ》。アルゼンチン俗語《ルンファルド》(これは監獄生まれの控え目な試作品で、スペインのあの威勢のいい「カロ」*と比べてみようと思う者は誰もいないだろう)を除けば、この国に隠語は存在しない。われわれは方言に悩まされたりなどしていない。もっとも、方言の研究集団に煩わされているのは確かだが。こうした団体は自分で俗語を創りだし、次にそれを片端から槍玉にあげることで成りたっている。彼らはエルナンデス*をもとにして《ガウチョ語》を作りだしたし、ポデスタ兄弟*の一座で働いていた道化師からは《ココリチェ語》を、四年次の学童たちからは《ベスレ》*をあみだしている。彼らは録音機を持っているから、遠からず「カティータ」*の声も録音するだろう。彼らが頼りにしているのは、このようながらくたである。われわれとしても、こうした財産の恩義を彼らに負うているわけだし、今後も負うことになるだろうが。

「ブエノスアイレスの口語が露呈する深刻な問題」も、先の問題と同じようにまやかしである。スペインではわたしはかつてカタルーニャ、アリカンテ、アンダルシア、カスティーリャを旅し、またバルデモーサ*に二年、マドリードに一年住んだことがある。わたしはこれらの土地にたいへん楽しい想い出を持っているが、スペイン人がわれわれよりも立派に話すことに注目したことは一度もない。(疑うということを知らない人間特有の自信からか、彼らがわれわれよりも大声で話すことは確かだが。) カストロ博士はわれわれのスペイン語を擬古的であると非難するが、彼の方法は一風変っている。オレンセ県*サン・マメッド・デ・プーガ村の最も教養ある人たちがある言葉のある語義を忘れていることを発見すると、彼は直ちにアルゼンチン人も忘れていてしかるべきだと決めつけるのである。スペイン語にはたしかに様ざまな欠点があるが(母音の際立った単調さ、単語の過度の鮮明さ、合成語の形成不能)、無能な擁護者たちの主張する欠点、すなわち難解さというものはない。スペイン語は極めて平易であって、難しいと思うのはスペイン人だけである。それは彼らがカタルーニャ語、アストゥリアス語*、マジョルカ語、ガリシア語、バスク語、バレンシア語といった周辺言語の発散する魔力に眩惑されているからかもしれないし、誤った虚栄心によるものかもしれない。ことによると、スペイン語の粗雑さに起因するのかもしれない。(スペイン本土では対格と与格を混同して lo mató と言うべきなのに le mató と言う*。彼らは普通 Atlántico《アトランティコ》 や Madrid《マドリード》 といった言葉を発音することができない。彼らは本に次のような耳ざわりな表題をつけて構わないと思う(La peculiaridad lingüística rioplatense y su sentido histórico《ラ・ペクリアリダード・リングイスティカ・リオプラテンセ・イ・ス・センティード・イストリコ》)*。)

カストロ博士はこの本のどの頁にも陳腐な迷信を撒き散らしている。彼はロペス*を軽蔑し、リカルド・ロハス*を尊敬する。彼はタンゴを否定するが、ハカラ*に対しては敬愛をこめた言及を行なっている。彼はローサス*をラミレス*やアルティガス*のような騎乗の反乱者《モントネラ》ガウチョの頭目と見なし、「最高のケンタウロス」なる滑稽な称号を奉る。(グルーサック*は「殿軍《しんがり》の民兵」という定義を好むが、その方が文体も優れ、判断も明快である。)カストロ博士は‘cachada’*なる用語は禁止するが――それは正しい――、‘tomadura de pelo’*の方は黙認する――先の単語とくらべて、特に論理的で魅力的という訳でもないのに。スペイン流の痴愚をより好むが故に、彼はラテン・アメリカ的愚行を攻撃する。彼はわれわれに‘de arriba’と言わないで、‘de gorra’と言うように要求する*……。「ブエノスアイレスの言語的事実」の審問者を自任する博士は、この都市の住民が伊勢海老を‘acridio’*とよぶと大真面目に書いている。カルロス・デ・ラ・プア*や「ジャカレ*」を愛読するこの不思議な学者は、‘taita’*はアルゼンチン方言で「父」を意味するとのたまう。

本の形式も内容に劣らずお粗末だ。文体は時として商業文に似る――「メキシコの図書館には良質の書物がおかれていた」(四九頁)、「厳格な税関は法外な関税を請求し……。」(五二頁) 思考は一貫して陳腐であるが、だからといって、滑稽な美文調を排除するものではない――「こうして唯一の可能な事態、すなわち暴君が出現する。彼は大衆の放縦なエネルギーの凝集体であるが、大衆を導くことはない。彼は指導者というよりは圧制者だから。四散しがちな羊群を、機械的かつ動物的に囲い場に入れるための巨大な整形外科装置だからである。」(七一―七二頁) バカレッサの研究者である作者は、時として表現の厳密《モ・ジュスト》さを心がける――「A・アロンソ*やP・エンリケス・ウレーニャ*の立派な文法を轟沈させたのと同じ理由で……。」(三一頁)

「ラスト・リーズン」の心酔者たちは馬の比喩を作る。間違いにかけては彼らより多才なカストロ博士は、ラジオとフットボールを結合させる――「ラプラタ川地方の思想と芸術は、価値と努力を意味するこの世の全てのものを受信する貴重なアンテナである。こうした受容に対して積極的な態度は、運命が吉兆の流れを変えないかぎり、やがては創造力に変るであろう。詩、小説、エッセイは、この地方において一度ならず、文句のつけようがないゴールをあげている。科学や哲学の研究者のなかにも、最高に著名な人物の名前が見出される。」(九頁)

カストロ博士は間違いだらけのちまちました学識をひけらかすだけでは足りないと見

えて、お世辞と脅しのお経《きょう》散文を飽くことなくふり撒いている。

追記　一三六頁に次のような一節がある――「皮肉なしの大真面目で、アスカスビ*やデル・カンポ*やエルナンデスのように書いてみようと考えるなど、私にはとうてい信じられない。」以下にエルナンデス作『マルティン・フィエロ』(第一部)の最後の詩連を幾つか引用してみよう――

クルスとフィエロは牧場から
馬の群れを盗み出すと
扱いなれたクリオーリョのよう
馬の群れを前に走らせ
目にもとまらぬすばやさで
国境を駆けぬけた。

二人が国を離れたのは
空澄みわたる朝のこと

クルスが語って言うのには
見てみろ　あれが最後の村。
すると涙が二条《ふたすじ》ばかり
フィエロの頬をつたって落ちる。

ひたすら道を辿るうち
二人は沙漠にたどり着く。
やがて掠奪に出かけたおりに
二人は死んでしまうかもしれぬ。
しかし私は希望する　いつの日か
確かな報らせをきくことを。

こうした予告をお伝えし
私は話を終ります。
語りきたった不運の数々
一つとして嘘などありはせぬ。

貴男が会われたガウチョは誰も
不運を織りなす機《はた》なのです。

貴男を創った神様に
貴男の希望を託しなさい。
私はここらでお別れします。
自己流の下手な弾き語り
人間の悲しい運命《さだめ》　誰も知ってはいるけれど
人前で唄うのはこの私が最初です。

「皮肉なしの大真面目で」わたしは問うてみたい——方言的なのは次のいずれかと。わたしがいま復唱した平明な詩連の作者か？　羊の群れを囲い場に入れる整形外科装置や、フットボールをやらかす文学ジャンルや、轟沈した文法について語る支離滅裂な著者か？

一二二頁で、カストロ博士は文体が正確な数名の作家を列挙している。そのリストにはわたしの名前も挙がっているが、わたしは自分を文体について論じる資格が全くない者だとは思っていない。

カリエゴ覚書*

カリエゴと言えば、最近は猫も杓子もブエノス郊外の場末に結びつけて見ようとするきらいがあり、彼の作品に登場する伊達男やお針子やよそ者《グリンゴ》と同じように、カリエゴもまたカリエゴの創作した登場人物であることを忘れがちである。それはわれわれが彼に割りふる場末の街が、彼の作品からの投影であり、ほとんどそこから生まれた幻想と言っていい事実と照応している。日本——この言葉がかきたてる様ざまなイメージ——は北斎によって創りだされた、とオスカー・ワイルドは考える。エバリスト・カリエゴの場合、われわれはそこに相互作用を仮定してみなければならない。すなわち、場末はカリエゴを創り、かつ彼によって創られる。カリエゴは現実の場末にも、トレーホ*やミロンガの場末にも影響を受ける。彼自身の場末のイメージを、カリエゴがわれわれに強制し、このイメージが現実を変える。（後になると、現実はタンゴや芝居《サイネーテ》によってさらに大きく変えられるだろう。）

どうしてこのような事態が生じたのか。あの不幸な青年カリエゴが、どのようにして現在のような永遠の詩人へと変貌していったのか。おそらくカリエゴ自身、その問いに答えることはできないだろう。わたしの提出する答えは次の通りであるが、わたしにはそれ以外想像できないという理由を除けば、それを正当化する根拠は全くない。一九〇四年のとある日、今もホンデュラス街にある家で、エバリスト・カリエゴはたも、ダルタニアンの若殿シャルル・ド・バーツ*の冒険譚を悲しみをこらえ貪るように読んでいる。貪るように――人生の充実感を彼に与えてくれたのはデュマその人であったから。別の文学青年にとっては、シェイクスピアであり、バルザックであり、ウォールト・ホイットマンであったかもしれないが。悲しみをこらえ――彼は若者で、誇り高く、小心で、貧しくて、人生から疎外されていたから。彼が思うのに、人生はフランスにあった。剣と剣がぶつかりあって刃先が閃いたあのとき、それとも皇帝ナポレオンの軍隊が押し寄せてきたときの。しかし、僕に割りふられた人生は二十世紀、遅すぎた二十世紀。それも南アメリカの、どうでもいい場末の町……。カリエゴがそんなことを考えているとき、何かが起こっている――誰かがつっかえがちに弾いているギターの調べ、窓の向こうに見える不揃いの低い家並み、帽子に手をやって挨拶を返すフアン・ムラーニャ(一昨晩、チリー野郎スアレスの顔に、一条《ひとすじ》傷跡を見舞ってやったあのフアン・ムラーニャだ)、正方形のパティオから眺める月、闘鶏を手にかかえた老人、あること、いろんなこと。その何かをわれわれは取戻せないだろう。また、その意味は知っていても、その形式を知ることはできない。しかし、これまで誰も心を留めなかった、月並で瑣末な何かがカリエゴに明かすのだ——宇宙(デュマの作品のなかに限らず、一瞬一瞬、またどこででも完全な形で存在する)はそこにも、何でもない現在にも、パレルモにも、一九〇四年にもあることを。「入っておいでなさい。神々はここにもおられるのですから」——かまどの火で暖を取っている姿を見付けた人々にむかって、エフェソスのヘラクレイトスはそう言ったと伝えられる。

どんな人の人生も、それがどれほど複雑かつ充実したものであっても、実際は一つの瞬間からなりたっているのではないか——わたしはかつてそう思ったことがある。人が己の何者なるかを永久に知るあの瞬間のことだ。わたしが右に洞察をこころみた、誰にも分からない啓示の一瞬から、カリエゴはカリエゴになる。この時、彼はすでにある詩行の作者であり、後年彼はそれを次のように着想することを許されるだろう。

顔に十文字に浮かぶ暴力の聖痕
深い傷あと　たぶん奴は大得意だ

消えない血の勲章をこしらえて
ドスを手にした女の気まぐれ――

ほとんど奇蹟とよんで差支えないが、最後の一行には、戦士と刀剣の結婚をうたった中世詩人の想像力が反響している。デートレフ・フォン・リリエンクロン*が別の有名な詩行のなかで形にしたあの想像力が――

彼は愛剣ヒルフノートをフリジア人に見舞ったが
きょう剣は彼を裏切った……。

アルゼンチン国民の不幸な個人主義

愛国主義なるものの幻想には果てしがない。紀元一世紀にはプルタルコス〔プルターク〕がアテナイの月はコリントスの月にまさると高言する連中をからかっている。十七世紀になると、神はまずイギリス人にその姿を見せるのがならわしであるとミルトンは言い、十九世紀初めには、人格者であることとドイツ人であることは明らかに同義であるとフィヒテは公言する。ここアルゼンチンでも、ナショナリストにはこと欠かない。彼らの動機はただ一つ、最上のアルゼンチン気質を醸成しようという崇高にして純粋な願望あるのみ、と彼らは言う。しかし、彼らはアルゼンチン国民がわかっていないのだ。論争が起こるたびに、彼らはアルゼンチン国民を、何か外面的な事実に照らして規定しようとする。いわくスペインの征服者《コンキスタドール》、架空のカトリック的伝統、はては「アングロサクソン的帝国主義」、等々。

北アメリカ人やほとんど全てのヨーロッパ人とは違って、アルゼンチン人は国家に対して一体感を持っていない。この事実は、この国の政府がいたってお粗末であるのが通例であるという事情、国家なるものは彼らにとって想像するのも難しい程の抽象物であるという一般的事実に帰することができるだろう。アルゼンチン人は市民ではなく一人間であるというのが真相なのだ。「国家は道徳観念の実現である」といったヘーゲル(1)のアフォリズムは、彼らには性《たち》の悪い冗談にしか聞こえないだろう。ハリウッド製の映画は、後で警察に引渡すはらで犯人と仲良くなろうとする男(ふつうは新聞記者)をさも立派な人間であるかのように、くりかえし描くが、この「英雄」はアルゼンチン人には、わけのわからぬ卑劣漢と映る。彼らにとって、友情は真心からの熱狂であり、警察とはマフィアのようなものだから。「犯した罪は一人一人が償えばよい」のだから、「正しい人間は、自分とは何の関わりもないことで他人の刑罰の執行人となるべきではない」(『ドン・キホーテ』正篇二二章)というドン・キホーテの考えに彼らは同意するであろう。無意味な対句表現にうつつをぬかすスペイン作家の文章を見るとき、われわれはスペイン人とは決定的に違うのだと一度ならず思ったものだが、『キホーテ』から引用した二つの文章は、わたしが間違っていたことを確信させるに足るものだ。それらはわたしたちの親近性を証しする、もの静かで人目につかない象徴のように思われる。アルゼンチン文学のある一夜がこのことを十二分に確証してくれる。それは、一人の勇敢な男を見殺しにする罪を犯すわけにはいかないと叫びながら、脱走兵マルティン・フィエロに加担して、地方警察の巡査部長が自らの部下と戦う*あのむこう見ずな一夜のことだ。

ヨーロッパ人にとって世界は一つの調和体《コスモス》であり、各個人は己の果たす役割にぴったりとつりあっている。しかるに、アルゼンチン人にとって、世界は一つの混沌なのである。ヨーロッパ人や北アメリカ人にとって、賞をもらった本は、種類の如何を問わず必ずいい本である。アルゼンチン人は、賞をもらったにもかかわらず、ことによるとその本は悪くはないのかもしれないというように考える。総じて、アルゼンチン人は外面的事情を信用しないのだ。人類のなかには常に三十六人の正義の味方がいること——お互い相手のことを知らないけれど、ひそかにこの世界を支えているあの「跛足のウーフニクたち」*のことだ——をたぶん知らないだろうし、かりにこの寓話をきいて、これらの義士の一人一人が世に知られぬ無名人であることを知っても、彼らは不思議とは思わないだろう。彼らの英雄は多勢を相手に独りで戦う男である——実際行動(フィエロ、モレイラ*、《黒い蟻《オルミガ・ネグラ》》*)、虚構や過去(セグンド・ソンブラ*)といった違いはあるにしても。こうした事柄は外国の文学には記されていない。たとえばヨーロッパの二人の偉大な作家、キプリングとフランツ・カフカの場合を考えてみよう。この二人の作家には、一見したところ何の共通点もないように見える。けれども、前者の主題は秩序の擁護、それも一秩序の擁護であり、(『キム』*の街道、「橋を架ける人々」*の橋、『プーク丘のパック』*のローマ時代の城壁)、後者の主題は、この秩序ある宇宙にあって、一つの場所、それも極めてつつましい場所すら持たない人間の、堪え難くも悲劇的な孤独なのだ。

わたしが挙げたアルゼンチン人の特質はたんに否定的ないしアナキズム的傾向のもので、政治的効用をもたないと主張する人もあるだろう。その逆こそ真実なのだとわたしは言いたい。現代の最も緊迫した問題は(いまではほとんど忘れられているハーバート・スペンサー*が、予言者に似つかわしい明晰さで、すでにこのことを告発している)、個人の行動に対する国家の漸次的干渉である。この悪弊——共産主義とよばれ、ナチズムとよばれる——との闘争のなかに、アルゼンチン人の個人主義はその正当性と任務を見出すであろう。これまでは無用の存在であり、おそらくは有害ですらあったであろうが。

希望はもたないが郷愁をこめて、わたしはこのアルゼンチン人の国民性と何がしかの類縁性をもつ政党について、その抽象的可能性を考えてみる。たとえば、絶対最小限の管理をわれわれに約束する政党を。

ナショナリズムはわれわれを魅惑しようとこころみているが、それが呈示している理想図はこの上なく不快な国家のそれである。こうしたユートピアが万一地上に誕生することがあれば、それは全ての人々をしてその対極を願望せしめ、ついにはそれを成就するという、神意にかなった美徳を有することになるだろう。

ブエノスアイレス、一九四六年

ケベード

世界の歴史と同じように、文学の歴史も謎に満ちている。なかでも、ケベードに与えられた、あの不思議な部分的栄光ほど気がかりなものはなかったし、今もない。彼の名前は世界の文豪のどのリストを見ても載っていない。わたしはこの奇妙な脱落の理由を知ろうと様ざまな努力をしてきたが、今は誰も憶えていないある講演のなかで、その理由を発見したと思った――彼の佶屈な文章は、いささかもセンチメンタリズムの表出を奨励しない、いや、そもそもその存在を許容しないのだ。(「センチメンタリズムこそ成功の鍵」とジョージ・ムアは言っている。)先の講演をしたさい、わたしは次のように述べた――有名になるためには、作家自らセンチメンタルである必要はないが、彼の作品か彼の生涯の一時期かに、悲愴感をかきたてる要因がなくてはならない。しかるに(とそのとき思った)、ケベードの人生にも彼の芸術にも、その反復が名声となる過度のセンチメンタリズムが、どこを探しても見当らない。

右のわたしの説明が正解になっているかどうかはわからないが、わたしはそれを次のように敷衍してみたい。すなわち、ケベードは誰とくらべてもひけをとらないが、大衆の心をつかむシンボルだけはついに発見することができなかった。ホメロスには、息子ヘクトルを殺したアキレウスの手に口づけするプリアモスがいるし、ソフォクレスには、謎を解き、解いたあと今度は運命のいたずらによって、自らの過酷な謎を解かねばならなかった王*がいる。ルクレティウスには星の世界の無限の深淵と原子の激突があり、ダンテには地獄の九つの圏谷と天国の薔薇が、シェイクスピアには暴力と音楽の世界がある。セルバンテスにはサンチョとキホーテの幸福な均衡が、スウィフトには有徳の馬と野卑なヤフーの棲む共和国が、メルヴィルには白鯨への嫌悪と愛が、またフランツ・カフカには深まりゆく卑小な迷宮がある。シンボルを創り出さないで世界的名声をかちえた作家はいないのだ。もっとも、そのシンボルは必ずしも客観的で外面的である必要はない。たとえばゴンゴラやマラルメ*は、孜々《しし》として秘密の作品を生みだす作家の典型だし、ホイットマンはいまも『草の葉』の半神的主人公たりえている。それにひきかえケベードに関していまも通用するのは、ただ戯画だけである。レオポルド・ルゴーネス*は言っている（『イエズス会士の帝国』一九〇四年、五九頁）――スペイン文学史上最高の文章家が、いまでは滑稽本作家の原型になってしまった、と。

エドマンド・スペンサー*は「詩人の詩人《ザ・ポウエッツ・ポウエット》」であるとチャールズ・ラムは言った。ケベードは作家の作家であるとわれわれは言わねばならないだろう。ケベードを好きになるためには、人は(事実上か潜在的にか)作家でなくてはならない。逆に、文学的素質をもつ者は、誰もケベードを好きにならない訳にはいかない。

ケベードの偉大さは言葉にある。彼を哲学者や神学者やあるいは(アウレリアーノ・フェルナンデス・ゲーラ*が望むように)政治家と考えることは、作品の表題を見ている限りは正しいが、内容から判断すれば誤りである。『神の摂理――それを否定する者は苦しみ、それを信じる者は喜ぶ――ヨブの蛆虫と迫害の研究に基づく教義』と題された彼の論文は、理性に訴えてというよりは脅迫を意図して書かれている。キケロ(『神々の本性について』Ⅲ・四〇―四四)と同じように、彼は天体の中に観察される秩序、彼のいわゆる「発光体の広大な共和国」によって神的秩序の存在を証明し、天体を使ったこの《宇宙論的証明》*をなしおえたあと、次のように付言する――「神の存在を絶対的に否定した者の数は少ない。私は厚顔無恥な彼奴らの鉄面皮をひっぱがしてやりたい――すなわち、メロスのディアゴラス*ならびにアブデラのプロタゴラス*――両名はデモクリトスおよびテオドロス(通称「無神論者」)の弟子。それに猥褻にして蒙昧なるテオドロスの弟子、ボリュステネスのビオン*がそれである」――これではテロ行為も同然だ。哲学史のなかには、おそらく誤っているのであろうが、人間の想像力に妖しい魅力を発揮する教理がある——魂が数多の肉体を転移するというプラトンとピュタゴラスの輪廻説。また、この世界は悪意ある、未熟な神によって創られたとするグノーシス説、など。ひたすら真理探求をめざすケベードは、こうした魅力にまるで不感症である。魂の輪廻など、「畜生の愚行」か「蛮人の囈言《たわごと》」だと彼はしるす。アグリゲントのエンペドクレスは断言した、「私はかつて少年であり、少女であり、灌木であり、鳥であり、海上を躍る物言わぬ魚であった」。『神の摂理』のなかで、ケベードは次のように註記する——「こうした痴《し》れ事《ごと》の裁判官兼立法者としてその正体を露わにしたのがエンペドクレスだ。この男わが身のたわけぶりが昂じて、こんなことまで言い出す始末——彼はかつて魚であったが、後にそれとは正反対の本性をもつ蝶に転身し、往時の棲家である海を見やりつつ、エトナ山の火に身を投じた、と。」ケベードはグノーシス一派を恥知らずの呪われた気狂い、妄説《ぼうせつ》の捏造者と呼ぶ（『プルートンの豚小舎』）。

ケベードの『神の政治とわれらが主キリストの支配』は、アウレリアーノ・フェルナンデス・ゲーラの説くところでは、「完全な行政機構、全ての行政機構のなかで最も完全で、高貴で、適切な機構として」考察されなければならない。この見解を適確に評価するために、われわれとしては、全四十七章からなるこの書物が次のような奇妙な仮説

70

に基づいて書かれていることを憶いおこせば足りる。すなわち、キリスト(世評によれば、彼は「ユダヤの王」であった)の言行は政治家がその問題を解決するための秘密の象徴になっている、というのである。よきサマリア人《びと》の譬話*に対するケベードの解釈は、この秘教学《カバラ》の教えるところに従い、王の求める貢物は少量でなければならない、ということになる。また彼の推論によれば、パンと魚の譬話*は、王は日用の糧を供給する義務があることを意味し、しばしば繰りかえされる公式「彼らは従った」(sequebantur)*は、「王が大臣たちを統率することで、その逆であってはならない」。われわれの驚きは方法の恣意性と結論の平凡さの間を揺れ動く。とはいえケベードにおいては、格調高い文章が全ての、またはほとんど全ての償いをする。(1) うかつな読者はこの著作を読んでためになったと考えるかもしれないが。似たような二面性は『マルコ・ブルート伝』*にも認められ、ここでも思想は文章ほど記憶に残らない。ただ、ケベードの最も風格ある文体が、この作品においては完璧の域に達している。この珠玉を思わせる書物のスペイン語は、セネカやタキトゥスやルカヌスらの*彫琢されたラテン語——白銀時代の佶屈聱牙《きっくつごうが》なラテン語——へ還っていくように思われるのだ。わざと気取った簡潔な文体、転置法、ほとんど代数学的とも言うべき修飾の厳密さ、対立概念の並置、乾いた文章、同語のくりかえしなどが、この著作に幻影的正確さを付与している。多くの文章が完璧とよばれるに値するし、そうよばれることを要求している。たとえば、次の一節――「月桂樹の葉飾りを冠せられた栄誉の家門がある。歓呼をもって迎えられた至上無二の凱旋がある。大理石の彫像をもって報いられた、ほとんど神に等しい生涯がある。けれども、至宝としての大権を護らんがため、それらの栄冠と歓呼と大理石は、擬《まが》いものではなく、真にその価値あるもののみに費やされたのであった」。ケベードはしばしば別の文体も用いたが、いずれも同じように成功を収めている。『大悪党』*の見せかけの語り口調や『万人の時』*における度を越したオルギア的文体(と言って没論理的という訳ではない)、など。「言葉は科学的ではなく、芸術的なものである。それは戦士や狩人によって発明されたもので、科学より遥かに古いものだ」――チェスタトンはそう主張する(『G・F・ウォッツ』一九〇四年、九一頁)。ケベードはこうした囈言を信じなかった。彼にとって、言語は本質的に論理の道具である。詩がきまって繰りかえす常套句――水晶にたとえられる水、雪にたとえられる手、星のように輝く眼、眼のように見おろす星――これらは彼を苛立たせる。それらは安易な譬えだから、いやそれ以上に、嘘だから。彼がそれらを批判したとき、比喩とは二つの異なったイメージの一瞬の接合であって、二物の論理的比較ではないことを彼は忘れていたのだ……。彼はまたある種の慣用句をやり玉にあげる。その愚かしさをさらけだすために、彼はそれらの慣用句を使って「とっておきの話』と題する狂想詩を書きあげた。後世の読者たちは帰謬法を駆使したこの不条理に魅せられ、そのなかに美の真の宝庫を見たいと望んできた。その神聖な運命ゆえ、それは次のようなすばらしい表現を忘却の淵から救ったのだから――'zurriburri'(おたんちん)、'abarrisco'(一切合財)、'cochite hervite'(やたらめったら)、'quítame allá esas pajas'(屁のつっぱり)、'a trochi-moche'(めちゃめちゃ)など。

ケベードは一度ならずサモサテのルキアノス*に類《たぐ》えられているが、一つの基本的な相違が両者を分かっている。ルキアノスが二世紀にオリュンポスの神々を攻撃したとき、彼は宗教的論争の書を作った。ケベードが十七世紀に同じ攻撃をくりかえしたとき、彼は文学的伝統を護っていたにすぎない。

手短かではあるが彼の散文を検討したので、散文に劣らず多面的な詩に移りたい。情念の記録として見るとき、彼の性愛詩には不満が残るが、誇張法の遊びとして、つまりペトラルカ風《ぶり》への意図的習作として見れば、それは多くの場合、賞讃に値するものだ。激しい情欲の人であったケベードは、一種ストイックな禁欲主義に絶えずあこがれていた。そのうえ、彼には女の虜になった男たちが愚かに思われたにちがいない(「愛撫を利用はしてもそれを信用しない男は賢明だ」)。こうした動機は、「愛と美の功績を詠う」と称する『ミューズ第四』(『スペインのパルナッソス』*)における故意の人工性を説明するには十分だろう。ケベードの肉声は、彼が憂愁や怒りや幻滅を率直に発散させる別な詩篇のなかに見ることができる。その一例は次のソネットで、それは隠棲地トーレ・デ・フアン・アバドで書かれ、友人ドン・ホセ・ゴンサレス・デ・サラスに送られた（『ミューズ第二』一〇九歌）——

曠野の平安のなかに憩いいま
少数の学芸の書を友として
わたしは日々死者と語らい
眼で死せる者の言葉を聴く

常に会得されずとも常に率直に
彼らは私の行動を戒め助け
音なき和声の調べを奏でては
夢の生に醒めた言葉で語りかける

死が高貴な魂を拉し去っても

わが友ヨセフよ　年月のもたらす荒廃への
報復者　博学の印刷術が彼らを解放する
よび戻す術なく時は流れる
しかし博学者は最善の思量を刻み
その教えと研鑽によりわれらは向上する

この詩には綺想主義《コンセプティスモ》の痕跡が見られるが(「眼で聴く」「夢の生に醒めた言葉で語りかける」)、それにもかかわらず(それ故にではなく)、ソネットは効果をおさめている。現実は言語によらないのだから、この詩を現実の転写とは言うまい。けれども、この詩においては、言葉よりも言葉の喚起する光景や、言葉に生気を与えているかに見える力強い抑揚のほうがより重要なのだとは言えるであろう。しかし、常にこうであるとは限らない。『ミューズ第二』のなかで最も有名なソネット――「獄中にみまかったオスーナ公爵ドン・ペドロ・ヒロンの不滅の想い出」では、二行句

フランドルの戦場が彼の墓

血塗られた月がその墓碑銘だ
(Su Tumba son de Flandes las Cmpañas)
(y su Epitaphio la sangrienta Luna)

のもつ素晴らしい効果は字句の解釈以前に感得され、解釈の結果如何によらない。この二行に次ぐ一句「軍《いくさ》の涙」(el llanto militar) についても同じことが言えるが、その意味は不可解どころか陳腐でさえある。「軍人の涙」の意なのだから。「血塗られた月」に関して言えば、それがドン・ペドロ・テレス・ヒロンの謎の海賊行為で面目を失ったトルコ兵の象徴になっている、といったことは知らない方がましかもしれない。

古典の一句がケベードの詩の出発点になっていることも珍しいことではない。たとえば、次の忘れ難い一行（『ミューズ第四』三一歌）、

それらは塵と化すであろうが、恋する塵だ
(Polvo serán, mas polvo enamorado)

はプロペルティウス*の次の一行(『哀歌』一巻一九歌)

私の塵は恋を忘れ　恋から解放される

(Ut meus oblito pulvis amore vacet)

の再現ないし称揚である。

ケベードの詩の世界は広大である。その中には、ワーズワスを先取りした沈鬱なソネットや、不快な騒音と薄闇に閉ざされた冥界の描写(2)や、神学を材料にした素気ない魔術(「あの十二人と私は晩餐をとった。私は晩餐であった」)や、自らその遊戯を演じることができることを証明するために挿入されたゴンゴラ風《ぶり》(3)や、楽しいイタリア風の雅び(「つつましく、晴れやかで、緑色をした孤独」)や、ペルシウス*、セネカ、ユウェナリス*、聖書、およびジョアシャン・デュ・ベレー*の変奏や、ラテン風の簡潔な表現や、野卑な冗談(4)や、凝った奇怪な駄じゃれ(5)や、死と混沌の陰鬱な誇示などを含んでいる。

ケベードの最良の作品は、それを生みつけた感動や、それを特徴づけている月並な観念を超越している。それらは決して曖昧ではない。マラルメやイェイツやゲオルゲなどの作品と違って、彼の作品が謎をつきつけて、読者を惑わせたり当惑させたりすることはない。ケベードの作品は（強いてそれを名付けるなら）、刀剣や銀の指環のように、言語による醇乎《じゅんこ》とした一個の物体なのだ。たとえば、次のソネットのように——

ツロの毒液で長衣《トーガ》を満たすがよい
財を成したのであれば　色褪せ強ばった
それを　東洋の宝でおおい隠すがよい
それでもリカスよ　きみの苦悩は消えない

猛烈な錯乱に見舞われているいま
退廃した幸福がきみの暗い恐怖を
燦然たる輝きで欺くのだ
薔薇の蝮《まむし》　百合の毒蛇

金の装飾が星々を偽るから　きみは
死んでいるとも知らずに生きている
宮殿を　ユピテルと競わせようとする

かくも盛大な栄光に包まれたきみよ
きみを見抜くことができる者には
万物の支配者もただの屑　汚物　泥

(Harta la Toga del veneno tirio,
O ya en el oro pálida y rigente
Cubre con los thesoros del Oriente,
Mas no descansa, ¡ oh Licas !, tu martirio.

Padeces un magnífico delirio,
Cuando felicidad tan delincuente
Tu horror oscuro en esplendor te miente,
Víbora en rosicler, áspid en lirio.

Competir su Palacio a Jove quieres,

Pues miente el oro Estrellas a su modo,
En el que vives, sin saber que mueres.

Y en tantas glorias tú, señor de todo,
Para quien sabe examinarte, eres
Lo solamente vil, el asco, el lodo.)

人間ケベードの肉体が死んで、三百年が経過したが、彼は今もスペイン文学を統率する芸術家であることに変りはない。ジョイスのように、ゲーテのように、シェイクスピアのように、ダンテのように——いや、他のいかなる作家とも違って——フランシスコ・デ・ケベードは一人の人間というよりは、厖大で複雑な一個の文学である。

『ドン・キホーテ』の部分的魔術

わたしがこれから述べようとしていることは、すでに誰かによって少なくとも一度は、ことによると何度も言われたことがあるかもしれない。しかし、わたしにとって大事なことは、内容の真実性如何であって、話題としての目新しさではない。

他の古典（『イリアス』『アエネイス』『ファルサリア』*『神曲』、シェイクスピアの悲劇と喜劇）に比べると、『ドン・キホーテ』は写実的な作品であるが、この写実性は十九世紀の写実性とは根本的に異なっている。作品の中に超自然的要素を取り入れることは、日常世界の素晴らしさを否定することになりかねないから、作品から超自然的要素を排除した、とジョウゼフ・コンラッドは書いている。ミゲル・デ・セルバンテスがこれと同じ考えを持っていたかどうかは知らないが、『ドン・キホーテ』を書いたとき、作品の形式のため彼が現実の散文的世界に架空の詩的世界を対置したことは知っている。コンラッドとヘンリー・ジェイムズが現実を小説に取り入れたのは、現実を詩的なものと考えたからである。セルバンテスにとって、詩と現実は反意語であった。『アマディス』*の広大かつ曖昧な地理に対して、彼はカスティーリャの埃道とうす汚い宿屋を持出す。今日の小説家であれば、さしずめガソリン・スタンドあたりを選んで、それをパロディ化して見せるところであろう。セルバンテスはわれわれに十七世紀スペインの詩を創りだしてくれたが、彼にとってはその世紀もその当時のスペインも詩的なものではなかった。ウナムーノ*やアソリン*やアントニオ・マチャード*といった人たちは、ラ・マンチャの名をきくとたちまち深い感動に襲われるが、これはセルバンテスには解せないことであったろう。驚異の幻想世界は作品の構想から除外されているが、それは現実の作品には、たとえ間接的にせよ存在しない訳にはいかなかった。探偵小説のパロディの中にも、犯罪や謎が入り込んでいるのと同じように。護符やら妖術やらを持出すことは許されなかったが、彼はこっそり、したがって一層効果的に超自然をすべり込ませている。心の奥底で、セルバンテスは超自然を愛していたのだ。一九二四年、ポール・グルーサックは次のように述べている、「セルバンテスはイタリア語もラテン語もほんの少ししか読めなかったが、牧歌小説や騎士道物語、それに獄中の寂寥を慰めてくれた寓話*——彼の文学的成果は主としてこうした作品から生まれたのである。」『ドン・キホーテ』はこれらの物語に対する解毒剤というよりは、むしろひそやかで郷愁をこめたそれらへの告別になっている。

小説は全て、理想的次元を現実の世界に挿入したものである。セルバンテスは客観と主観、つまり読者の世界と作品の世界を好んで融合させる。床屋の金盥が兜であり、驢馬の荷鞍が馬の革具であるか否かを考察する一連の章において*、この問題は明示的に扱われているが、すでに述べたとおり、多くの場合は暗示だけで終っている。正篇の六章で、村の和尚と床屋がドン・キホーテの蔵書を検べる。驚くべきことに、彼らが検べる本の中にはセルバンテスの『ラ・ガラテア』*も入っているのだ。床屋*がセルバンテスの友人であることが判明し、彼はあまり高く買っていないセルバンテスのことを、詩作よりも不幸に通じた男だと言う。彼はまた、この作品の筋がかなりうまくできていること、何か言おうとしながら遂に言いおおせずに終っているともつけ加えている。床屋はセルバンテスの夢、あるいはセルバンテスの夢の形相であるが、その彼がセルバンテスに判定を下すのだ……。九章の初めまで来ると、読者は再び驚かされる。そこには、この小説が全部アラビア語からの翻訳であり、セルバンテスが原稿をトレドの市場で買ったと書いてあるからである。翻訳はモーロ人の手になったのであるが、彼はセルバンテスの家にひと月半以上も住みこんで、この仕事を完成させた。われわれはカーライルを思い出す。彼の『衣裳哲学』は、ディオゲネス・トイフェルスドレック博士がドイツで出版した著作の部分訳ということになっているのだから。われわれはまたスペインのラビ、モイセス・デ・レオン*を憶い出す。彼は『ゾハール』*(『光輝の書』)を書いたが、世間に対しては、三世紀のパレスチナ人ラビの作として公表した。

これら一連の奇怪な曖昧さは、続篇に至って頂点に達する。『ドン・キホーテ』の主人公たちは正篇を読んでいる、つまり、彼らは『ドン・キホーテ』の読者でもあるのだ。ここでわれわれはシェイクスピアの場合を憶い出さない訳にはいかないが、彼は『ハムレット』なる舞台の中にもう一つの舞台をしつらえ、どことなく『ハムレット』に似た悲劇を演じさせるのである。第一の劇と第二の劇の照応が不完全なため、劇中劇の効果は減殺されているが。セルバンテスの手法に類似し、それよりさらに驚くべき趣向は、ヴァールミーキの手になる叙事詩『ラーマーヤナ』のなかに見られる。この叙事詩はラーマ王の勲《いさお》しと王の悪霊たちとの戦いを語っているが、最後の巻では、実の父親を知らないラーマの息子たちが森の中に避難している。彼らは隠者から読み書きを教わるが、奇妙なことに、先生役の隠者はヴァールミーキであり、息子たちが勉強する本は『ラーマーヤナ』である。ラーマが馬祠の祭事を行なうことを命じ、ヴァールミーキも生徒を連れて祭礼にやってくる。生徒たちはリュートの伴奏に合わせて『ラーマーヤナ』を詠誦する。ラーマは己の物語を聴き、彼らが自分の子供であることがわかり、詩人に褒美をとらせる……。偶然ではあるが、似たようなことが『千夜一夜物語』にも起こった。この奇想天外な物語集が、一つの中心的物語を分岐させ、つぎつぎに脇筋を生み出していく様は読者に眩暈を覚えさせるが、物語の現実性に濃淡をつけようとした形跡は見られない。その結果、物語の印象はペルシア絨緞のそれに似て浅薄なものに終っている（深みがあって然るべきなのに）。物語の第一話はよく知られている。皇帝《スルタン》は次のような陰惨な誓いを立てる――夜ごと処女をめとり、朝《あした》にはその首を刎ねさせよう。そこへ勇敢な娘シェヘラザードが現われる。彼女は物語を聞かせて皇帝をよろこばせるが、二人の間にはいつしか千一夜が経過し、彼女は皇帝に二人の間に生まれた子供を示す。千一夜分の物語を完成するため、写本制作者たちはあらゆる種の加筆を余儀なくされる。そのなかでも、六百二夜の物語はとりわけ不気味なもので、千一夜のなかの魔法の夜だ。この夜、皇帝は王妃シェヘラザードの口から、自分みずからの物語を聴く。彼が物語の冒頭部を聴くと、そこには他のすべての話のほか、奇怪なことにこの夜の話も含まれているのだ。読者はこの加筆の無限の可能性と奇異な危険性にしかと気づいているだろうか――王妃は語り続け、釘づけになった皇帝は、今や無限に循環する『千夜一夜物語』の一挿話を永遠に聞き続けることを強いられる……。哲学者が思いつく綺想は、芸術家のそれに劣らず途方もないものだ。『世界と個人』（一八九九年）の第一巻で、ジョサイア・ロイス*は次のような奇説を開陳する――「英国の地表の一部が完全に平らに均らされ、そこで地図制作者が英国の地図を描いたとしよう。仕事は完璧になされ、英国の地表の細部はどれほど微細なものでも、地図に再現されていないものはない。そこにはすべての点で照応が見られる。こうした場合、この地図には地図の地図が含まれていなければならず、この地図の地図には地図の地図の地図が含まれていなければならない。こうしてこの堂々巡りは無限に続く。」

地図が地図の中にあり、千一夜が『千夜一夜物語』の中にあることが、何故われわれを不安にするのか。ドン・キホーテが『ドン・キホーテ』の読者であり、ハムレットが『ハムレット』の観客であることが、何故われわれを不安にするのか。わたしはその理由を発見したように思う。物語の作中人物たちが読者や観客になることができるのなら、彼らの観客であり読者であるわれわれが虚構の存在であることもあり得ないことではないからである――これらの作品の逆流構造はこのことを示唆している。一八三三年、カーライルは次のように言った――世界の歴史は全ての人間が記し、読み、理解しようとする果てしなき一冊の聖書であり、そこには、彼ら自身もまた記されている。

ナサニエル・ホーソン(1)

ある隠喩の歴史をお話しすることから、アメリカ文学の歴史を始めたいと思います。歴史というより、むしろ幾つかの実例と申し上げるべきかもしれません。その隠喩を誰が思いついたのか、わたしは知りません。そもそも、隠喩を思いつくものであると考えることが間違っているのかもしれません。真の隠喩、つまりイメージとイメージを繋いで、緊密な橋渡しの役をする隠喩は、昔からつねに存在していました。わたしたちが今でも思いつけるようなものは贋の隠喩で、それは思いつくに値しないものです。さて、わたしがこれからお話ししようと思う隠喩は、夢を芝居になぞらえる隠喩です。十七世紀では、ケベードが「死の夢」の冒頭で用いていますし、ルイス・デ・ゴンゴラはソネット「さゆらぐ想い」でその隠喩を次のように表現しています。

夢は劇作家　いつも

風の上にしつらえた舞台で
影に美しい姿をまとわせる

十八世紀になると、アディソン*がもっと厳密に表現するでしょう。彼はこう書いています――魂が夢みるとき、それは劇場になり、役者になり、観客になる、と。はるか昔、ペルシアのオマル・ハイヤームは、世界の歴史は神が――汎神論者の言う様ざまな貌《かお》を持つ神のことですが――永遠の無聊をまぎらせるために、構想し、演出し、鑑賞する芝居であると書きました。それから遥か時代を下ると、スイス人ユングが、魅力的で疑いもなく正確な著書の中で、文学的着想を夢の着想に、つまり文学を夢になぞらえています。

もし文学が夢であるならば(それは統制のとれた意図的な夢ですが、基本的に夢であることに変りはありません)、先に引用したゴンゴラの詩行はこのアメリカ文学物語の適切なエピグラフとなり、夢の作者ホーソンの検討から始めるのは適切なことでしょう。アメリカの作家は、何もホーソンが最初という訳ではありません。で、勿論他にもいる訳です。わがエドゥアルド・グティエレス*には遥かに劣るグティエレス的作家のフェニモア・クーパー*ですとか、スペイン風の楽しいファンタジーを織りなした意匠家ワシントン・アーヴィング*ですとか。しかし、彼らのことは無視しても、別にどうということはなかろうと思います。

ホーソンは一八〇四年セイレムという港町に生まれました。もうその頃から、この町にはアメリカの町としては例外的な二つの特徴がありました。大変に古くて貧しい町だということが一つ。もう一つは斜陽の町だということです。ホーソンはこの古いさびれゆく町に、正直者を思わせる聖書的な名前をもって*一八三六年まで住んでいました。彼はこの町を愛していましたが、その愛はわれわれの愛を斥ける人が、あるいは失敗や病気や偏執などがかきたてるあの悲しい愛でした。彼は生涯この町を離れなかったと言っても、本質的に間違いではありません。それから五十年後、ロンドンやローマに滞在しているときも、彼はピューリタンの町セイレムで暮らしつづけていたのです。たとえば、彼が裸婦像を作るといって彫刻家を非難したことは、このことを如実に示すものです。念のために申しますが、これは大昔ではなく、十九世紀の話なのです。

彼の父ナサニエル・ホーソンは船長でしたが、一八〇八年黄熱病のため東インドのスリナムで亡くなりました。先祖の一人ジョン・ホーソンは、一六九二年の魔女裁判で判事をつとめており、その時は黒人奴隷の少女ティツバを含め、十九人の女が絞首刑の判決を受けています。この奇怪な裁判で(今日、主義主張に対する狂信は別の形をとっていますが）、ホーソン判事は厳格でおそらくは誠実に対処したのでしょう。ナサニエル、われわれのナサニエルは、この祖先について次のように書いています――これら魔女たちの無残な死において、彼の果たした役割は顕著なものであったから、彼女たちの不幸な血は彼の骨髄にさぞかし深く滲み込んだことであろう。それがまだ塵と化していないならば、彼女たちの血痕はチャーター街共同墓地に散らばる彼の遺骨にまだ残っているにちがいない。この鮮烈な文章にホーソンはさらに次のように付け加えています――先祖たちが悔い改めて神の御慈悲を乞うたかどうかを詳かにしないので、私が先祖に代ってそうしよう。そして、彼らの末裔にふりかかった呪いが、今日この日から赦されることを乞おう、と。ホーソン船長が亡くなると、その未亡人つまりナサニエルの母は二階の寝室に籠ったきり、外に出なくなりました。姉エリザベスと妹ルイズの部屋は母と同じ階にあり、ナサニエルの部屋は三階でした。家族は食事を共にせず、言葉を交わすこともめったにしません。食事は盆に載せてホールに出してある。ナサニエルは昼間は幻想的な物語を書き、夕暮れどきになると散歩に出かけていく。こうした忍者まがいの生活が十二年続きました。一八三七年、彼はロングフェローにこう書き送っています――「……わたしは世間と没交渉で暮らしてきました。もともとそう意図した訳ではありませんし、そんなことになるだろうとも思いませんでした。いまのわたしは、自分で自分を囚人に仕立て、土牢に押し込めてしまったようなものです。外に出る鍵はまだ見つからないし、たとえ扉が開いたとしても、出ていくのが怖くなるでしょう。」ホーソンは長身で美貌、ほっそりとした体つきで髪は黒かった。また歩くときは、船乗りのように体をゆする癖がありました。少年少女には全く幸いなことですが、当時はまだ児童文学というようなものはありません。ホーソンは六歳の時に、バニヤンの『天路歴程』を読んでいます。また彼が自分の小遣いで初めて買った本はスペンサーの『妖精の女王』でした。これは二冊ともアレゴリー(寓意物語)です。彼の伝記作者たちはそんなことは言わないかもしれませんが、彼はまた聖書も読みました。それはアメリカに移住した初代のホーソン、ウィルトンのウィリアム・ホーソンが、一六三〇年にイギリスから剣と一緒に携えてきた聖書だったかもしれません。わたしは先程「アレゴリー」という言葉を使いました。ホーソンの作品を語るとき、この言葉は重要です。ことによると、この言葉を使うのは不用意で軽率であるかもしれません。周知のとおり、エドガー・アラン・ポウはアレゴリー化すると言ってホーソンを非難しました。ポウはアレゴリーを書くことも、アレゴリーというジャンルも弁護できないと考えていたのです。ここでわれわれは二つの作業に直面します。一つはアレゴリーというジャンルがじじつ不法なものかどうかを検討することであり、もう一つはナサニエル・ホーソンの作品がこの範疇に属するものかどうかを確認することです。アレゴリーに対する反論で、わたしが知っている最上のものはクローチェのものであり、また最上の弁護論はチェスタトンのものです。アレゴリーは退屈な冗言法《プレオナスモ》である、つまり無益なくりかえしの集成である、とクローチェは言います。この手法では(たとえば)まずダンテがウェルギリウスとベアトリーチェに導かれて天国に至る次第が描かれる訳ですが、そのあとでダンテは魂、ウェルギリウスは哲学・理性、もしくは天与の非キリスト教的知性であり、ベアトリーチェは神学ないし恩寵であると説明される、あるいはそう思い込まされる。クローチェの議論によると(例は彼が挙げているものではありませんが)、ダンテはまずこう考えた――「理性と信仰が魂の救済をもたらす」あるいは「哲学と神学がわれわれを天国へ導く」。その後で《理性》または《哲学》を《ウェルギリウス》に置き換え、《信仰》または《神学》の代りに《ベアトリーチェ》を持って来、こうして全ては一種の仮面舞踏会と化すというのです。この侮蔑的解釈によれば、アレゴリーは一個の謎、他の謎よりも大がかりで退屈で不快な謎だということになるでしょう。アレゴリーは野蛮で幼稚なジャンルであり、美的な気晴らしである、ということになるでしょう。クローチェはこの反論を一九〇七年に書きました。一九〇四年、チェスタトンが相手の知らない間にクローチェに論駁していました。文学の世界は、こと程さように、広大無辺であり、相互交流の乏しい世界なのです。ここでチェスタトンの反論を引用いたしますが、それはウォッツ論のなかにある文章です。ウォッツは十九世紀末のイギリスで盛名を馳せた画家でして、ホーソンと同じようにアレゴリー手法のために非難を浴びました。チェスタトンはウォッツがアレゴリーを作ったことは認めますが、このジャンルが非難に値することは否定します。彼は現実が無限に豊かであり、人間の言葉はそのめくるめくばかりの豊庫を究めつくすことはできないと論じて、次のように言います――「秋の森の色よりもさらに心を惑わせ、さらに名状しがたく、さらに数多くの色彩が魂にあることを人は知っている。……にもかかわらず、人はこれらの事物の一つ一つについて、人間の発する雑多な音声の恣意的な体系によって、その全ての全音と半音を、その全ての混色と調色を正確に表現することができると信じて疑わない。教養ある株式仲買人なら誰でも、彼自身の恣意的な音声体系によって、記憶の神秘、欲望の苦悶をことごとく表現する内面的音声を生み出すことができると信じて疑わないのだ。」さらに後のところで、チェスタトンは、人間の様ざまな言語が捉え難き現実と照応することもあり得ないことではなく、アレゴリーや寓話もそうした言語の一つであると推論しています。

換言すれば、ベアトリーチェは信仰の寓意、つまり信仰という言葉の手のこんだ恣意的同意語ではない。事実は、何かあるもの――ある独特な感性、ひそやかな心理過程、一連の類似した状態――がこの世に存在し、それを二つの記号によって、つまり一つは全く些細な「しんこう」という音、もう一つはベアトリーチェ――ダンテを救うために天国から降りてきて、地獄に足を踏み入れたあの輝くベアトリーチェによって示すことができるというものです。チェスタトンの主張が正しいかどうか、わたしは知りません。わたしに分かっているのは、アレゴリーが一つの図式、つまり一連の冷やかな抽象観念に還元されることが少なければ少ないだけ、アレゴリーとしてすぐれたものであるということです。ある作家はイメージで考える(たとえばシェイクスピア、たとえばダン、たとえばヴィクトル・ユゴー)。ある作家は観念で考える(バンダ*とかバートランド・ラッセルとか)。先験的には、前者も後者と同じように尊重されてしかるべきものです。しかし、観念の作家、つまり推論的人間が想像的でもあろうとする、あるいはそういうものとして見られようとするとき、クローチェの非難するアレゴリーが生まれるのです。論理的な思考過程が、読者に呑みやすいように綺麗なオブラートで偽装されている訳ですが、ワーズワスが言ったように、これは読者の理解力を侮辱するものです。こうした悪弊の有名な一例を挙げれば、オルテガ・イ・ガセットの場合がそうで、彼のすぐれた思想は難解で気まぐれな隠喩によって害われています。多くの場合、これはホーソンにも言えることです。それ以外の点では、二人は対照的な作家なのですが。オルテガは良くも悪くも論理的に考えることはできますが、想像力には欠けています。ホーソンは一貫して想像力(それも怪奇な想像力)の人でした。けれども、理詰めに考えることに対しては、彼は言ってみれば不応性の人だったのです。わたしは彼が馬鹿だったと言っているのではありません。女性が普通そうであるように、彼はイメージで、直感で考えたので、弁証法的論理構成によって考えたのではないと申しあげているのです。一つの美学的過失が彼を害なっています。一つ一つの想像を寓話に仕立てようとするピューリタン的願望がそれです。それは彼をして物語に教訓を付け加えるように仕向け、時には物語を偽り歪めさせています。彼が筋の思いつきを書きとめたノートブックが残されていますが、一八三六年の日付けのある、あるノートのなかで彼はこう書いています——「ある男が胃の中に蛇を呑みこむ。蛇は十五年から三十五年の間そこで養われ、男を猛烈に苦しめる。」これで充分なのに、ホーソンは次のように付け足さないと気が済まないのです——「嫉み、それとも何か別の邪悪な情念の象徴。」別な例を挙げます。今度は一八三八年のものです——「不思議で奇怪な恐ろしい事件が次々に起こり、ある男の幸福をすっかり台なしにしてしまう。男はそれを様ざまな人間と原因のせいにするが、最後には自分自身がその原因であったことがわかる。教訓——われわれの幸福は自分自身に由来する。」同じ年からもう一つの例を——「起きている時には、男は知人のことを尊敬し全幅の信頼を寄せている。しかし、男には夢が悩みの種になる。友たるべき知人がすこぶる恐ろしい敵の役を演じているように思われるから。夢に現われた性格が、知人の真の性格であることが最後にわかる。真実の直感的知覚――これがその説明になるだろう。」ノートの中には、合理的説明や教訓を求めず、ただ漠とした恐怖だけを漂わせているように見えるファンタジーもあって、この方がすぐれています。ふたたび一八三八年のものから――「人混みのなかに男がいる。しかし彼は別の男のなすがまま、生命までその男に脅やかされている――まるで回りには彼ら二人だけしかいないかのように」。次のものはそれから五年後に書きとめられたものですが、同じ主題の変奏になっています――「高圧的な性格の男が、事実上奴隷も同然の状態におかれた別の男に命じてあることをやらせる。件《くだん》の男が突然死に、服従していた男は生涯命じられたことをしつづける。」（ホーソンがこれを物語に仕立てていたら、どんな風に書いたかわたしにはわかりません。ホーソンが男の命じられた行為をどのような内容のものにしたか――つまらないことか、少し恐ろしいことか、それとも屈辱的なことか――わたしにはわかりません。）次のものも隷属――他者への服従――を主題にしたものです。「さる金持が遺言をして、貧しい夫婦に屋敷を遺譲する。夫婦が移ってきてみると、どこか険のある不気味な召使いがいる。遺言で、二人はこの召使いを追い出すことができない。二人は彼に悩まされる。最後に、この召使いが屋敷の元の持主であることがわかる。」スケッチを、さらにもう二つお目にかけましょう。どちらもちょっと変ったものです。それらは、美的次元と日常的次元、つまり芸術と現実の符合ないし混乱を主題にしていますが、これはピランデルロ*やアンドレ・ジードも知っていなくはなかった主題です。まず最初のもの――「街角で二人の男が事件の出現とその二人の主役の登場を待ちうけている。すると事件の方はその間にも推移していき、彼ら自身が二人の主役であることがわかる。」もう一つの方はもう少しこみ入っています――「ある男がお話を書いていると、物語は彼の意図を裏切る形で進行する。登場人物は彼の思惑とはうらはらに行動し、思いがけない事件が起きる。物語の破局が訪れ、作者の彼はそれを避けようとするが、どうにもならない。物語の破局は彼の運命を予告しているのかもしれない。――彼は自分を一登場人物に仕立てたのだから。」これらの遊び、想像の世界と現実の世界――私たちが本を読んでいる時も現実と見なしている世界――との、こうした一瞬の融合は極めて現代的である、あるいは現代的であると私たちには思われます。その起源、その古代の起源は、たぶん『イリアス』に見出すことができるでしょう。トロイア*のヘレネーがトロイア戦争の数々の戦いと不幸をつづれ織りに織りこんでいるあの場面です。ウェルギリウスはこの場面に強い印象を受けたに違いありません。というのも、『アエネイス』には次のようなところが描かれているからです。トロイア戦争の英雄アエネアスはカルタゴの港に着いて、神殿の大理石に戦争の場面が彫られているのを見たとき、多くの戦士像のなかに、自分に生き写しの像を発見する。ホーソンは架空と現実のこうした符合、つまり芸術による現実の反映ないし模写が、余程気に入っていました。すでに取上げたノートのなかでも、一者は他者であり、一人の人間は他の全ての人間であるという汎神論的考えに彼が傾いていたことを、私たちは認めるのです。

先に引いたスケッチには模写とか汎神論といったことがらよりも、もっと重大な問題がひそんでいる。重大という意味は、小説家たらんとする人間にとって重大だという意味です。一般的に言って、ホーソンにとっては状況が作品の刺激剤であり、出発点でした。状況であって、登場人物ではない。ホーソンはたぶん無意識のうちにある状況を想像し、次にそれを具体化すべき人物を探したのです。わたくし自身小説家ではありませんから自信はありませんが、そういう風に小説を書く作家はあまりいないと思います。「ションバーグには現実性があると思う」──『勝利』のなかの最も忘れ難い作中人物についてコンラッドはそう書いていますが、小説家ならばほとんど誰も、自分の創りだした登場人物についてそう言いきれるのではないでしょうか。『ドン・キホーテ』の冒険はゆきあたりばったりの気紛れなものですし、遅々として進まぬ矛盾した会話──作者は推論と呼ぶでしょうが——には現実性が欠けていて読者を苛立たせる。しかしセルバンテスがドン・キホーテなる人物をよく知っていて、彼の現実性を信じていたことは疑えません。作者の信念を信じる私たち読者の信念が、作品の怠慢や欠点に補いをつけるのです。個々の挿話が不自然で信じられないものだとしても、作者は読者の信憑性を試すためではなく、登場人物の性格を規定するためにそうしたのだということに思い至るならば、挿話の現実性などたいして問題ではありません。ハムレットなる人物の現実性が信じられるならば、架空のデンマーク宮廷における子供じみた醜聞や混み入った犯罪など、どうでもいいことです。しかし、ホーソンはまず最初にある状況を、あるいは一連の状況を考え、次にその構想に必要な人物を考え出したのです。この方法がすばらしい短篇物語を生む、あるいは必ずしも生むことはあります。短いが故に、登場人物よりも筋の方が目立つからです。しかし、それがすぐれた長篇小説を生むことはない。小説では、全体の形式(仮にそういうものがあるとすれば)は物語の最後になってやっとはっきりした形をとるのですし、それに一人でも出来の悪い登場人物がいると、非現実の毒に感染されて他の登場人物がすっかり台なしになってしまうこともあるからです。右に述べたことから、ホーソンの短篇物語は長篇小説よりすぐれているという結論を抽き出す人もあるでしょう。わたしはその結論を正しいと思います。全二十四章からなる

『緋文字』は、鋭敏で上乗の散文で書かれ、忘れ難い文章に満ちていますが、そのどの章をとってみても、『トワイス・トウルド・テイルズ』中のあの特異な短篇「ウェイクフィールド」ほどにわたしを感動させたものはありません。これという理由もなく妻の許を蒸発し、隣町に部屋を借り、そこで二十年間、誰にも怪しまれずに隠れて暮らしたあるイギリス人の話――ホーソンはその記事を新聞で読みました。あるいは、物語に仕立てる都合上、新聞で読んだことにしたのかもしれませんが。二十年という長い間、男は一日も欠かさず自分の家から通り一つ離れた街で過ごすか、街角から自分の家を眺めて暮らしたのです。彼は何度も妻の姿を垣間見ています。人が彼のことをとうに死んだものと諦め、妻の方も長年の後家ぐらしに馴れてしまった時になって、ある日男は玄関の戸を開け、家の中に入る――まるで数時間留守をしただけだという感じで。（その後死ぬまで、男は模範的な夫でありました。）ホーソンはこの奇異な話を読み、胸騒ぎを覚えました。彼はそれを理解し、想像しようとして、このテーマを熟考しました。「ウェイクフィールド」はこの蒸発についての臆測に基づく物語です。謎の解釈は無数にあり得るでしょうが、まずホーソンの解釈を見てみることにします。

ホーソンの想像したウェイクフィールドは、物静かで、小心なくせに自惚れがつよく、利己的で、子供じみた下らない秘密に熱中する男です。感情も想像力も知性もすこぶる貧弱ですが、長いこととりとめのない漠とした想念に耽っていることがある。誠実な夫であったが、それというのも根がものぐさなため、浮気などする気にならないからです。十月のある夕方、ウェイクフィールドはこう言って妻に別れを告げます。——時代が十九世紀の初めであることをお忘れにならないで下さい——駅馬車で出掛けてくるが、遅くとも二、三日のうちには帰ると。妻は、夫が大したことでもないのに隠しだてをしたがるたちであることを知っていたので、旅行の理由は尋ねません。ウェイクフィールドは半長靴をはき、晴雨兼用の帽子をかぶり、オーヴァを着ている。手には旅行鞄と蝙蝠傘を持っています。ウェイクフィールドは——これは私には驚きですが——このあと何が起こるのか、自分でもまだわかっていないのです。まる一週間家を留守にして女房をまごつかすか驚かすかしてやろう——大体そんなことを漠然と考えて、彼は家を出る。家を出て、玄関のドアを閉め、また半分開けて一瞬笑みを浮かべる。数年後、妻はその最後の笑みを憶い出すでしょう。彼女は夫がその笑みを顔面に凍りつかせて棺桶に横たわっている様を、あるいは冷静でずるそうなその笑みを浮かべ、栄光につつまれて天国にいる様を想像してみる。彼はもう死んだと誰も信じているのですが、彼女だけはあの笑みを憶い出すと、まだ後家になってはいないように思われるのです。廻り道をして、ウェイクフィールドは借りる手筈をつけておいた下宿に着く。暖炉のそばにくつろぐと、彼はまたにたりと笑う。家から一つ先の通りに来ただけで、もう旅の目的地に着いたのだ。疑念が首をもたげる。してやったりと自らを祝福する。こうしてここにいることが信じられない。すでに誰かに見られたのではないか、密告されるのではないかという不安に囚われる。後悔の念に駆られながら寝床に就き、妻のいない広いベッドで両手を拡げると、大声でこう言ってみる――「明日から独りで寝るようなことはすまい。」翌朝、彼はいつもより早く目を覚まし、さて今日一日何をしようかと自問して、われとわが身を驚かす。何か目的があることはわかっていますが、それが何なのかを自分ではっきりさせることができないのです。やっとのこと、その目的が、一週間の後家ぐらしで貞節な妻にどのような変化が現われるかを発見することであることに気づきます。好奇心に駆られて恐る恐る通りに出、出たところでこう呟く――「遠くから家を覗き見してやろう。」方角もわからずに歩き始めますが、いつものくせで足が家に向いてしまい、突然気づいたときには、自らの謀略に対する反逆者よろしく、自分が玄関口にいて、いまにも家に入ろうとしている。彼はぎょっとして踵《きびす》をかえす。人に見られたのではないか？誰かが自分の後を追ってくるのではないか？　彼は街角でふりかえり、家を見る。今では自分の家とは思えない程ですが、それは、見ている彼が別人になっているからです。彼は自覚していませんが、たった一晩で彼はすっかり人が変ってしまった。これから二十年の間彼を家から蒸発させることになる道徳的変容が、彼の魂のなかに起こったのです。これが長い冒険の始まりでした。ウェイクフィールドは赤毛の鬘《かつら》をかぶる。これまでの習慣を変えて、日課も新しく作り直す。彼は自分の不在によるウェイクフィールド夫人の困惑が、まだ不充分なのではないかという疑いにとり憑かれます。たっぷり脅してやるまでは家には戻らない決心です。ある日のこと薬屋が家に入り、また別な日、医者が家に消えていく。ウェイクフィールドは悲しみますが、ここで突然姿を現わしたりしたら、病気をいっそうこじらせるのではないかと心配します。不安に駆られながらも、彼は日の過ぎゆくにまかせるのです。昔は「二、三日したら家に帰ろう」と思ったものでした。今ではそれが「二、三週間もしたら」に変っている。こうして十年が経ちました。長い間、彼は自分の行動が異常なことに気づかなかった。ウェイクフィールドは生ぬるい愛情をもって(熱からず冷たからずというのが、この男の心の特徴なのです)、妻を愛しつづけますが、妻の方は次第に彼を忘れていく。ある日曜の朝、二人はロンドンの町の雑踏のなかで顔を合わせます。ウェイクフィールドは昔よりも痩せている。身を隠すか人を避けてでもいるように、はすかいに歩いていく。狭い額には深い皺が寄っていて、昔はごく平凡な顔だったのに、今では異様な行動のために異様なものになっている。小さな眼はあらぬところをさまようかと思うと、心の奥をみつめる。妻の方は昔よりも太っていて、手に祈禱書を持っている。彼女の体全体が諦めきった後家ぐらしを象徴しているかのようです。彼女は悲しみに馴れっこになってしまっているので、喜びとりかえてやると言われても、たぶん承知しないだろうと思われる程です。顔を合わせたとき、二人は相手の眼をじっとみつめます。人混みが二人を引き離し、二人ともすぐにそれに呑み込まれる。ウェイクフィールドは下宿へ急ぎ、ドアに閂《かんぬき》をかけ、ベッドに身を投げ出すと、とつぜん憑かれたようにすすり泣く。今の生活の悲惨と奇矯を彼は一瞬理解します。「ウェイクフィールド！　おまえは狂っている！」彼はそう自らに呟いたのです。たぶんその通りでしょう。ロンドンのまん真中で暮らしていながら、彼は世界との絆を絶ってしまったのですから。まだ死んだ訳でもないのに、生者としての位置と権利を捨ててしまったのですから。自分の頭のなかでは、彼はいまでも家で妻と暮らしつづけている。今では自分が別人になっているということがわからないし、多分絶対にわからないでしょう。「すぐに家に帰ろう」――彼はそう言いつづけていますが、彼は二十年間この言葉をくりかえしてきたことを自覚していないのです。彼の記憶の中では、孤独の二十年間は人生劇場の一つの幕間《まくあい》、人生という文章の一つの括弧でしかないように思われる。ある日の午後、これまでの何千という午後と同じようなある午後、ウェイクフィールドは自分の家を見ます。二階の寝室の暖炉には火が燃えていて、炎がウェイクフィールド夫人のグロテスクな影を天井に映しだしています。雨が降り始め、一陣の冷たい風が彼を襲う。自分の家、己の家庭が目の前にあるのに、どうして外で雨に濡れたりしているのだ。彼は重い足どりで踏段を登り、玄関のドアを開ける。私たちがすでに知っているあの狡猾な笑いが、まるで亡霊のような彼の顔に浮かんでいる。遂にウェイクフィールドは家に還ってきた。ホーソンはその後の彼の運命がどうであったかについては一言も語ってはいませんが、その沈黙は、ある意味で彼が死者も同然であったという推測を妨げるものではありません。物語の最後の部分を引用します――「この不思議な世界は、一見混乱しているようにも見えよう。しかし、個人は一つの組織に、また組織は相互の間で、あるいはさらに大きな体系にじつに見事に適合している。その結果、人は一瞬でもそこからはみ出ると、自らの居るべき場所を永遠に失うという恐ろしい危険に身を曝らすことになる。ウェイクフィールドのように、彼は言わば《宇宙の追放者》になってしまうかもしれないのである。」

一八三五年に書かれたこの短い不気味な譬話を読むとき、私たちはすでにハーマン・メルヴィルやカフカの世界、謎のごとき罰と理解不能の罪からなる世界に入っています。カフカの世界はユダヤ教の世界であり、ホーソンの世界は旧約聖書の、神の怒りと処罰の世界なのだから、そのことは別に驚くにはあたらないとおっしゃる方もあるでしょう。

その意見は正しいのですが、それは両者の倫理面しか衝いていません。ウェイクフィールドの恐ろしい物語とカフカの多くの物語は、共通の倫理のほかに、共通のレトリックによっても繋がっているのです。たとえば主人公が人物としては極めて卑小である点を挙げることができますが、これは彼の受ける罰の大いさと著しい対照をなしていますし、彼はその卑小さ故に、いっそう哀れな姿で復讐女神の餌食になるのです。また、エッチングさながら、悪夢が浮彫りにされる薄暗い背景を例に挙げることもできます。ホーソンは、他の物語ではロマンチックな過去を浮かび上がらせることが多いのですが、この物語の舞台は中産階級のロンドンになっていて、その雑踏がかえって主人公を隠す役割を果たしています。

ここで一つの私見を提出したいと思いますが、それでホーソンを貶《おとし》める結果にはなるまいと思います。すでに示唆した通り、私たちは十九世紀初めのホーソンの物語のなかに、二十世紀初頭に書かれたカフカの物語を際立たせているのと同じ特徴を見出すのですが、私たちはこの状況、この不思議な状況を認めると同時に、ホーソンの特質がカフカによって創られた、あるいは決定されたということを忘れてはなりません。「ウェイクフィールド」はフランツ・カフカを予表している。けれども、カフカは「ウェイクフィールド」の読みを修正し、洗練するのです。借りは五分五分ということになります。

すぐれた作家は自分の先駆者たちを創る。彼は彼らを創り、ともかくも彼らを正当化するのです。たとえば、もしシェイクスピアがいなかったら、マーロウは何程の作家だったでしょうか？

翻訳家・批評家マルカム・カウリー*は、「ウェイクフィールド」のなかにナサニエル・ホーソンの不思議な隠遁生活のアレゴリーを見ています。またショーペンハウアーは、これは有名な言葉ですが、いかなる行為、いかなる思想、いかなる病気も自ら招いたものでないものはないという意味のことを書いています。この見解に些かの真実があるものとすれば、ナサニエル・ホーソンはあの特異にして無二なるウェイクフィールド物語を、多様性こそその目的なるやもしれぬこの宇宙に存在せしめるため、長年の間人間世界との交渉を絶ったと臆測することは、あながち的はずれとは言えないでしょう。この物語を仮りにカフカが書いていたとすれば、ウェイクフィールドは決して家には戻らなかったでしょう。ホーソンは家に帰らせるのですが、彼の帰宅はその長い不在と同じように、悲劇的であり、また残酷なことです。

「地球の大燔祭*」はホーソンのほとんど完璧と言っていい(しかし完全にそう言い切れないのは倫理への関心が物語を害なっているからですが)譬話の一つです。このアレゴリー風な物語のなかで、ホーソンは無用の長物が地に堆積し、それに飽きあきした人間たちが過去を一掃する決心をする瞬間を予見しています。この大事業を完遂するために、人間たちは夕方、アメリカ西部の大平原に集合する。彼らは世界の諸処方々から集まってきます。巨大な火の山が築かれ、そこには地球に充満し、地球を疲弊させるありとあらゆるものがくべられる――全ての系図、全ての賞状、全ての記章、全ての勲章、全ての判決文、全ての家紋、全ての王冠、全ての王笏、全ての教皇冠、全ての王家の紫衣、全ての天蓋、全ての玉座、全ての酒類、全てのコーヒー豆の袋、全ての茶箱、全ての葉巻、全ての恋文、全ての大砲、全ての刀剣、全ての軍旗、全ての軍鼓、全ての拷問具、全てのギロチン、全ての絞首台、全ての貴金属、全ての貨幣、全ての土地権利書、全ての憲法と法典、全ての書物、全ての司教冠、全ての法衣、全ての聖典……。ホーソンは時に衝撃を受けながら、この巨大な篝火《かがりび》を驚異のまなざしで見凝《つ》めます。この広大な炎のピラミッドは可燃物を焼き尽したにすぎないのだから、喜ぶことも悲しむことも要らない――謹厳な顔をした男がホーソンにそう告げます。また別な見物人――これは悪魔ですが――は、この地球大燔祭の主催者たちは目に見えるほんの少数のものを燃やしただけで、肝腎なものをくべ忘れていると言います。あらゆる罪の根源である《人間のこころ》を忘れていると言うのです。物語の結末は次の通りです――「問題は心だ――原初の悪の棲家たる、小さいけれども広大無辺の球体がまだ残っていた。この外的世界の犯罪も不幸もその象徴に過ぎない。この内なる球体を浄化すれば、外なる世界に充ち満ち、今や世界のほとんど唯一の実相たるかに見えるもろもろの悪の姿も虚《うつ》ろな亡霊と化し、やがてはひとりでに消えて行くであろう。けれども、われわれが理知の段階にとどまり、その薄弱なる道具をもってのみ、悪を識別し矯正しようとするならば、われわれの努力の成果も無意味な一睡の夢となって終るだろう。その時、わたしが忠実に描写した巨大な篝火も手をふれれば焼けただれる現実の炎であったか、はたまたわたしの脳髄に燃えさかった寓話という名の燐光にすぎなかったか、それはどうでも構わないということになろう。」人間は生得的に堕落した存在である——ホーソンはここではこのキリスト教的ドグマ、厳密に言えばカルヴィニズムのドグマの影響を受けていますが、幻想による万物の焼却という彼の譬話が、道徳的解釈ばかりでなく哲学的解釈も許容するていのものであることには気づいていないのです。世界が《誰か》の夢である、つまり今私たちを夢に見ており、宇宙の歴史を夢想する《誰か》が存在する(これが観念論者の世界観です)——もしそうであるなら、宗教や芸術を絶滅させ、全ての書物を焼却することは、夢をいろどる装飾品を壊すのと同程度の意味しかないことになります。ひとたびそれらを夢見た《精神》は、再びそれらを夢見るでしょうし、《精神》が夢を見つづけるかぎり、何も失われるものはないからです。この教理は常識の間尺を越えているように見えます。けれども、ショーペンハウアーはそれを真理として信じていました。随想集『パレルガとパラリポメナ*』のなかで、歴史を万華鏡や混乱した永遠の悲喜劇にたとえているのはそのことを証す一例です。万華鏡で様ざまに変るのは、鏡の模様であってガラス片ではない、また芝居の中で変るのは役者の役柄や仮面であって役者自身ではないというのです。宇宙は私たちの魂の投影であり、世界の歴史は各個人に内在している――こうした予感ゆえに、エマソンが「歴史」という題の詩を書いていることを申し添えます。

過去の廃絶なる幻想について申しますと、紀元前三世紀にそれはすでに中国で試みられ、失敗に終っていることは、ここで憶いおこす価値があるかもしれません。ハーバート・アレン・ジャイルズによれば、時の宰相李斯《りし》は、歴史を新しい帝王とともに始めることを提案し、王は始皇帝と名のったということです。故人の徒らな驕りを滅ぼすべく、農業・医薬・占星を教えるものを除き、全ての書物が没収されるか焼却されることを命じられました。本を隠匿しているものは焼鏝を烙《お》され、万里の長城で働かされました。多くの貴重な本が失われました。孔子の聖典が今も伝えられているのは、隠れた無名の文人たちの否認と勇気のお蔭なのです。あまりに多くの知識人が皇帝の命令に背いて処刑されたため、彼らを埋葬した処刑地では、冬でも瓜がなるほどだったと言われています。十七世紀の半ばごろ、同じ企てがイギリスに出現します。今度は清教徒たち、ホーソンの祖先である清教徒によるものです。クロムウェルが召集したさる人民議会で、ロンドン塔に保管されている全ての古文書を焼き捨て、過去の全ての記憶を抹消して全く新しい生活を始めようという提案が大真面目で議論されたとサミュエル・ジョンソンは述べています。換言すれば、過去を廃絶しようとする試みは人類にとって目新しいものではない。ですから、逆説的に申しますならば、過去を廃絶しようという試みは過去は廃絶できないという一つの証拠になる訳です。過去を毀《こぼ》つことはできない——遅かれ早かれ、過去を廃毀《はいき》せんとする企ても含めて、あらゆる物が復活されるでしょう。

作家という仕事は軽薄である、それどころか罪深いものですらある——清教徒のもう一人の末裔であるスティーヴンソンと同じように、ホーソンもついにそうした思いを捨て去ることができませんでした。『緋文字』の序章のなかに興味深い一節があります。ホーソンは小説を書いている自分を祖先の亡霊たちが見ているような幻想に捉われます。「あいつは何者だ」、老人の亡霊が他の亡霊たちに尋ねる、「小説の作者だって？　口を糊《ぬ》らすたつきは他にもあるだろうに。神の栄光を讃え、世のため人のためにつくす道は他にもあるだろうに。堕落にもほどがある。それぐらいなら、寄席のバイオリン弾きにでもなった方がまだましではないか。」この一節は告白と言うべきもので、ホーソンの内心のためらいを顕わにしている点で大いに興味深いものです。このためらいは昔から論議の的になっている倫理と審美との、お望みなら神学と美学との対立に溯るものです。この論争の古い一例は、偶像崇拝を禁じた聖書に見ることができます。またもう一つの例はプラトンの『国家』第十巻にありますが、そこにはこう書いてあります――「神はテーブルの原型(原初のイデア)を創る。大工はその原型の模像を作り、絵画きは模像の模像を作る。」さらにもう一つの例はマホメットのものですが、彼はこう宣告したのです――生き物を描く全ての絵、全ての彫刻は、最後の審判の日に主の御前に差し出されよう。天使たちはそれらの作者たちに、描き彫りなせるものに血を通わせ、それを動かすことを命じられよう。作者はそれに応えられず、しばし地獄に投ぜられるの止むなきに至る……。イスラム教のある指導者たちは、影を作る像(つまり彫像)だけが禁じられていたと主張しています。昔、プロティノスは肉体の中に棲んでいることを恥じ、彫刻家に肖像を作らせなかったということです。肖像画を描いてもらうようにある友人に薦められたとき、彼はこう答えました。――「自然は私をこの身体の中に押し込め、私はそれを引きずって歩かねばならぬ。それだけでたくさんだ。身体なる模像の他に、もう一つその模像を後世に遺すことなどとうてい承服できることではない。」

ナサニエル・ホーソンはこの難問を解決しました(これは単なる幻想ではありません)。

彼の解釈は教訓譚や寓話を作ることでした。彼は芸術を良心の道具にしたのです、あるいはしようとしたのです。ほんの一例を挙げれば、『七破風の家』の場合がそうで、この長篇小説は先祖の行なった悪行が、一代で消えてしまわず、一種相続された罰のようなものとして、末裔たちに継承されることを示そうとしています。アンドルー・ラング*はこの作品をエミール・ゾラの小説、あるいはエミール・ゾラの小説理論と比較していますが、ホーソン、ゾラという二つの異質な名前を並列することによって得られるものは、私には、一瞬の驚きを味わう以外に何もないように思われます。ホーソンは教訓的目的を追求した、あるいはそれを許容したのですが、この事実は彼の作品を無効にしないし、また無効にすることはできない。文学的信条や理論は刺激剤にすぎないので、完成された作品は、しばしばそれらを無視し、時にそれらと矛盾することすらあるのです。私はこれまでの生涯を生活よりはむしろ読書に捧げてきましたが、その過程で何度もこのことを確認することができました。作家が自らのなかに価値あるものを有していれば、たとえ彼の文学的信条が瑣末で誤ったものであっても、それは彼の作品を決定的に損なうことはないでしょう。作家が馬鹿げた偏見の持主であるとしても、作品が真正なものである、つまり真正なヴィジョンに依っているものであれば、作品が馬鹿げたものになることはあり得ません。一九一六年ごろ、イギリスやフランスの小説家たちは、ドイツ人はことごとく鬼畜《おに》生であると信じていました、あるいは信じていると思っていました。しかし、彼らの小説にはちゃんと人間として描かれているのです。ホーソンの場合、ヴィジョンの萌芽はいつも真実でした。間違っているのは、究極的に間違っているのは、彼が最後の一節でつけ加える教訓であり、ヴィジョンを描写するために彼が構想した、あるいは集めてきた登場人物だったのです。『緋文字』の登場人物(特にヒロインのヘスター・プリン)は、他の短篇物語の場合と比べると、独立性と自律性を与えられています。彼らは大方の小説の住人に似ていて、ホーソンをわずかに変装させただけの、単なる作者の影ではありません。ヘンリー・ジェイムズ、ラドウィグ・ルーイソン*という明敏な(そして異質な)二人の作家をして、『緋文字』をホーソンの傑作、最終的遺言と言わしめた所以は、たぶん、この客観性、この相対的部分的客観性によるものだと思います。けれども、私はあえてこの二人の権威に異を立てたいのです。客観性を求める人、客観性に飢えかつえている人は、ジョウゼフ・コンラッドやトルストイにそれを求めたらよい。しかし、ナサニエル・ホーソン独得の味わいを求める人は、多くの場合、それが苦心の長篇小説ではなく、むしろ何でもない一ページ、あるいは目立たない悲劇的短篇のなかにあることを知るでしょう。あえて大家に異を立てたこの私見を、どうすれば正当化できるのかわかりませんが、三つのアメリカものの長篇小説、それに『大理石の牧神*』のなかに私が認めるのは、ただ一連の状況、読者を感動させるように、職業的技術で工夫をこらした一連の状況だけであって、生き生きとした、想像力の自然な働きではありません。同じことの繰りかえしになりますが、全体の筋や脱線は想像力によるものだとしても、挿話の配列や登場人物の心理(この言葉は適切ではありませんが、仮りにそう呼んでおきます)はそうではないのです。

作家は同時代人に借りをつくることを好まない――サミュエル・ジョンソンはそう述べていますが、ホーソンほど同時代人に無関心だった人も珍しいと思います。たぶんホーソンの態度は正しかったのです。たぶん同時代人というのは――どんな時代でも――あまり変りばえのしないもので、新奇なものを探し求める時は古人に求めた方が手取り早い。伝記作者によると、ホーソンはド・クウィンシーを読まず、キーツを読まず、ヴィクトル・ユゴーを読んでいません。もっとも、彼らもお互い相手のものを読んではいませんが。グルーサックは、そもそもアメリカの作家が独創的でありうることを認めようとしませんでした。彼はホーソンに対する「ホフマンの顕著な影響」を槍玉にあげて非難していますが、この見方は両者に対する公平な無知に基づいているように思われます。ホーソンの想像力はロマン主義的なものでした。ある種のゆきすぎはありますが、彼の文体は十八世紀に、あの素晴らしい十八世紀の、衰弱した世紀末に属するものです。

ホーソンが長い孤独な時間を紛らせるためにつけていた日記から、その断片の幾つかを先に引用しました。また私は二つの短篇物語の簡単な梗概を述べました。ここで私は『大理石の牧神』の一ページを引用して、皆様にホーソン自身の言葉を読んでいただきたいと思います。話題になっているのは、ローマ伝説の深淵、深坎《しんかん》ですが、古代ローマの史家たちによれば、それはフォーラムの真中に口を開けていた。武装して馬にまたがったローマの一兵士が、神々の怒りを鎮めるために、その底《そこ》いも知らぬ深みに身を投げたと言われています。ホーソンの原文は次の通りです。

「ここに決めませんか」とケニオンが言った、「クルティウスが駿馬もろとも身を投じたというあの亀裂のありかは、きっとこの辺ですよ。黯々《くろぐろ》とした大きな裂け目が目に見えるような気がしませんか。測り知れぬ程底深く、朧ろな姿をした怪物や恐ろしい人間の顔が下の方からぼんやりと浮かび上がって見える。縁からこわごわ覗きこんだローマの善男善女はすっかり顫えあがったそうですよ。穴の中にはきっと予言の幻影が映っていたに違いない――ローマの、未来の全ての災厄を暗示するようなものが――つまり、ゴート族やゴール人の影とか、ことによると今日のナポレオンの兵士たちの姿も。亀裂があんなに早く閉じてしまって、僕は残念でしょうがない。あの穴を覗かせてもらえるなら、何をくれても惜しくはないんだけどなあ。」

「あたし思うんだけど」、ミリアムが言う、「気が滅入ってがっくりしている時は、誰でもそこを覗き込むんだわ。つまり、そういう時にかぎって事の真相を見ぬく力は最高に冴えるんじゃないかしら」。

「あの亀裂は地獄の坎《あな》に通じる裂け目だった。それはどこにいてもあたしたちの下にあるんだわ。一見堅固に見える人間の幸福だって、その実質は地獄の裂け目に張りわたした薄い膜でしかないのよ。その上をたしかな現実だと思いこんで、あたしたち平気で歩いているけど、それは作りものの舞台装置に惑わされているだけ。裂け目が姿を現わすのに、別に地震なんて必要ないわ。普段より重い足どりで一歩踏みつけるだけで充分。だからあたしたち、とっても優雅に歩く必要があるってわけ。いつなんどき、その薄い膜を踏み破ってしまうかしれませんもの。でも、いずれあたしたちもそこに沈んでいくんだわ。クルティウスって人、何も先駆けして身を投げることなんかなかったのよ。つまらないヒロイズムだわ。だって、彼が犠牲《いけにえ》になってくれたのに、結局ローマ全体があの穴に呑みこまれたじゃない。カエサルたちの王宮も粉々に砕けて、がらがら虚ろな音をたててあそこに沈んでいった。神殿も全部ころげ落ちていったし、何千という大理石の彫刻も投げ込まれてしまった。軍隊も凱旋将軍も縁から足を踏みはずし、行進曲に歩調を合わせて、あの大穴に行進していったんだわ……。」

理性、単に理性だけの観点から言うなら(そして理性は芸術に容喙《ようかい》すべきではありませんが)、私が引用した熱烈な一節はとうてい弁護できるものではありません。フォーラムの真中に口を開けた亀裂は、あまりに多くのものでありすぎます。たった一節の文章のなかで、それは古代ローマの歴史家が述べている裂け目であり、それはまた「朧ろな姿をした怪物と恐ろしい人の顔」が見える地獄の坎《あな》でもある。それは人生の根源的恐怖であり、彫像と軍隊を啖《くら》いつくす《時間》であり、全ての時間を包み込む《永遠》でもある。それは多面的な象徴、多くの、おそらくは相互に矛盾した価値を荷ないうる象徴なのです。こうした価値は理性、つまり、論理的な理解力には厭わしいものであるのですが、夢にとってはそうではありません。夢には独自な秘密の代数学があって、その曖昧模糊たる領分では、一が多であることもあるのです。ホーソンの世界は夢の世界です。彼はかつて一つの夢を、「矛盾して異常で無目的な、われわれが寝《いね》て見るあの夢の流れにさも似た」夢を書こうと企てました。かつてそのことをした人がいないことは彼には驚きでありました。その不思議な企てを記したのと同じ日記に(私たちの「現代」文学はこの企てを果たそうと虚しい努力を重ねています。これまでそれをよく果たしえたのは、ルイス・キャロル一人ではないでしょうか)、数々のささやかな印象、小さな具体的観察(にわとりの動きとか、壁に映った木の枝の影とか)を記したたくさんのノートが含まれています。それは全部で六巻にも及び、まるで謎のような量の多さは、彼の伝記作者全てにとって当惑の種でありました。「郵便局で開封されることを恐れて、後で困るようなことは絶対に書くまいと決心した男が自分に宛てた一連の手紙を読んでいるような気がした。好感は持てるが、明らかに形式的だし、内容も時に退屈させられる」――当惑を包み隠さず、ヘンリー・ジェイムズはそう書いています。ナサニエル・ホーソンが何年にもわたってこれらのこまごました印象観察を書きとめた理由は、自分が現実世界の人間であることを自らに思い知らせるためではなかったか、彼につねに憑きまとっていた非現実感、亡霊意識――そういうものから何とかして自らを解き放とうとする手だてではなかったかと私には思えるのです。

一八四〇年のある日、彼はこう書いています――「子供のころから棲みなれた同じ部屋に、今もこうして坐っている。わたしはここで多くの物語を書いた――焼かれて灰になったものも数多くあったし、同じ運命を辿ってしかるべきものも多々あったにちがいない。部屋は自ら幻影の間と呼ばれることを求めているが、それは幾千という幻影がこの部屋にいるわたしの眼前に浮かんできたからである。その一部は姿形《すがたかたち》を装って世に送りだされたことであった……。時として、わたしは、すでに墓の中にいるような気がすることがある。すでに生気は尽き、あとは体が冷え、感覚が薄れるのを待つばかりなのだ。しかし、幸福な時もさらに多くあった……。この孤独な部屋に、かくも長い年月なぜわたしが閉じ込められてきたのか、目に見えぬ桟と閂をなぜうちこわすことができなかったのか、いまわたしはそれがやっとわかりかけている。それは、わたしがここから外に逃げ出したら、たちまちのうちにわたしの体はごつごつと固くなって塵におおわれてしまうからだ。わたしの心臓が冷えてこわばってしまうからだ……。じっさい、われわれは亡霊のごとき影にすぎない……。」ただいま引用した文章のなかで、ホーソンは「幾千もの幻影」に言及しています。おそらくこれは誇張ではないでしょう。十二巻本のホーソン全集のなかには、百以上の短篇物語が含まれていますが、これらはホーソンが日記の中であらすじを述べているスケッチのほんの一部にすぎません。(完成された物語のなかには、「ヒギンボタム氏の悲惨な最期」*のように、後にポウが発明する探偵物語を予表しているものもあります。) ブルック・ファームの理想郷で彼と知りあったマーガレット・フラー*は後にこう書いていますー「ホーソンという大海で、わたくしたちが知っているのはほんの二、三の水滴にすぎません。」またエマソンは、彼もまた友人の一人であったのですが、ホーソンは持てる力を完全に発揮していないと考えました。ホーソンは一八四二年、三十八歳の時に結婚していますが、その時までの彼の生活は、ほとんど全くと言っていい程想像と知性の世界に限られていました。彼はボストンの税関で働き、リヴァプールの合衆国領事をつとめました。彼はフィレンツェ、ローマ、ロンドンで暮らしました。しかし、彼が生きていた現実は、つねに幻想の息づく薄明りの黄昏、あるいは月明りの世界でした。

この講演の冒頭で、私は文学的着想を夢の想念に、つまり文学を夢になぞらえた心理学者ユングの説にふれました。しかし、この理論はスペイン語文学にはあてはまらないように思われます。われわれの文学は幻想ではなく、辞書や修辞学を糧にしているからです。他方、この理論は北アメリカの文学には似つかわしいものでして、そこではイギリスやドイツの文学と同じように、模倣よりは創意を、観察よりは創造を重んじる傾向があるからです。北米の人々が写実的作品を崇め、たとえばモーパッサンはユゴーよりも重要な作家であると仮定したりする不思議な事態は、おそらく右に述べた事情によるものでしょう。北米の作家にとってユゴーたらんとすることはできない相談ではない。しかしモーパッサンになることは、余程の無理をしなければ不可能なことなのです。数人の天才を生み、イギリスやフランスにも影響をおよぼしている合衆国の文学と比べるとき、わがアルゼンチン文学はどことなく地方的な感じがすることは否めません。けれども十九世紀には、エチェベリア*やアスカスビやエルナンデスや、それに不当にも忘れられているエドゥアルド・グティエレスによって、すばらしい写実的作品が生み出されました。今日まで、北米の作家たちはまだそれを凌駕する作品を書いておりませんし、たぶん匹敵する作品もなかろうと思います。フォークナーはわがガウチョ作家たちに劣らず残忍な作品を書いていると言って反対する人があるかもしれません。その通りなのですが、彼の残忍さは幻覚的なもの、つまり観念的な地獄の残忍さであって地上の残忍さではない。それは夢から生まれてくるもので、これまたホーソンに淵源するものです。

　ホーソンは一八六四年五月十八日、ニューハンプシャー州の山間で亡くなりました。静かな最後でしたが、ねむっている時に死を迎えたのですから謎めいてもいる訳です。彼が夢を見ながら死んでいったと想像することは許されるでしょうし、はてしないホーソンの夢の掉尾を飾ったその夢の内容を、また死がそれを完結させた、あるいは消去した様子を物語に仕立てることもできましょう。私はいつの日かそれを書く時があるでしょう。読んで頂けるような物語を書いて、このふつつかで脱線だらけの講演に補いをつけたいと思うのです。

ヴァン・ワイク・ブルックス*（『花咲くニューイングランド』）、D・H・ロレンス（『古典アメリカ文学研究』）、ラドウィッグ・ルーイソン（『アメリカ文学物語』）がホーソンの作品を分析し、評価しています。伝記はたくさん書かれており、私はヘンリー・ジェイムズが一八七九年《英語文人叢書》のために書いたものを利用させて貰いました。

ホーソンの死後、夢を見る仕事は他の作家たちに引き継がれました。将来ご寛大な皆様のお許しが得られれば、ホーソンの夢を悪夢に変えたポウの栄光と苦悩についてお話をしたいと思っています。

ウォールト・ホイットマン覚書

ホイットマンの作品で自然に生まれたものは一つとしてない。
R・L・スティーヴンソン『人と本』(一八八二年)

文学の実作者は、時に途方もない野心――プラトンの原型のように全ての他者を包含する本の本、時とともにその価値を減じることがない言わば絶対書物を作ろうという野心――にとり憑かれる。この野心を懐いた人たちは高邁な主題を選んだ――アポロニオス・ロディオス*(大海の危険に挑んだ世界最初の船)、ルカヌス*(鷲と鷲が相撃つカエサルとポムペイウスの闘い)、カモンイス*(東方《オリエント》に航海するポルトガル軍)、ジョン・ダン*(ピュタゴラスの教理に従って魂の転生が描く円環)、ミルトン(人間の最も古い罪と楽園)、フィルダウシ*(ササーン朝の帝王たち)。偉大な書物は必ずしも偉大な主題を必要としないということを初めて言ったのは、たぶんゴンゴラ*だろう。彼の『孤愁』に述べられている曖昧模糊とした物語は、カスカーレス*(『文学ノート』Ⅷ)とグラシアン*(『批評好き』Ⅱ・四)の観察と非難によれば故意に瑣末なものである。マラルメは瑣末な主題では満足せず、否定的主題を求めた——花や女の不在、一篇の詩になる前の紙の白さ。ペイターと同じように、彼は、全ての芸術は音楽、すなわち形式を内容とする芸術に向かうと感じていた。その端正な信仰告白「この世の全ては一冊の本に帰すべく存在する」はいかにも彼に似つかわしいものであるが、この言葉は、神々は後世の人間が歌の材料にするために不幸をお創りになるというホメロスの格言(『オデュッセイア』Ⅷ)を要約しているように思われる。一九〇〇年ごろ、イェイツは個の精神の下で息づいている類的記憶を《大いなる記憶》とよび、それをよび覚ましてくれるような諸象徴を操作することで絶対者を追求した。これらの象徴は後代のユングによる原型になぞらえることも可能だろう。バルビュス*は『地獄』のなかで(これは不当に無視されている書物である)、人間の基本的行為を詩的に説明することによって時間の限界を回避した(あるいは回避しようとした)。『フィネガンズ・ウェイク』のなかで、ジョイスは異なった時代の諸特徴を同時的に呈示することによって、同じ目的を果たそうとしている。時代を異にする人や場所を故意に操作することで永遠の印象を生み出そうとする技法は、パウンドやT・S・エリオットによっても実践されている。

わたしは幾つかの手法を回想したが、そのどれも、一八五五年ホイットマンが利用したもの程に奇異ではない。それを考察する前に、これから述べようとする私見を多少とも先取りしている二、三の見解を引用してみたい。まず最初はイギリスの詩人ラセルズ・アバクロンビ*のもので、彼はこう書いている——ホイットマンはその高貴な経験から生き生きした個性的な人間像を抽出したが、この彼自身の肖像は現代文学における数少ない収穫の一つである。次はサー・エドマンド・ゴスのもので、彼はこう言っている——本物のウォールト・ホイットマンなど存在しない。ホイットマンとは原形質状態における文学、あるいは知的有機体の謂であって、それは極めて単純な生き物であったから、そのそばに近寄ってきた人々しか映し出さなかった。三つ目はわたし自身のもので、拙著『論議』(一九三二年)の七〇頁にある。「これまでホイットマンについて書かれた文章は、全部と言っていい程、次の二つの執拗な誤りによって害なわれている。一つは、ドン・キホーテが『ドン・キホーテ』の主人公であるように、文学者ホイットマンを『草の葉』の半神的英雄と短絡的に同一視することであり、他の一つは、ホイットマンを論じる人たちが、非常識なことに彼の詩の文体と語彙をそのまま採用してしまうこと、つまり、説明したいと思っている当の驚異的現象に彼ら自身がなりかわることである。」

オデュッセウスの伝記なるものがあって(アガメムノン、ラエルテス、ポリュフェモス、カリュプソ、ペネロペー、テレマコス、豚飼い、スキュラ、カリュブディスの証言に基づいた)、それにはオデュッセウスが故郷イタケーを一歩も出なかったと書いてあるとしたら……。幸いこれは架空の伝記でしかないが、ホイットマンについて書かれる全ての伝記には、これと同じ類の欺瞞が見られることになるだろう。彼の詩の楽園的世界から彼の生涯の退屈な年代記に目を移すことは、憂鬱な経験である。ホイットマンは二人いる、つまり『草の葉』の「友好的にして雄弁な野蛮人」と、その野蛮人を生みつけた哀れな作家の二人がいることを伝記作者が好んで見過ごすとき、逆説的に言えば、この避けがたい憂鬱はさらにひどくなる。[1] 後者はカリフォルニアやプラット峡谷*に行ったことは一度もない。前者はプラット峡谷で呼びかけの即興詩を作り(「この景色を作った霊よ」)、カリフォルニアで炭坑夫になった(「ポーマノクを出発して」一)。一八五九年、後者はニューヨークにいたが、前者は同年の十二月二日、ヴァージニア州での奴隷廃止論者ジョン・ブラウンの処刑に立会っている(「流星の年」)。後者はロング・アイランドで生まれた。前者もそうであるが(「ポーマノクを出発して」一)、彼はまた南部諸州の一つでも生まれている(「望郷の歌」)。後者は品行方正で人見知りが強く、いくぶん無口であったが、前者は饒舌で、放蕩無頼であった。両者のこうした矛盾を際限なく挙げることは容易であるが、そうしたことより、『草の葉』が暗示する幸せな放浪者であるだけでは、『草の葉』はついに書かれなかったということを理解する方がさらに大事なことである。

バイロンとボードレールは有名な詩集のなかで、自らの不幸を誇張し、ホイットマンは喜びを誇張した。(三十年後、ジルス・マリアでニーチェはツァラトゥストラを発見するだろう。この学者先生は幸福である、あるいは少なくとも幸福を推奨する。しかし、彼の主たる欠点は彼が実在しないことである。)他のロマンチック・ヒーローたちは──ヴァセックがその先頭にいるが、エドモン・テストが最後という訳ではない──他者との違いをうんざりする程強調するが、ホイットマンは熱烈な謙譲さで他者と同じでありたいと願う。彼は言っている、『草の葉』は「男女を問わず、集合的で大衆的な一人の大いなる個人の歌である」(『全集』V・一九二)。あるいは、その願いは次の不滅の言葉にも(「僕自身の歌」一七)──

これはあらゆる時代、あらゆる国のあらゆる人間が考えたことだ。僕の独創ではない。
これが僕のものである程に君のものでなければ、それは無だ、無に等しいものだ。
これが謎でありまた謎解きでもなければ、それは無だ。
これが遠くにあるように近くにもなければ、それは無だ。

これは土地あるところ水あるところ、どこにも生える草だ。
これは地球をおおうただの空気だ。

神はいくつかの矛盾したもの、あるいは(この方がさらに望ましいが)雑多なものである。汎神論はこうした内容を宣べ伝える様ざまな言葉を流布させている。その範例となる言葉は次のものである。「わたしは祭式である。わたしは犠牲《いけにえ》である。わたしは両親への供物である。わたしは草である。わたしは祈りである。わたしは牛酪の神酒である。わたしは火である」(『バガヴァッドギーター』IX・一六)。ヘラクレイトスの「断片六十七」はさらに古いが、内容は曖昧である。「神は昼と夜であり、冬と夏であり、戦争と平和であり、飽食と飢餓である。」プロティノスは弟子たちに向かい、人間の思惟を超えた天空を説明して言う——「(そこでは)あらゆるものはあらゆるところであり、或るものは全てのものであり、太陽は全ての星であり、おのおのの星は全ての星であり太陽である」(『エンネアデス』V・八、四)。十二世紀のペルシア詩人アッタール*は、王シムルグを探し求める鳥たちのあくなき遍歴を歌う。彼らの多くは海上で力つきて死ぬが、生き残った鳥たちは、彼らがシムルグであること、シムルグとは彼ら一人一人であり全員であることを発見する。同一性の原理を拡大するとき、修辞的変奏も無限に可能となるように思われる。梵文学やアッタールの読者であったエマソンは「梵覧摩《ブラーマ》」という詩を後世に遺しているが、全十六行のうち最も忘れ難いのは次の一行であろう、「彼らが私から飛んで逃げるとき、私はその翼だ」。これに似ているがさらに根源的なのは、シュテファン・ゲオルゲの「私は一者であり両者だ」(『盟約の星』)である。ウォールト・ホイットマンはこの手法を革新した。彼は他の詩人たちのように、神を規定したり、言葉の「共鳴し異化する力」をもてあそぶためにそれを使ったのではない。彼は一種残忍なやさしさでもって、全ての人々と同化したいと望んでいた。彼は言う(「ブルックリン渡船場を渡る」六)――

〔僕は〕気まぐれで、自惚屋で、貪欲で、浅はかで、狡猾で、臆病で、意地悪だ。
狼と蛇と豚が僕のなかに棲んでいる。

また(「僕自身の歌」三三)――

僕がその船長だ、僕も苦しんだ、その場所に居合わせたのだから。
殉教者たちの蔑視と平静。
魔女の烙印を押され、子供たちに見られながら枯木で焼かれた昔の母親。
猟犬に追われて力つき、塀によりかかり、汗にまみれ肩で息をする逃亡奴隷、

縫い針のように、彼の脚と首に走る激痛、血腥い散弾と銃弾、
僕はこれらを感じる、またはこれらである。

ホイットマンはそれらの全てを感じ、それらの全てであった。しかし、彼は単に歴史的存在、神話的存在だったのではない。基本的には、次の二行(「僕自身の歌」二四)が指示するものであった。

ウォールト・ホイットマン、一つの宇宙《コスモス》、マンハッタンの息子、
兇暴で、逞しく、好色で、飲みかつ食らい、子供を作る。

彼はまた未来、われわれの未来郷愁のなかに存在する者でもあるが、この未来のホイットマンはその再来を告げる次のような予言によって創り出されている(「いまは生気に溢れ」)——

いまは生気に溢れ、ひきしまった体をして、目に見える、
合衆国八十三年、四十歳のこの僕は。

いまから一世紀、いや何世紀も後の君、
まだ生まれない君、その君をこの詩は求めている。
君がこれを読むとき、かつて見える姿を持っていた僕はもう見えない。
僕を求めるのは、今度は君だ、ひきしまった体をした、目に見える君だ。僕の詩を
　現実にする君は
僕が君のそばにいて、君の仲間であったらどんなにいいだろうと空想している。
それでは君のそばにいると思ってくれたまえ。(過信されては困るが、いまは君の
　そばにいる。)

あるいは(「別れの歌」四、五)——

友《カマラード》よ、これは本ではない。
これに触れる者は人間に触れるのだ。
(いま夜なのか？　ここにいるのは僕たち二人だけか？)

愛する君よ、僕は物質を離脱する。

僕の魂は遊離し、勝利してすでに死んだ人のようだ。（2）

人間ウォールト・ホイットマンは「ブルックリン・イーグル」紙の編集長をつとめ、彼の考えの基礎になる思想をエマソン、ヘーゲル、ヴォルネー*らの著書で読んだ。詩の主人公ウォールト・ホイットマンは、ニュー・オーリンズの寝室やジョージア州の戦場における架空のアメリカ体験によって彼の思想を発展させた。このことは必ずしも嘘いつわりを意味しない。いつわりの事実が本質的には真実であることもあるのだ。英国王ヘンリー一世は嗣子の死後、決して笑わなかったと言われている。この事実はいつわりかもしれないが、王の悲しみを象徴するものとしては真実でありうる。一九一四年、ドイツ兵が何人かのベルギー人を人質にとり、彼らを拷問にかけた挙句、手足をばらばらにして殺したという事件が報道された。報道の内容はいつわりであったかもしれないが、それは侵略の測り知れぬ驚愕と恐怖を効果的に要約している。ひとつの思想をある書物か書物の要約から借りてきたにもかかわらず、生《なま》の人生体験からかちとったと言う人の場合、そのいつわりはさらに許せるものだ。一八七四年、ニーチェは歴史は周期的にくりかえすというピュタゴラスの命題を嘲笑した（『生に対する歴史の利害』二）。一八八一年、シルヴァプラーナの森の小径で、彼は突然その命題を思いつく（『この人を見よ』九）。われわれは探偵になり下がって、ニーチェの剽窃を責めたてることもできようが、仮りにそのことを彼に問い質したとしても、彼は次のように答えるだけだろう——考慮すべく重要なことは、観念がわれわれにひき起こす変化であって、単なる観念の公式化ではありません。[3] 唯一無二の一元的神格を抽象的に主張することは一つのことである。一閃の真理の光がアラブの羊飼いたちを沙漠から駆りたて、アキテーヌからガンジス川に及ぶ終りなき聖戦《ジハード》に赴かしめたことは、また別のことだ。ホイットマンのもくろみは理想的民主主義者を誇示することであって、理論を考え出すことではなかった。

　プラトン的ないしピュタゴラス的イメージでもってホラティウスが己の聖なる転身を予言して以来*、詩人の不滅は文学の古典的主題になっている。この主題を利用した詩人たちの動機には、一種の賄賂や復讐ではないにしても、空しい虚栄心がひそんでいる(「大理石の像も、金箔をおした記念碑もこの私の詩より後まで残ることはない」*)。主題を操作しながら、ホイットマンは未来の一人ひとりの読者と個人的関係を打ち樹てていく。彼は自分を読者と同一化し、ホイットマンと言葉を交わす(「世界中に挨拶を送る!」〔三〕)——

　ウォールト・ホイットマンよ、君には何が聞こえるか?

こうして、彼は永遠のホイットマン、十九世紀の古いアメリカ詩人でもある友人になった。こうして彼は彼の伝説になり、われわれの一人ひとりになり、「幸福」になった。彼が自らに課した任務は厖大でほとんど非人間的であったが、その勝利は任務に劣らず大きい。

象徴としてのヴァレリー

ポール・ヴァレリーの名前をホイットマンの名前と隣りあわせに並べることは、一見恣意的に見え、へたをすれば痴癡《おこ》の沙汰と受取られかねない。ヴァレリーは無限の技巧と無限の細心の象徴であり、ホイットマンはほとんど支離滅裂、天衣無縫とも言うべき喜びの使者のそれである。ヴァレリーは精神の迷宮の輝かしい化身であり、ホイットマンは肉体の叫びのそれである。ヴァレリーはヨーロッパとその繊細な黄昏の象徴であり、ホイットマンはアメリカの夜明けのそれである。文学世界全体を見渡しても、《詩人》という言葉をこれ程対立的なものにしている例はまず見当らないと思われる。けれども、一つの事実が二人を結びつける。二人の作品が詩自体としてよりは、作品によって創られた模範的詩人の標章として価値がある、という点がそれだ。イギリスの詩人ラセルズ・アバクロンビは、ホイットマンはその数知れぬ高貴な体験から、生き生きした個性的な人間像、つまり彼自身の肖像を生みだしたが、これはわれわれの時代の詩にとって真に収穫とよぶに足る数少ない功績の一つであったと述べてホイットマンを賞讃しているが、彼をしてこの言をなさしめた所以は右の理由に求めることができる。アバクロンビの言葉は曖昧で誇張のきらいがあるけれども、そこにはまたテニソンに私淑していた一介の文人ホイットマンを、『草の葉』の半神的英雄ホイットマンと混同しない稀有の美点もあるのだ。この区別は妥当である。ホイットマンは自ら架空の詩人の役割を演じてあれらの狂想詩を書いたが、この詩人は一部は彼自身から作られていたにせよ、他の一部は彼の読者の一人ひとりから作られていたからである。批評家たちを苛立たせてきた矛盾はここに起因する。それは彼が行ったこともない場所で詩の制作年を記す習癖を説明するし、あるページでは南部の州で生まれたことになっているのに、また別なページでは(これが真実であるが)ロング・アイランドで生まれた理由を説明するだろう。

ホイットマンの詩作の目的の一つは、ぞんざいで限りない幸福を歌った、ウォールト・ホイットマンなる可能的人間を定義することであった。ヴァレリーの作品が定義する人間は、それに劣らず大仰で架空的存在である。ヴァレリーはホイットマンのように博愛や、熱狂や、喜びに対する人間的能力を讃美しない。彼が讃美するのは知的価値である。ヴァレリーはエドモン・テストを創った。テスト氏は、われわれが彼をひそかにヴァレリーの分身《ドッペルゲンガー》に擬したりすることがなければ、今世紀の一神話とも言うべき人物であろう。われわれにとって、ヴァレリーはエドモン・テストである。換言すれば、ヴァレリーはエドガー・アラン・ポウのシュヴァリエ・デュパンや神学者たちの言う不可思惟の神の分身である。そしてこの主張はたぶん妥当ではない。

イェイツやリルケやエリオットは、ヴァレリーよりも忘れ難い詩を書いている。ジョイスやシュテファン・ゲオルゲは、彼らの道具である言語により根源的な変革をもたらした(たぶん、フランス語は英語やドイツ語ほどに変革しやすくはないのだろう)。けれども、これら高名な詩の職人たちが作った作品の背後には、ヴァレリーのそれに匹敵する個性はない。彼の個性がある意味で作品の投影であるとしても、この事実が減少することはない。ヴァレリーが果たした(そして今も果たしつづけている)価値ある使命は、この堕落したロマン主義的時代、ナチズムと弁証法的唯物論の憂鬱な時代、人間の実相の予言者フロイトとシュールレアリスム商人の時代にあって、人間に明晰の意義を説くことであった。

全ての事実に無限に敏感な人間、全ての事実が無限に連鎖する思考の環の刺激剤となるような人間——死に際してヴァレリーがわれわれに遺していったものは、こうした人間の象徴たる彼自身である。この人間は自我の様ざまに異なる諸特徴を超越しており、この人間についてわれわれは、ウィリアム・ハズリットがシェイクスピアについて言ったように、「彼は彼自体では何者でもない《ヒーズ・ナッシング・イン・ヒムセルフ》」と言うことができる。その全てを包含する可能性は、彼の素晴らしいテクストを以ってしても、究めつくすことがないし、規定することすらできない。血と土と情念から作られた混沌の偶像を崇拝する今世紀にあって、彼はつねに思考の明晰な快楽と秩序の秘密の冒険を求めた。

ブエノスアイレス、一九四五年

エドワード・フィッツジェラルドの謎

西暦紀元の十一世紀(ご当人にとっては、回教紀元《ヒジュラ》の五世紀)、オマル・ベン・イブラーヒームという名の男がペルシアで生まれる。彼はハッサン・ベン・サッバー、ニザム・アル・ムルクらとコーランやその経外伝説を学ぶ。前者は秘密結社《麻薬団《ハシッシン》》*(すなわち《暗殺団《アサッシン》》)の未来の創始者であり、後者は後にコーカサスの征服者アルプ・アルスラン*に仕えて大臣になるだろう。三人の友は半ば本気、半ば冗談に、将来幸運に恵まれた暁には、お互い残り二人のことを忘れないようにしようと誓いあう。数年して、ニザムが宰相の顕職に就く。オマルはひそかに友の繁栄を祈るべく、また自らは数学を黙想すべく、友の栄ある幸運の陰に一隅を乞う。(ハッサンは高位を求めて許され、最後には大臣を刺殺させる。)オマルはニシャプールの国庫から一万デナリの年金を受け、研究に没頭することができる。彼は占星術を捨てて天文学を学び、スルタン自ら推進する暦の改定に協力し、代数学に関して著名な論考をあらわす。この論文は一次・二次方程式の算術による解法と、円錐曲線の交点を使った、三次方程式の幾何学的解法を示したものである。算術と星座の秘義が彼の注意を消尽することはない。孤独な書斎で、彼はイスラム教徒たちが《エジプトのプラトン》とも《ギリシアの巨匠》ともよぶプロティノスの稿本や、《清純兄弟会》*の異端秘教の百科全書とも言うべき五十余篇の書翰体論文を読む。そこには、宇宙は《一者》の流出であり、再び《一者》に還るであろうと書かれている。人は彼を、普遍的形相は事物の外には存在しないと信じたアル・ファーラビー*の、また世界は永遠であると教えたアヴィケンナ*の教理への転向者だと言う。ある年代記の教えるところによると、オマルは霊魂が人間の肉体から動物へ転生することを信じている、あるいは信じていると称している。またピュタゴラスが犬と話をしたように、驢馬と話をしたことがある。彼は無神論者であるが、コーランの最も難解な諸節の正統的解釈を知っている。というのも、全ての教養ある人間は神学者であるが、信仰は必須の要件ではないからである。天文学、代数学、弁証論の合間に、オマル・ベン・イブラーヒーム・アル・ハイヤーミーは、一・二・四行が押韻する四行定型詩を作る。最も数の多い写本では彼はこうした四行詩を五百作ったことになっている——数から言えばささやかで、彼の名声にとって芳しい材料ではない。ペルシアでは(ローペやカルデロン*の頃のスペインがそうであったように)詩人は多作でなければならないからである。回教紀元の五一七年、オマルは「一と多*」と題された論文を読んでいる。気分が悪くなったのか、それとも何か虫の知らせがあったのか、彼は書見を中断する。立ちあがると、彼はその眼が二度と見ることがないであろうページの端を折り、神と和解する。おそらくは存在するだろうし、代数学のむずかしいページに来ると助力を乞うたあの神と。その日の日没時に彼は死ぬ。それとほぼ同じころ、イスラム教徒の地図学者には知られていない北西の島で、ノルウェー王を破ったサクソン人の王が、ノルマンディの公爵に敗れている。*

栄光と苦悩と盛衰に満ちた七世紀が過ぎ、イングランドにフィッツジェラルドという男が誕生する。彼は知性においてオマルに劣るが、その心はより感受性に富み、より哀愁に包まれているだろう。フィッツジェラルドは己の運命が文学にあることを知り、怠惰と執拗さをもってその道に励む。『ドン・キホーテ』をくりかえし読むが、この本は全ての書物の中でほとんど最高の書物だと彼には思われる(といっても、シェイクスピアや「僕の愛するウェルギリウス」に公正を欠くつもりはないが)。彼の愛は単語を検索するスペイン語の辞書にも及ぶ。誰でも心に音楽があるかぎり、幸運の星に恵まれれば、一生の間に十度か十二度は詩を書くことができるということを知っているが、彼はそのつつましい特権を濫用しようとは思わない。彼は高名な人々(テニソン、カーライル、ディケンズ、サッカレー)の友人である。控え目で折り目正しい人物ではあるが、彼らに比べて自分が劣っているとは思わない。彼はよく書けている対話篇『ユーフレイナ』*と、カルデロンやギリシアの大悲劇作家の凡庸な翻訳を出版した。スペイン語の研究からペルシア語の研究に進んだ。あの神秘的叙事詩『鳥の言葉《マンティク・アル・タイル》』*の翻訳を始めた。これは王シムルグを探し求める鳥たちの寓話で、彼らはついに七つの海の向こうにある王宮にたどりつくが、そこでわかったことは彼らこそシムルグであること、つまりシムルグとは彼ら全員であり、めいめいなのだ。一八五四年ごろ、フィッツジェラルドはオマルの詩作品の写本コレクションを借り受ける。脚韻のアルファベット順に配列しただけの雑多な四行詩連集である。彼はその一部をラテン語に翻訳するが、やがて朝と薔薇と夜鳴鶯のイメージで始まり、夜と墓のそれで終る、連続性があり有機的に一貫した一冊の詩集の可能性が浮かび上がってくる。フィッツジェラルドは怠惰で孤独で気狂いじみた男の生涯を、この途方もない、信じることさえ不可能な目的のために捧げる。一八五九年、彼は『ルバイヤート』の初訳版を公刊する。その後、さまざまに改変と推敲を重ねた改訳版が次々に出される。奇跡が起こる。詩にも手を染めてみたペルシアの天文学者と、東洋・スペインの書物に読みふける(おそらく完全には理解できないで)変り者のイギリス人――この両者の偶然の合一から、そのいずれとも似つかない驚くべき詩人が出現するのだ。フィッツジェラルドは「オマル・ハイヤームに英国最高峰の詩人に伍す不滅の地位を与えた」とスウィンバーンは記す。チェスタトンは、この比類ない書物の古典性とロマン性に注目して、そこには「捕捉しがたい旋律と不滅の託宣」があると言う。フィッツジェラルドの『オマル』は、本当のところは、ペルシアの風物にことよせたイギリスの詩ではないか、と信じた批評家もいる。フィッツジェラルドは改竄し、洗練し、創作した。けれども、彼の『ルバイヤート』は古いペルシアの作品として読まれることを要求しているように思われる。

　以上の事実はわれわれに形而上学的臆測をうながす。オマルは（われわれは知っているが）多くの肉体における魂の転生という、プラトン的ピュタゴラス的教義を信じていると称していた。何世紀か後に、彼の魂がイングランドで甦ったのだ、ラテン語に彩られた遥か彼方のゲルマン系言語によって、かつてニシャプールで数学のために抑圧された文学的運命を成就するために。イサーク・ルリア*は、死者の魂が不幸な魂に入り込み、それを維持教導することができると教えている。一八五七年ごろ、オマルの魂がフィッツジェラルドの魂に宿ったのであろう。『ルバイヤート』を読むと、世界の歴史は神が構想し、脚色し、見物する一つのショーなのだと謳われている。この見解に立てば（その学問的名称は汎神論である）、イギリス人がペルシア人を再生したと信じることも許されるだろう。なぜなら、その場合本質的には両者ともに神である、もしくは神の一時的な顔であるのだから。有益な偶然という仮定はこうした超自然的臆測よりも信頼できるし、同じように驚くべきものである。雲は時に山の形になり、時にライオンの形になる。同様に、エドワード・フィッツジェラルドの哀愁と黄変した紙に紫色の字で書かれ、オックスフォード大学ボドリアン図書館の書棚に閑却されていた写本とがわれわれのために詩の形になる。

いかなる形のものにせよ、協力とはすべからく不可思議なものである。イギリス人とペルシア人の協力は他のどれよりも不可思議なものであった。というのも、この二人は非常に違っていて、生前に会っていたら、おそらく友人になることはなかったであろうからだ。死と有為転変と時が一方をして他方を知らしめ、両者を一人の詩人に仕立てた。

オスカー・ワイルドについて

ワイルドの名前を口にすることは、詩人でもあったひとりのダンディに言及することである。ネクタイと比喩で人を驚かそうというくだらない目的に身を捧げた、一人の紳士のイメージを想い起こすことである。それはまた、選ばれた人々のための秘密の遊びとしての芸術観――ヒュー・ヴィアカー*やシュテファン・ゲオルゲの絨毯のように――あるいは勤勉な「怪物の工匠」'monstrorum artifex'(プリニウス、二八・2)としての詩人観を想い起こすことである。さらには、十九世紀のもの憂い黄昏を、温室や仮面舞踏会につきものの息苦しいばかりの華やかさを想い起こすことでもある。これらの連想は、どれ一つとして間違ってはいないが、どれも半面の真理しか衝いていないし、よく知られた事実を否定するか見過ごしているとわたしには思われる。

たとえば、ワイルドが一種の象徴主義者であったという見解を取上げてみよう。非常に多くの事実がこの見解を支持する――一八八一年ごろ、ワイルドは英国耽美派の首謀者であり、その十年後にはデカダンス派の首謀者となった。（レベッカ・ウェスト*は彼がデカダンス派に「中産階級的性格」を持込んだという、見当違いの非難を浴びせている（『ヘンリー・ジェイムズ』Ⅲ）。）詩篇「スフィンクス」の語彙はすこぶる燦《きら》びやかで凝ったものである。ワイルドはシュオップ*やマラルメの友人であった、等々。しかし、この見解は一つの重大な事実で否定される。韻文であれ散文であれ、ワイルドの構文はつねに至って単純なのである。多くの英国作家のなかにあって、彼ほど外国人に近づき易い作家はいない。キプリングの散文の一節、ウィリアム・モリスの韻文の一連をついに読みとくことができない読者でも、『ウィンダミア夫人の扇』ならば、昼すぎに読み始めても暗くならないうちに読み終える。ワイルドの詩の韻律は流れる如くに自然である、あるいはそうした自然さを装っている彼の詩には、次に掲げるライオネル・ジョンソン*の硬質で巧妙なアレクサンダー格のごとき実験的詩行は、ただの一行もない――'Alone with Christ, desolate else, left by mankind.'（「ともに在るのはキリスト独り、荒涼として人の気配はさらにない*」）。

　ワイルドの技法上の凡庸さは、彼の本質的偉大さを主張する論拠となり得る。もし彼の著述が彼の得た世評の性質と一致するものであるとするなら、それはたんに『彷徨える宮殿*』や『庭園の黄昏*』に見られるような技巧だけから成りたっていることになる。

そうした技巧はワイルドの作品にはふんだんにあるが(『ドリアン・グレイ』の十一章を見よ、「娼婦の家」や「黄いろのシンフォニー」を見よ)、その特徴が形容詞にあることは明らかだ。けれども、彼はそうした派手な形容句、いわゆる「華麗体《パープル・パッチズ》」などその気になれば使わなくても済ませられた。リケッツとヘスケス・ピアソンは彼を「華麗体」の元祖にまつり上げているが、この句はすでにキケロがピソー〔複数形〕*に宛てた手紙の冒頭に記されている。ワイルドがこの句の元祖にまつりあげられたため、彼の名前を装飾的文体と結びつける習慣が生まれたのである。

長年にわたってワイルドを何度も読みかえしているうちに、彼の讃美者たちがおそらくは思ってもみなかったような一つのことに、わたしは気づく。それはワイルドの言うことはほとんどつねに正論であるという立証可能な初歩的事実である。『社会主義下における人間の魂』は雄弁であるだけでなく、正当である。彼が「ペル・メル・ガゼット」や「スピーカー」に書き散らした雑多なエッセイは、レズリー・スティーヴン*やセインツベリ*の手になったであろう最良の論文をはるかに凌駕する透明な洞察に満ちている。ワイルドはライムンドゥス・ルルス*流の、一種の組み合わせ術《アルス・コンビナトリア》を実践したとして非難を浴びせられている。それは彼の悪い戯言(「一度見たら、いつも忘れられるイギリス人的な顔の一つ」)にはあてはまるかもしれないが、音楽はわれわれにある未知の、しかしおそらくは実在する過去を顕示するとか(「芸術家としての批評家」『意向論集』)、人は誰も自分の愛するものを殺すとか(『レディング監獄の唄』)、ある行為を後悔することは過去を修正することであるとか(『深淵より』)、あるいは(これはレオン・ブロワ*やスウェーデンボリにも似つかわしくなくはない)人は誰も時々刻々、過去のおのれ未来のおのれでないものはない(前掲書)(1)といった意見には当て嵌まらない。こうした言葉を引き写したのは、読者にワイルドを尊敬してもらいたいからではなく、一般にワイルド的とされている精神とは全く違った精神の指標を提示したいと思ったからに他ならない。もしわたしが間違っていなければ、彼はモレアス*になったアイルランド人以上の存在であった。彼は本質的には十八世紀の人間で、ときどき手すさびに象徴主義の遊びもやってみたというにすぎない。ギボンのように、サミュエル・ジョンソンのように、ヴォルテールのように、彼は機智の人で、かつ正義の人であった。彼は「ことの最後に決定的な言葉を口にするために存在する人物、つまりは大立者」(2)だったのだ。彼は時代に時代が要求するものを与え——大衆にはお涙頂戴のメロドラマを、少数の人間には言葉のアラベスクを、これらの矛盾した事柄を一種こともなげな陽気さでやってのけた。彼の完璧さはかえって彼に不利に働いている。彼の作品はよく調和がとれているので、それで当然という感じのする時があるし、へたをすると陳腐という印象すら与えかねない。ワイルドの警句がなくなった世界を想像することは難しいが、この困難さは警句のもっともらしさを減じるものではない。

脱線になるが、ワイルドの名前は平原の諸都市につながり、彼の名声は敗訴と牢獄につながっている。けれども、彼の作品の基本的な味わいは幸福である(ヘスケス・ピアソンはこのことを極めてはっきりと見抜いている)。他方、肉体的精神的健全さの範例とも言うべき力強いチェスタトンの作品は、つねに悪夢と紙一重の世界である。夢魔的で怖ろしいものが彼のページのいたるところに潜んでいるし、ごくありきたりの主題がすさまじく怖ろしい物語に変じることもあるのだ。チェスタトンは幼年時代を取り戻そうとしている大人であり、ワイルドは悪徳と不運にまみれながら、侵すべからざる無垢を保ちつづけた大人である。

チェスタトンのように、ラングのように、ボズウェルのように、ワイルドは批評家の承認など必要としない(時には読者の承認すら必要としない)幸運な作家の一人である。彼と座を共にすることからわれわれの得るよろこびは抑え難く、またつねに変ることがない。

一九四六年

チェスタトンについて

神かの樹より恐怖を消さざるゆえに……
チェスタトン「第二の幼年時代」

エドガー・アラン・ポウは純粋な幻想恐怖物語、つまり純粋な怪奇譚《ビザルリー》を書いた。彼は探偵小説を創始した。これは彼がこれら二つのジャンルを結合しなかった事実同様にたしかなことである。彼はC・オーギュスト・デュパンに《群衆の人》が犯した古い犯罪の謎を解いたり、黒と紫の部屋で仮面をつけたプロスペロウ大公が目にした恐怖のイメージを説明する難題を課していない。*他方、チェスタトンは情熱と喜びをもって、こうした離れ業《トゥール・ド・フォルス》をふんだんにやってのけている。ブラウン神父もの各物語《サーガ》では、まず謎が呈示され、次に悪魔的ないし魔術的説明が試みられ、最後にはそれに代って現実的解決が示される。これらの短篇物語に認められる美点は、たんに作者の腕の冴えに帰す訳にはいかない。わたしはそれらの物語のなかに、チェスタトンの人生の集約、チェスタトンの象徴もしくは鏡像を認めることができると思う。多年にわたり多くの作品(『知りすぎた男』『詩人と狂人たち』『ポンド氏の逆説』)を通じて、彼が一つの図式を繰りかえしたことは、この図式が本質的形式であって、単なる修辞的技巧ではないことを確証していると思われる。以下の覚書は、この形式を解釈しようとする一つの試みである。

しかし、われわれはまず、よく知られている幾つかの事実を再考することから始めねばならない。チェスタトンはカトリック教徒であり、ラファエロ前派*の憧憬する中世(「小さく白く、また清潔なロンドン」)を信じていた。ホイットマン同様、チェスタトンも、ただ生きているというそれだけでこんなにも素晴らしいことなのだから、どんな不幸に逢っても、われわれは生に対して言わば宇宙的感謝を忘れるべきではない、と考えていた。これは正しい信念かもしれないが、限られた一面的関心しか惹かないだろう。これがチェスタトンの全てだと考える人は、信条なるものが一連の知的情緒的過程の最終到達点にすぎず、人間は過程の全体であるということを忘れている。アルゼンチンでは、カトリック教徒たちはチェスタトンを讃美し、自由思想家たちは彼を斥ける。信条を公表する全ての作家と同じように、チェスタトンは信条によって判断され、信条の故に非難を浴びまた絶讃を博しているのである。彼の事例は、つねに大英帝国と関係して判断されるキプリングのそれに似ていなくもない。

ポウとボードレールは、ブレイクの苦悶するユーリズン*のように、恐怖の世界を創出しようと試みた。だから、彼らの作品に妖怪変化が充ち満ちていても、別に不思議ではないのだ。チェスタトンは、わたしの見るところでは、悪夢の織工(プリニウスの言う「怪物《モンストロールム》の工匠《アルティフェクス》」(二八・2))呼ばわりをされたとしたら、おそらく黙ってはいなかっただろう。にもかかわらず、凄絶怪奇なものをつい見てしまういつもの癖は直らないのだ。ひょっとして三つ眼の人間がいたとしたら、三つの翼を持つ鳥がいたとしたら、と彼は問う。死んで楽園に行き、どの階級の天使の霊も一人残らず自分と同じ顔であることを発見する男の話を、彼は汎神論者に逆らって物語る。[1]彼は鏡の牢獄を、中心なき迷宮を、金属ロボットに食われた男を、鳥を喰《くら》って葉の代りに羽根を生やす樹を語る。彼は想像する——世界の東の涯には、それ以上でありそれ以下である何かが、たとえば一本の樹があるだろう。それは霊がのりうつった樹である。世界の西の涯には、別の何かが、たぶん一つの塔があるだろう。その塔は形自体が邪悪である。彼は近くを遠くで、ときには怪奇で、定義する。眼を言うのに、彼はエゼキエルの言葉「恐ろしい水晶」(一章二二節)を使い、夜を言うのに古えの恐怖(『黙示録』四章六節)をつきつめて、「眼からなる怪物」と呼ぶ。短篇物語「私はどのようにして超人《スーパーマン》を発見したか」も、同様に私見の例証となる。チェスタトンはスーパーマン(暗い部屋から外には出ない)はかわいいですかと訊かれると、彼には独自の物差しがあるのだから、それに合わせて測らなくてはいけないと両親は言う（「その物差しの水準では、息子はアポロンより美男子ですが、わたしたちの低次の水準から見れば、もちろん……」）。次いで両親は彼と握手するのは容易でないことを認める（「体の出来がひどく違うんですよ」）。それに体に生えているのが人間の毛か鳥の羽か、彼らにもしかとは断言できないのだ。すき間風に当たって彼が死に、数人の男が人間の形ではない棺桶をかつぎ出す。チェスタトンはこの妖怪学的幻想をジョークに仕立てて物語っている。

　これらの実例は――その数は容易に増やすことができる――次のことを証している。すなわち、チェスタトンはエドガー・アラン・ポウやカフカたらんとすることは自制していたが、彼の個性のなかには、夢魔的なもの、何か隠微で盲目で中心的なものを志向する要素があった。彼の初期の仕事が二人の偉大なゴシック的職人、ブラウニングとディケンズの弁明に充てられたのは徒らではない。ドイツの生んだ最上の書物が『グリム童話集』である、とくりかえし彼が述べているのは決して徒らではない。彼はイプセンを罵倒し、ロスタン*を弁護した（弁護になっていないかもしれないが）。けれども、北欧の妖精トロールと『ペール・ギュント』の生みの親は、彼の「夢が作り出される材料*」だったのだ。この矛盾、悪魔的意志のこの不安定な抑圧がチェスタトンの本性を規定している。わたしにとっては、ブラウン神父の一連の冒険こそこの内的苦闘を象徴するものであるが、冒険はどの場合にも、説明不可能な事柄をもっぱら理性によって説明しようとする。(2) このエッセイの冒頭の一節で、これら一連のブラウン神父ものがチェスタトンを解く鍵であり、チェスタトンの象徴であり、鏡像であるとわたしが述べた理由はここにある。チェスタトンが幻想よりも優先させた「理性」は、厳密に言えば理性ではなく、カトリック信仰である、より正確には、プラトンやアリストテレスに征服されたヘブライ的幻想の集成であるという一点を除けば、チェスタトンについて言うべきことは、これに尽きる。

二つの相反する寓話をわたしは憶い出す。最初のはカフカの著作集の第一巻*にあり、掟の門の入門許可を乞う男の物語である。最初の入口の門番は、中にはさらに多くの入口があって、(3) どの広間も門番が厳しく監視しており、しかも門番についている男は先に行くに従ってより屈強になると言う。男は坐って待つ。月日が経ち男は死ぬが、いまわの際に男は問う、「私は何年も待ちつづけましたが、その間、中に入りたいと思った人間は私以外に誰もいなかったのでしょうか」。門番が答えて言う、「この入口はただおまえが入るためにあったのだから、中に入りたいと思った人間は誰もいない。さあ、そろそろ閉めることにしよう」。(『審判』の九章でカフカはこの寓話に註釈を加え、話をいっそう複雑にしている。)もう一つの寓話はバニヤンの『天路歴程』にある。多くの兵士に護られた城を人々は羨望のまなざしで見つめている。城門の門番は帳簿を手にしているが、それは入門にふさわしい人物の名を記すためである。豪胆な男が門番に近づき、「わたしの名前を書いてくれ」と言ったかと思うと、剣を抜いて兵士たちにむかって突進する。血腥い斬りあいがあり、怒号叫喚入り乱れるなか男は兵士たちを押しのけて城に入る。

チェスタトンは後者の寓話を書くことに生涯を捧げたが、彼のうちなるあるものはつねに前者を書くことに傾いていた。

初期のウェルズ

オスカー・ワイルドがウェルズのことを訊かれたとき、「科学者になったジュール・ヴェルヌさ」と答えたとフランク・ハリス*は伝えている。

これは一八九九年のことであるが、ワイルドはウェルズを規定したり抹殺したりすることを考えていたのではなく、ただ話題を変えたかったのだろう。現在では、H・G・ウェルズとジュール・ヴェルヌの名前は全く共存しえないものになっている。われわれは誰もこのことを正しいと感じるが、こうした感じの基礎にある複雑な理由を検討してみることも、まんざら無意味なことではあるまい。

最も明白な理由は技巧に関するものである。社会学的観察者の役割に甘んじるようになる以前は、ウェルズは素晴らしい物語作者であり、スウィフトとエドガー・アラン・ポウの簡潔な文体の継承者であったが、ヴェルヌは勤勉で有望な日雇い職人であったというにすぎない。ヴェルヌは少年たちのために書き、ウェルズは全ての年齢層のために書いた。違いはまだある。ウェルズ自身かつて指摘したことであるが、ヴェルヌの物語は実際にありそうなことを扱っている(潜水艦、一八七二年に存在したものより大きな船、南極の発見、発声映画、気球によるアフリカ横断、地球の中心に通じる死火山の噴火口)が、ウェルズの短篇物語は単に論理的に可能なこと(透明人間、食人花、火星の出来事を映し出す水晶の卵)か、さもなければ不可能なこと(未来の花を手にして未来から帰ってくる男、鏡に映ったときのように完全に逆にされてしまったため、心臓を右側につけて別世界から戻ってくる男)を扱っている。『月世界最初の人間』のあまりに破天荒な空想に激昂したヴェルヌは、憤然としてこう叫んだという――「奴のはでっちあげだ《イル・アンヴァント》!」

わたしが挙げた一連の理由は全く妥当なものだと思われるが、それはなぜウェルズが『エクトル・セルヴァダク』*の著者や、さらにはロニー兄弟*やリットン*やロバート・ポールトク*やシラノや、彼の手法の他の先駆者(1)たちより無限にすぐれているかの説明にはならない。彼の最も成功したプロットでさえ、この謎の充分な解答にはならない。一般に長い物語では、プロットは単なる口実か、出発点に過ぎないことがある。作品の構成には重要であるが、読者が作品を楽しむのには別に重要ではないのだ。このことは全てのジャンルに当て嵌まる。最上の探偵小説とは、最上のプロットを持つものの謂《いい》ではない。(プロットが全てであるなら、『ドン・キホーテ』は存在しないだろうし、ショーはオニールより劣っていることになろう。）私見では、ウェルズ初期の小説（たとえば、『モロー博士の島』＊や『透明人間』など）の卓越性はもっと深いところに原因がある。これらの物語は単に巧みに作られているだけではない。それは全ての人間の運命にともかくも内在する現象を象徴しているのである。瞼が光を遮ってくれないので、眼を大きく開けたも同然の状態で眠らなくてはならない透明人間の苦痛は、われわれの孤独であり恐怖である。夜になると坐って卑屈な信条を喚く怪物たちの集会所は、ヴァチカンであり拉薩《ラサ》である。永続する作品はつねに、無限で柔軟な曖昧さをたたえている。それは使徒パウロのように、全ての人々のための全てのものである。＊それは読者自身の特徴を反映する鏡であり、また世界地図でもある。それはさらに、殆んど作者の意に反して、束の間で控え目な曖昧さでなければならない。作者は象徴なるものに全く無知であるかのように見えねばならない。初期の習作的幻想譚のなかで、ウェルズはこの見えすいた無知を誇示しているが、それはわたしにとっては、素晴らしい彼の作品の最も素晴らしい部分である。

芸術は世界観を広めることに奉仕すべきではないと言う人は、ふつう自分とは反対の世界観を念頭においている。言うまでもなく、これはわたしには該当しない。わたしはウェルズのほとんど全ての世界観をよろこんで信奉するが、彼がそれらを自分の物語にすべりこませるとき、わたしはそのことを慨《なげ》く。英国的唯名論の良き継承者として、ウェルズは「イギリス的粘り強さ」とか「プロシア的陰謀」といったわれわれの口癖を非難する。こうした有害な神話に対する反論には、抗弁の余地はないだろうが、この反論をパーラム氏の夢物語*に挿入する事実に対してはそうではない。作者が単に事件を物語るか、良心のささやかな逸脱を辿っているかぎり、われわれは彼を全知の人と仮定することができる。つまり、彼を宇宙もしくは神と混同することができるのである。けれども、彼が完全に理性の次元に降りてくるとき、われわれは彼も過《あやま》つ人であることを知る。現実は事件から抽出されるのであって、理屈からではない。われわれは神が「我《われ》は有《あり》て在《あ》る者《もの》なり」（『出エジプト記』三章一四節）と断言することを容認するが、ヘーゲルやアンセルムス*のように《存在論的証明《アルグメントゥム・オントロギクム》》*を宣言したり分析したりすることは許せない。神は神学を論じてはいけない。同様に、作家も人間的な理屈をこねて、芸術がわれわれに要求する一時的信用を無効にしてはならない。われわれはまた次のことも銘記すべきである。すなわち、自ら創りだした登場人物を嫌悪する作家は、その人物を完全に理解していないか、その人物が彼にとって必然的なものでないことを告白しているか、そのいずれかであるらしいということだ。われわれはこういう作家の知性を信用しない。天国と地獄の存在を言いつのる神の知性を信用しないであろうと同じように。神は――スピノザは書いている(『倫理学』五・一七)――誰も憎まず、誰も愛さない。

ケベードのように、ヴォルテールのように、ゲーテのように、その他の一部の人たちのように、ウェルズは一文学者であるよりは一個の文学であった。彼はチャールズ・ディケンズの巨匠の技を再現したかに見える、饒舌な書物を書いた。彼は社会学的寓話をふんだんに書き散らした。彼は百科全書を作り*、小説の可能性を拡大し、われわれの時代のために、「プラトンの対話篇のあの長大なヘブライ的模倣」である『ヨブ記』を書き直した*。彼は傲ることもなく卑屈にもならず、大変楽しい自伝を書いた。彼は共産主義やナチズムやキリスト教と闘い、ベロック*と論戦(礼儀正しくかつ圧勝的な)を交わした。彼は過去と未来の年代記を編み、現実と架空の生涯を記録した。彼がわれわれに遺した厖大かつ多様な書物のなかで、凄絶怪奇な物語――『タイム・マシン』、『モロー博士の島』、「プラットナー物語」*、『月世界最初の人間』――ほどわたしを喜ばせたものはない。それらはわたしがこの世で最初に読んだ本である。たぶん最後に読む本でもあろう。テセウスやアハシュエロス*の寓話のように、それらは人類の種の記憶のなかに組みこまれ、それらを書いた造り主の名声やそれらを書くために使われた言語の消滅を超越して生きのびるだろうとわたしは思う。

ジョン・ダンの『ビアタナトス』

わたしが『ビアタナトス』のことを初めて知ったのは、ド・クウィンシーのお陰である。（わたしがド・クウィンシーに負うところは莫大なので、その一部を特定化すると、他を否定するか隠しているような気がする。）それは十七世紀の初め、偉大な詩人ジョン・ダン[1]によって書かれたが、彼はその原稿を、公刊か焼却のいずれかにするという条件つきでサー・ロバート・カー*に託した。一六三一年にダンが亡くなり、一六四二年に内乱が起こる。一六四四年、詩人の長男が古い原稿を「焼却から救うために」出版した。『ビアタナトス』は全文およそ二百頁の長さである。ド・クウィンシーはそれを次のように要約している（『著作集』八巻三三六頁）――自殺は一種の殺人である。教会法学者は故意の殺人と正当な殺人を区別するが、論理的に言って、この区別は自殺にも適用されて然るべきである。全ての殺人者が卑劣な刺客ではないように、自殺者の全てが地獄堕ちの大罪に該当する訳ではない。これが『ビアタナトス』の一応の所説である。この点は副題(「自殺はそれ以外では絶対にあり得ぬ程に当然の罪悪ではない」)にも述べられているし、架空と事実をないまぜにした博学な一覧表によっても例証されている、あるいは悩まされている。「他人が理解できないことをたくさん書いていながら、漁夫の謎が解けなかったために自ら首を縊って死んだと言われる」ホメロス[2]、父性愛の象徴であるペリカン*、アンブロシウス*の『ヘクサメロン』が指摘するように、「王蜂の掟を犯したときには自分を刺し殺して死ぬ」蜜蜂、等々。一覧表は三頁に及ぶが、わたしはそこに衒学的虚栄を嗅ぎつけた。余り人に知られていない実例(「ドミティアヌス帝の寵臣で、顔中にできた皮膚病の病痕を隠すために自殺したフェストゥス*」)が挙げてあるのに、例としては同じように説得力のあるもの(セネカ、テミストクレス、カトー*)が省かれているのだ。例として余りに安易に見えることを嫌ったのだろうか。

エピクテトス*(「人生の大事を忘れるな。戸は開かれている」)とショーペンハウアー(「ハムレットの独白は犯罪者の瞑想だろうか?」)は自殺を弁護するために多くのページを費やしている。われわれは予め、彼らの弁護は正しいと確信しているため、肝腎の弁護論の方は不注意に読みとばしてしまう。『ビアタナトス』の表面のプロットの背後にある言外の、つまり秘義的プロットに気がついた、あるいは気がついたと思った時まで、これはわたしに起こったことでもあった。

ダンをして『ビアタナトス』を書かしめた動機が、その内密のプロットをひそかに主張しておこうという意図的なもくろみであったか、それとも単なるそのプロットの予感――たとえ瞬間的な、あるいは曖昧なものにせよ――であったか、われわれにはついに判らないだろう。わたしは第二の理由を現実的だと考える。暗号文よろしく、Aを言うためにBを言う書物の仮説は作りものめいて不自然であるが、不完全な直感に基づいて書かれる著作の仮説はそうではないからである。ヒュー・フォーセット*は、ダンは自殺擁護論を自らの自殺によって締めくくるつもりだったとほのめかしている。ダンがそうした想念をもてあそんだであろうことは考えられるし、また事実そうだったかもしれない。しかし、フォーセットの示唆が『ビアタナトス』の説明として充分であると考えることは、言うまでもなく莫迦げている。

『ビアタナトス』の第三部で、ダンは聖書に録された自発的な死を考察しているが、サムソンの死に最も多くのページが費やされている。彼はこの「模範的人物」がキリストの象徴《エンブレマ》であり、ギリシア人にとってはヘラクレスの原型であったらしいということを立証することから始める。フランシスコ・デ・ビトリア*とイエズス会士グレゴリオ・デ・バレンシア*は彼を自殺者の一人に数えようとしなかった。彼らを論破すべく、ダンはサムソンが恨みを晴らすまえに言った最後の言葉「我はペリシテ人《びと》とともに死なん」

(『士師記』一六章三〇節)を引用する。彼はまた聖アウグスティヌスの臆測も否定するが、アウグスティヌスはこう断言しているのである――神殿の柱を壊したとき、サムソンは他人の死あるいは自らの死の罪を犯したのではなく、聖霊からの霊感に従っていたのだ、「ちょうど剣《つるぎ》の刃《やいば》が剣ではなく、その使い手の意志に従うように」(『神の国』I・二〇)。この臆測が根拠のないものであることを立証した後、ダンは、他の行為と同様死においてもサムソンはキリストの象徴であったと述べているベニート・ペレリオ*の一文を引用してこの章を閉じる。

寂静《じゃくじょう》主義者たちはアウグスティヌスの説を逆転させ、サムソンは「悪魔が猛威を揮ったために、ペリシテ人とともに自らも殺すに至った」(『スペインの異端者たち*』V・一・八)と信じた。ミルトンは自殺説からサムソンを弁護した(『闘士サムソン』)。わたしの見るところでは、ダンはこの決疑論的*問題に一種の比喩ないしはイメージしか見ていなかったように思われる。サムソンの事例など、ダンにとってはどうでもよかった――じっさい彼の関心事であったはずはないのだ。彼の関心を惹いたとしたら、それは「キリストの象徴」という一点だけであったろう。このような権威づけは、旧約聖書の全ての英雄に見られる。パウロにとって、アダムは来るべき者の姿であり、聖アウグスティヌスにとって、アベルは救世主の死を象徴し、その弟セツは復活を象徴している。ケベードにとって、「ヨブはキリストの驚くべき輪廓であった」。ダンがこの月並なアナロジーを利用した訳は、読者に次のことを分かってもらいたかったからである。すなわち、このアナロジーはサムソンについて言ったときには誤りかもしれないが、キリストについて言ったときにはそうではない。

直接キリストを語っている章では、聖書の句が二つ引用されるだけで、感情的饒舌は影をひそめている。引用の一つは「我は羊のために生命《いのち》を捨つ」(『ヨハネ伝』一〇章一五節)であり、もう一つは「彼は魂をひき渡せり」である(これは四福音書の作者たちが「死んだ」の意味で使っている興味深い表現だ)。ダンはこれら二つの句――「人これを我より取るにあらず、我みづから捨つるなり」(『ヨハネ伝』一〇章一八節)がそれらをさらに確証する――から、十字架の苦しみがイエス・キリストを殺したのではなく、キリストは自らの魂の自発的驚異的放出によって自殺したのだと推論する。ダンはこの推測を一六〇八年に書いた。一六三一年、ホワイトホール宮殿の礼拝堂で行なった死の直前の説教のなかにも、彼はそれを取り入れている。

『ビアタナトス』の公言された表面の目的は自殺罪悪説を緩和することであるが、背後の真の狙いはキリストが自殺したことを示すことである。(3) ダンがこの見解を表明するにあたって、彼に残された唯一の手だてが『ヨハネ伝』の一節の引用であり、動詞「息絶える」の繰りかえしであったとはありそうにない話だし、信じ難い。明らかに、彼は冒瀆の説を主張したくはなかったのだ。キリスト教徒にとって、キリストの生と死は世界史における中心的事件である。彼に先行する時代がその事件を準備し、後続する世紀がそれを反映する。アダムが土塊《つちくれ》から創られる以前、蒼穹《あおぞら》が下の水と上の水を分かつ以前に、「父」は「息子」が十字架の上で死ぬことを知っていた。だから「父」は「息子」の未来の死の舞台として天と地を創ったのだ。キリストは自発的な死を死んだ、とダンは示唆するが、そこには地水風火、世界、代々の人間、エジプト、ローマ、バビロン、ユダ、その全てがキリストを滅ぼすべく、無から引き出されて形を与えられたという含みもある。たぶん、鉄は彼を磔《はりつ》ける釘のために、茨は嘲けりの冠のために、血と水は彼の傷のために創られたのであろう。こうしたバロック的想念——処刑台を作るために宇宙を創る神の観念——が『ビアタナトス』の背後に認められる。

ここまで書いたエッセイを読みかえしながら、わたしはあの悲劇の人フィリップ・バッツのことを想った。彼は哲学史のなかでは、フィリップ・マインレンダーと呼ばれている。わたしと同じように、彼はショーペンハウアーの熱狂的愛読者であったが、その影響を受けて(たぶんグノーシス派の影響もあったであろう)マインレンダーはこう想像した、在ることを欲せざる故に時間の始まりに自らを滅ぼした神——われわれはこの神の断片である。世界史はこうした断片に過ぎぬ人びとの名もなき苦悶である。マインレンダーは一八四一年に生まれた。一八七六年、彼は『贖罪の哲学』を公刊し、同年に自殺した。

パスカル

パスカルの思想は思考を助ける、と友人たちは言う。たしかに、この宇宙には思考の刺激剤でないものは一つとしてない。しかしわたしは、あれらの忘れ難い断章のなかに、それが直面している架空もしくは現実の問題に対し、その解答めいたものを認めたことは一度もないのだ。わたしが認めるのは、主語パスカルの様ざまな述語であり、パスカルの諸特徴もしくは形容辞である。「土塊《つちくれ》の精髄*」なる定義が人間一般ではなく、ただ王子ハムレットを理解する一助にしかならないように、「考える葦」なる定義は人間一般ではなく、ひとりの人間パスカルを理解する一助にしかならない。

ヴァレリーはパスカルが故意に劇化していると言って非難しているようだが、実のところパスカルの書物が投影しているのは、教理や弁証法の方法論ではなく、時間と空間のなかで自らの位置を見失なって途方にくれている詩人の姿である。時間のなかで――未来と過去が無限であるなら、《いつ》は実際には存在しないだろうから。空間のなかで——全ての存在が無限で無限小なるものから等距離であるなら、《どこ》も同様に存在しないだろうから。パスカルはさも軽蔑したように「コペルニクスの意見《オピニオン》＊」に言及するが、彼の著作には『アルマゲスト＊』の地球から追放され、ケプラーとブルーノのコペルニクス的宇宙のなかで途方にくれている、一神学者の困惑が映し出されている。パスカルの世界はルクレティウスの世界(さらにはスペンサーの世界)であるが、ローマ人ルクレティウスを狂喜させた無限はこのフランス人を恐れさせる。言うまでもなく後者は神を索《もと》めているのであり、前者はわれわれを神の恐怖から解放しようと企てている。

パスカルは神を見出した、と人は言う。けれども、彼がその時の喜びを述べた言葉は、彼が孤独を語る時の言葉程に雄弁ではないのだ。じっさい、孤独の表現において彼に匹敵するものはいない。それには有名な断章二〇七(ブランシュヴィック版)——「いかに多くの王国がわれわれを知らずにいることか！」(Combien de royaumes nous ignorent !)——とそれに近接する別の断章を憶いおこすだけで充分であるが、後者では「私が知らず、また私を知らない、空間の無限の広大さ」が語られている。最初の断章では、雄大なことば'royaumes'(「王国」)と侮蔑をこめた最後の動詞'ignorent'(「知らない」)が読む者に強い肉体的感銘を与える。以前わたしは、この感嘆文の起源が聖書にあると思い、あらためて聖書に目を通した記憶がある。探していた一節は見つからなかったし、たぶんそれにあたるものは存在しないのだろう。しかしその折、わたしはそれとは正反対の一節を見つけた——神の眼差に軀のすみずみまで見透かされていることを自覚している男の戦《おのの》きの言葉である。すなわち、使徒パウロは言う（『コリント前書』一三章一二節）、「今われらは鏡をもて見るごとく見るところ朧《おぼろ》なり。然《さ》れど、かの時には顔を対《あわ》せて相見ん。今わが知るところ全からず、然れど、かの時には我が知られたる如く、全く知るべし。」

断章七十二の場合もその好例となる。その第二節でパスカルは、自然（空間）は「その中心がいたるところにあり、その周辺がどこにもない無限の球体」であると主張する。パスカルは同じ球体をラブレー（Ⅲ・一三）——彼はこの観念の典拠をヘルメス・トリスメギストスに帰している——や象徴主義的な『薔薇物語』——ここではこの観念がプラトンに由来すると述べられている——のなかに見出していたであろう。しかし、そのことはどうでもよい。重要なことは、パスカルが空間を定義するために使っている比喩は、彼に先行する上述の作家たち（それに『医師の宗教』におけるサー・トマス・ブラウン*）が神を定義するために使ったものだということである。（1）パスカルを恐れさせる壮大さは、創物主たる神の壮大さではなく、被造物たる宇宙のそれである。

彼が混沌と不幸を不滅の言葉で語るとき（「人はひとりで死ぬだろう」*）、彼は、ヨーロッパの歴史上最も痛ましい人物の一人である。彼が確率計算を弁証論に適用するとき*、彼は最も軽薄で自惚れた男の一人である。彼は神秘主義者ではない。天国を報酬、地獄を刑罰と見なし、憂鬱な想念に耽ってばかりいて天使と言葉を交す術を知らないキリスト教徒たち——彼はスウェーデンボリが非難した(2)そうしたキリスト教徒の一人である。パスカルにとって、神は、神を否定する人たちを論駁すること程に重要ではない。

ザカリー・トゥルヌール版(パリ、一九四二年)は、一連の複雑な印刷記号を使って、原稿の「未完で毛羽立って混乱した」様相を再現しようと努めている。この目的が達成されたことは明らかであるが、それにひきかえ、注釈の方はお粗末である。第一巻の七一頁に、七行からなる断章*が収められている。これは有名な、聖トマスとライプニッツによる神の宇宙論的証明を発展させたものだが、そのことに気づいていない編纂者は、「ことによるとパスカルはここで懐疑論者をして語らせているのかもしれない」と言う始末である。

諸版に倣って、トゥルヌール版の編者もモンテーニュや聖書から類似した文章を引用するが、この作業はさらに拡大することができる。「賭《パリ》」(ブランシュヴィック版・断章二三三)の例証として、アシン・パラシオス*(『イスラムの痕跡』マドリード、一九四一年)が指摘しているとおり、アルノビウス*、シルモン*、およびアルガゼル*の文章を引用することは可能だろうし、絵を非難した断章*の例証として、『国家』十巻の一節(神はテーブルの原型を創り、大工は原型の模像を、画家は模像の模像を作る、と述べられているあの一節)を引用することは許されるだろう。さらに、断章七十二(「私はアトムのこの縮図の内部に……無限のひろがりを描いて彼に見せてやりたい」)の説明として、小宇宙《ミクロコスモス》の観念にその予表が見られること、ライプニッツの『単子論』(六七)やユゴーの詩篇「蝙蝠《こうもり》」の次の一節にそれが再現していることを指摘してもよいだろう。

微小な砂粒も一個の回転球体だ
己を蔑み己を虐《しえた》ぐ不幸な人々の群れ――
地球さながら彼らを乗せて回る

デモクリトスは無限は複数の同一世界を創り、それら同一世界に住む同一の人間は例外なく同一の運命を辿る、と考えた。パスカルは(彼はデモクリトスの他にも、全ての物が一つ一つの個物のなかにあるという趣旨の、アナクサゴラスの古い言葉にも影響を受けて然るべきであった)この同一世界に、世界内世界も含まれていると考える。その結果、空間には宇宙を包含しないアトムは存在せず、またアトムでない宇宙も存在しない。パスカルがそれら宇宙のなかに(彼はそんなことは言っていないが)、無限に増殖された己の姿を見たと考えることは論理にかなっている。

夢の邂逅《かいこう》

数々の地獄の圏谷《けんこく》と幾つもの険しい煉獄の環道を経《へ》めぐったあと、ダンテは地上の楽園でついにベアトリーチェに再会する。この場面(それは疑いもなく、文学が獲得した最も驚くべき場面の一つだ)は『神曲』の最も古い中核部である、とオザナム*は推測している。わたしの目的はまずこの場面を物語り、註解者たちの所説を要約し、最後に心理的性質の私見(たぶん斬新なものとなるだろう)を提出することである。

一三〇〇年四月十三日の朝、旅の最終日の前日、務めを果たし終えたダンテは、煉獄の山頂に在る地上楽園に入る。彼は一時の劫火《ごうか》と永遠の劫火を見、炎の壁をくぐり抜けた。彼の意志は直《なお》く自由である。ウェルギリウスはダンテに王冠と司教冠を授ける(「それ故私は君に王冠と司教冠を授けよう」)。この楽園を照らすべく、木々を洩れ入る陽の光も月の光もないのに、彼は太古《たいこ》の森の小径《こみち》を辿り、清流のほとりにやってくる。その水の清らかなことは、他の流れの比ではない。楽《がく》の音が空中に漂い、不思議な行列が向こう岸を進んで行く。白衣を纏った二十四人の長老と、輝く眼に飾られた六つの翼をもつ四匹の獣が、グリフィンに挽《ひ》かれて凱旋する二輪戦車を先導している。右車輪の脇で、三人の女性が踊っている。その中の一人は非常に赫く、炎の中にいたら見分けがつかないと思われる程だ。左車輪の側には紫の衣を着た四人の女性がいるが、その一人は三つ目である。戦車が停まり、ヴェールを被《かむ》った女性が姿を現わす。その衣裳は燃える炎の色をしている。視覚ではなく、魂の痺《しび》れと血の怖れによって、ダンテはそのひとがベアトリーチェであることを知る。いま天国の入口に立ち、かつてフィレンツェで彼を幾度も刺し貫いたあの愛の力を彼は身ぬちに覚える。ものに怯えた子供のように、彼はウェルギリウスの助けを求めるが、彼のそばにウェルギリウスの姿はない。

だがウェルギリウスは私達のまえから姿を消していた、
あの限りなくやさしい父ウェルギリウス、
保護を求めてわれとわが身を委ねたウェルギリウスは。

凛《りん》とした声で、ベアトリーチェはダンテの名を呼ぶ。彼女はウェルギリウスの姿が去ったことより、自らの罪を歎けと言い、皮肉たっぷりにこう尋ねる——人が幸福であるこの地に、どうしてまたわざわざ足を踏み入れる気になったのですか？　空中には天使たちが舞っている。ベアトリーチェは追求の手を緩めず、天使たちに向かってダンテの数々の堕落を数えあげる。かつて夢の中で彼の姿を追い求めたが無駄だった、と彼女は言う。堕落の深淵から彼を救うには、地獄に堕ちた人々を見せる他に何らの手だても残されていなかった、と。ダンテは恥ずかしさのあまり眼を伏せ、口ごもり、涙を流す。幻獣たちも耳を傾けている。彼は公けに懺悔することを余儀なくされる。以上が、ダンテが楽園で初めてベアトリーチェと出会う惨めな場面の、不備な散文による要約である。テオフィル・シュペーリ＊（『「神曲」における感情移入』チューリッヒ、一九四六年）は次のような興味深い意見を述べている――「疑いもなく、ダンテが最初に想像した邂逅は別な形のものであった。生涯最大の屈辱があそこで彼を待ちうけていることを予示するものは、それまでのページのどこにもないからである」。

　註解者たちはこの場面に出てくる図像の一つ一つを解読して見せる。行列を先導する二十四人の長老たち（『黙示録』四章四節）は、聖ヒエロニムスの『弁明的序言《プロログス・ガレアトゥス》』によれば、旧約聖書の二十四書のことである。六つの翼をもつ四匹の動物は福音史家（トンマセオ）か、福音書である（ロンバルディ）。六つの翼は六つの律法である（ピエトロ・デ・ダンテ）か、キリスト教の教理が広まっていった六つの方位である（フランチェスコ・ダ・ブーティ)。二輪戦車は普遍教会であるが、その二つの車輪は新旧二つの聖約書である(ブーティ)か、行動的《アクティヴァ》と観照的《コンテンプラティヴァ》の二つの生活《ヴィタ》である(ベンヴェヌート・ダ・イモラ)。さらには聖ドミニコと聖フランチェスコである(『天国篇』一二歌一〇六―一一一行)か、《正義》と《敬虔》である(ルイジ・ピエトロボーノ)。獅子と鷲が合体したグリフィンは聖霊《ロゴス》と人性の位格的結合《ヒュポスタシス》によるキリストである。ディドロンの主張するところでは、グリフィンは教皇であるが、それというのも、「教皇は鷲すなわち最高位にある僧として、神の御《み》座《くら》に昇ってその命を受け、また獅子すなわち王として、不屈の精神と勇気をもって大地を歩む」からである。右側の車輪で踊っている女性たちは神学的徳目であり、左側で踊っている女性たちは基本的徳目である。三つ目の女性は《思慮》で、過去・現在・未来を見ている。ベアトリーチェが姿を現わすとウェルギリウスは去って行くが、それはウェルギリウスが理性であり、ベアトリーチェが信仰だからである。さらにまたヴィターリによれば、古典古代文化がキリスト教文化にとって代られたからである。

わたしが列挙した解釈は疑いもなく傾聴に値する。それらは論理的に(詩的にではない)、原文の特徴の曖昧な点を申し分なく闡明《せんめい》している。それらのあるものを弁護した後、カルロ・ステイネル*は次のように書く――「三つ目の女性とは怪物であるが、詩人はここで芸術の制約に屈服していない。彼にとって重要な道徳規範を表わすことの方が、より重要だったからである。これは最も偉大な芸術家ダンテの魂の首座を占めていたものが、徳への愛であって芸術ではなかったということの紛れもない証拠である」。これほど雄弁ではないが、ヴィターリもこの見解を裏書きする——「寓喩化《アレゴリー》しようという願望がダンテに面妖な美を創り出させたのである」。

次の二つの事実は明白であると思われる。すなわち、ダンテは行列を美しいものとして描こうとしたこと(「将軍スキピオもこのように美しい戦車でローマ市中をわかせたことはなかった」*)。もう一つは、行列の醜怪さは単純なものではないということである。戦車に繋がれているグリフィン、翼に輝く眼を鏤《ちりば》めた獣、緑の婦人、真紅の婦人、それに三つ目の婦人、眠ったまま歩いている男——その全てが天国のものというより、虚妄の地獄の圏谷に属するもののように思われる。その怖ろしさは、これら妖怪の一つが預言書から採られており(「そのことを記したエゼキエルを読んでほしい」*)、他は『ヨハネの黙示録』から採られていることを知ったからと言って減じるものではない。わたしの非難は時代錯誤ではない。楽園の他の情景では、怪物的要素は排除されているのだ(1)。

註解者たちはおしなべてベアトリーチェの厳《いかめ》しさを強調し、幾つかの象徴については、その醜悪さを力説する人もある。私見によれば、この二つの異例は起源を同じくする。私見はむろんたんなる臆測にすぎないが、次にそれを簡単に説明してみよう。

人を恋することは、過《あやま》つこともある神をいただくところの一宗教を創りだすことである。ダンテがベアトリーチェに対する偶像崇拝を告白していることは、何ものに照らしても矛盾しない真実であり、彼女がかつてダンテを嘲弄したことがあり、また肘鉄砲を喰らわせたこともあることは、『新生』に記録された事実である。それらの事実は他の事についても象徴的に物語っている、とある人たちは主張する。その主張が真実であるなら、それはダンテの恋が、不幸な迷信であったというわれわれの確信をいっそう強化するだろう。ベアトリーチェが死んだとき、ベアトリーチェが永久に失われたとき、ダンテは自らの悲しみを癒すため、彼女を探し出すという観念を弄んだ。彼が三層の詩的建造物をたてたのは、ひとえにあの出会いを挿入するためであったとわたしは信じる。その時、ふつう夢のなかで起こることが、彼にも起こった。逆境にあるときわれわれは幸運を夢見るが、心の底ではそれを実現できないと確信しているため、夢は汚れ悲しい断念に曇らされてしまう。ダンテの場合もそうであった。ベアトリーチェから永久に拒まれたとき、彼はベアトリーチェを夢想したが、その彼女は非常にいかめしく近寄り難かった。その彼女は異様な獣の挽《ひ》く戦車に乗っていて、獣はある時は鷲でもある獅子であり、またある時は全くの鷲または獅子となって彼女の眼に映っていた(『煉獄篇』三十一歌一二一行)。これらの出来事は悪夢の前触れと考えることができるが、次の三十二歌でその悪夢が呈示され詳細に描写される。ベアトリーチェが姿を消す。鷲と牝狐と竜が戦車を襲い、車輪と轅《ながえ》が羽毛でおおわれる。すると、戦車から七つの首が生え(「こうして神聖な建物が姿を変えた」)、巨人と娼婦がベアトリーチェのいた席に坐っている[2]。ダンテにとって、ベアトリーチェは無限に存在した。ベアトリーチェにとって、ダンテはほとんど、たぶん全く存在しなかった。われわれの信仰、われわれの崇拝はこの痛ましい矛盾を忘れさせるが、ダンテには忘れることができなかった。わたしは彼ら二人の幻の出会いの成りゆきを読みかえす度に、地獄第二圏*の嵐の中をさまよい、ダンテが手に入れられなかった幸せの陰画的象徴になっている(ダンテはたぶんそのことに気づいていなかったし、そう望んだ訳でもないだろう)二人の恋人のことを思う。地獄において永遠に結ばれたあのフランチェスカとパオロのことを思うのだ。'Questi, che mai da me non fia diviso.'(「私から永遠に離れることのないこの人*」)。狂おしい恋心をこめて、不安をこめて、讃嘆をこめて、羨望をこめて、ダンテはこの一行を書いたにちがいない。

ジョン・ウィルキンズの分析言語

『大英百科事典《エンサイクロピーディア・ブリタニカ》』十四版は、それまで収録されていたジョン・ウィルキンズの項目を省いている。項目は二十行からなる伝記的内容のものである――ウィルキンズは一六一四年に生まれ、一六七二年に亡くなった。ウィルキンズはファルツ選帝侯カール・ルートヴィヒ*の私設牧師をつとめた。ウィルキンズはオックスフォード大学某学寮の学寮長に任じられた。ウィルキンズは英国王立協会《ロイヤル・ソサエティ》*初代の事務局長であった、等々。項目がこのように瑣末なものであったことを考えると、省略は正当である。けれども、われわれが彼の理論的仕事を考えるとき、それはそうではない。彼は愉快な好奇心に富んでいた。彼の関心は神学、暗号書記法、音楽、蜜蜂の透視巣箱の作り方、見えない惑星の軌道、月世界旅行の可能性、国際語の可能性とその原理などにおよんでいたのである。彼はこの最後の問題に、『真正の文字と学問的言語のための試論』(四つ折判六〇〇頁、一六六八年)なる一書を献げた。わがアルゼンチン国立図書館にはこの本がない。この記事を書くために、わたしは以下の諸書を参照した。P・A・ライト・ヘンダソン*『ジョン・ウィルキンズの生涯と時代』(一九一〇年)、フリッツ・マウトナー*『哲学辞典』(一九二四年)、E・シルヴィア・パンクハースト*『デルフォス』(一九三五年)、ランスロット・ホグベン*『危険な思想』(一九三九年)。

　間投詞と破格文をふんだんにまき散らしながら、女性は'luna'の方が'moon'より表現力に富む(または、劣る)と主張する——こうした決着のつけようのない論争で閉口した覚えは、誰しも一度は経験のあることだろう。極めて単純な「月」なる物体を表わすことばとして、二音節語'luna'よりも一音節語'moon'の方が適しているのではないかという自明の発言を別にすれば、こうした論争によって得られるものは何もない。複合語や派生語を除いてしまえば、世界の全ての言語(ヨハン・マルティン・シュライアーの《ヴォラピュック》*やジュゼッペ・ペアノのロマンス語風な国際語《インテルリングア》*も含め)は、どれも特に表現力豊かという訳ではない。スペイン王立アカデミー*の刊行になる『文法』はどの版も「わが豊かなスペイン語は生新適確にして表現力に富む語彙に恵まれており、この宝庫は諸国民羨望の的である」と謳うが、これは確証のない単なる空威張りにすぎない。当の王立アカデミーは数年おきに辞典を刊行してスペイン語の語句を定義しているが……。十七世紀半ばウィルキンズが考案した世界語においては、各々の単語はひとりでに定義される。すでに一六二九年十一月付けの手紙のなかで、デカルトは十進法を使えば、無限に至るすべての数量の命名法と新しい言語、つまり数字言語[1]を使ったその書記法をたったの一日で覚えられると記している。彼はまた、人間のあらゆる思考を組織し包含するような、類似の普遍言語の創造を提案した。一六六四年ごろ、ジョン・ウィルキンズがこの課題に着手した。

ウィルキンズは宇宙を四〇のカテゴリーないし《類》に分けるが、《類》は《差》に、《差》はさらに《種》に分かたれる。おのおのの《類》には、二文字の単音節語があてられ、おのおのの《差》には子音、おのおのの《種》には母音があてられる。こうして、たとえばdeは四大を、debは四大の最初である火を、debaは火の一部をなす炎を意味する。ルテリエが考案した類似の言語(一八五〇年)では、aは動物、abは哺乳動物、aboは肉食動物、abojは猫科の動物、abojeは猫、abiは草食動物、abivは馬科の動物、等々を意味する。またボニファシオ・ソトス・オチャンド*の言語(一八四五年)では、imabaは建物、imacaは娼家、imafeは病院、imafoは避病院、imariは家、imaruは別荘、imedoは柱、imedeは大柱、imegoは床、imelaは天井、imogoは窓、bireは製本職工、birerは「製本する」を意味する。(この最後のものは、ブエノスアイレスで一八八六年に出版された一書(ペドロ・マータ博士『世界語講座』)のなかで見つけたものである。)

ジョン・ウィルキンズの分析言語で使われる語は愚かしい恣意的記号ではない。カバラ学者にとって聖書の文字が意味をもっていたのと同じように、語を形成するおのおのの文字は意味をもっている。マウトナーは言う――子供たちは人工語とは意識せずにウィルキンズの分析言語を覚えることができよう。後年学校に行くようになってから、彼らはそれが世界を開く鍵であり、秘密の百科辞典であることを知るだろう、と。

ウィルキンズの方法を定義したあと、繰延べにすることができない、またはむつかしい一つの問題――この言語の基礎になっている第四〇表の意味――が検討されねばならない。石をあつかった第八類を考えてみよう。彼はそれを次のように分類する――普通(燧石、砂礫、粘板岩)、中間(大理石、琥珀、珊瑚)、貴重(真珠、蛋白石《オパール》)、透明(紫水晶、青玉《サファイア》)、不溶(石炭、粘土、砒石)。第九類も第八類同様に驚くべきものだ。ここでは金属が次のように分類しうることが示される――未完(辰砂、水銀)、人造(青銅、真鍮)、廃物(鑢屑、銹)、天然(金、錫、銅)。鯨は第一六類に現われるが、それは長方形の胎生魚である。これらの分類に見られる曖昧・重複・欠点は、フランツ・クーン博士*が『善知の天楼*』なる中国の百科辞典について指摘したのと同じ特徴を思いおこさせる。この遥か彼方の書物では、動物は次のように分類されているのである――(a)皇帝に帰属するもの、(b)芳香を発するもの、(c)調教されたもの、(d)幼豚、(e)人魚、(f)架空のもの、

(g)野良犬、(h)この分類に含まれるもの、(i)狂ったように震えているもの、(j)無数のもの、(k)駱駝の繊細な毛の絵筆で描かれたもの、(l)その他のもの、(m)花瓶を割ったばかりのもの、(n)遠くで見ると蠅に似ているもの。ブリュッセル書誌学会も混沌に拍車をかける。宇宙は一〇〇〇の項目に区分されているが、二六二番は教皇、二八二番はローマ・カトリック教会、二六三番は主の日(日曜日)、二六八番は日曜学校、二九八番はモルモン教、二九四番はバラモン教・仏教・神道・道教にそれぞれ照応するといった具合である。ここでは異質な内容からなる項目も容認されており、たとえば一七九番は次のようになっている――「動物虐待、動物保護、道徳的観点から見た決闘と自殺、諸種の悪徳と欠点、諸種の美徳と美点」。

ウィルキンズ、無名の(または非公認の)中国の百科辞典編纂者、ブリュッセル書誌学会、それぞれに見られる恣意性についてわたしは述べた。明らかに、宇宙の分類で恣意と臆測に基づかないものは一つとしてない。その理由はきわめて簡単で、われわれは宇宙が何であるかを知らないからである。「この世界は」デイヴィッド・ヒュームは書いている、「ある幼い神が創ろうとして果たさなかった最初の試作品である。彼は自らの半端な仕事ぶりを恥じて投げ出してしまったのだ。それとも、それは半人前で二流の神の作品で、先輩たちの嘲笑の的になったものだ。さもなければ、それは年寄って耄碌したよぼよぼ神の製品で、その神の死後もまだ生き残っている……」(『自然宗教に関する対話』V、一七七九年)。われわれはもう一歩徹底させて、宇宙なる野心的言葉には、有機的統一的意味での宇宙などありはしないと考えねばならない。もしあるとすれば、われわれはその目的を臆測せねばならぬし、神の秘密の辞書に録された言葉、その語義と語源と同義語を臆測せねばならぬからである。

われわれは宇宙を創造した神の計画を測り知ることはできない。しかしだからと言って、人間によって試みられた一連の計画を一瞥しておくことまで諦める必要はないし、われわれはそれらが暫定的なものに過ぎないことを弁《わきま》えている。ウィルキンズの分析言語は、こうした計画のなかで少なからず賞讃に値するものである。なるほど、それは相互に矛盾した曖昧な類と種からなっている。しかし、項目と下位項目を示すために文字を使うやり方は、疑いもなく巧妙な趣向である。「鮭」なる言葉は、その指示する物体については何も教えてくれない。それに照応する単語 zana は(四〇のカテゴリーとそれらカテゴリーの分類に通暁した者には)、朱みがかった肉をもつ有鱗淡水魚であることを定義している。(ある事物の名称を示すだけで、過去未来を問わず、その事物の運命の細部がわかるような言語を考案することは、理論的には不可能ではない。)未来に対する希望や理想を別にすれば、これまで書かれた言語論のなかで最も明晰なものは、たぶん次に引くチェスタトンのものであろう――「秋の森の色よりもさらに心を惑わせ、さらに名状しがたく、さらに数多くの色彩が魂にあることを人は知っている。……にもかかわらず、人はこれらの事物の一つ一つについて、人間の発する雑多な音声の恣意的体系によって、その全ての全音と半音を、その全ての混色と調色を正確に表現することができると信じて疑わない。教養ある株式仲買人なら誰でも、彼自身の恣意的な音声体系によって、記憶の神秘、欲望の苦悶をことごとく表現する内面的音声を生み出すことができると信じて疑わないのだ」(『G・F・ウォッツ』一九〇四年、八八頁)。

カフカとその先駆者たち

かつてわたしは、カフカの先駆者たちを調べてみようと思いたったことがある。彼のことを初めのうちは、美辞を連ねて称讃されるあの不死鳥のように、類例を見ない独自の存在だと思っていたが、彼と少しばかりつきあっているうちに、様ざまな文学、様ざまな時代のテクストのなかに、彼の声、彼の癖を認めるような気がしたからである。以下にその一部を年代順に記録しておく。

最初は運動を否定するゼノンの逆説《パラドクス》である。A点にいる運動する物体はB点に到達することができない(とアリストテレスは断言する)、なぜなら、それはその前にAB両点の中間点に達せねばならず、さらにその前には中間点の中間点に、またその前には中間点の中間点の中間点に、というようにして無限の中間点に到達せねばならない。この有名な命題の形式は、まさしく『城』のそれと同じである。こうして、運動する物体と矢とアキレスが文学における最初のカフカ的登場人物である。読書中にたまたまわたしの注意を惹いた第二のテクストでは、類縁性は形式というより語りの口調である。それは九世紀の散文作家韓愈が書いた寓意譚で、マルグリエスの見事な編纂になる『註解中国詩文選』(一九四八年)のなかに収められている。わたしが注目したのは、静謐で謎めいた次の一節である——「麒麟が超自然的存在であり、吉兆の動物であることは広く認められている。詩賦のなかで、年代記のなかで、高名な人々の伝記のなかで、普く権威を認められた諸書のなかで、そのことは紛れもなく提言されている。麒麟が目出度い前兆であることは、下々の女子供でも知っている。しかし、この動物は家畜のなかに見当らないし、たやすく見つかるものではないし、また分類に適さない。すなわちそれは馬や牛に似ていないし、狼や鹿にも似ていない。それゆえ、麒麟を目のあたりに見ていながら、それが麒麟であることに確信がもてないようなことも起こりうるだろう。われわれは鬣《たてがみ》のある動物なら馬であり、角の生えている動物なら牛であることを知っている。しかし、われわれはどんな動物が麒麟であるかを知らない(1)」。

第三のテクストは、これまでより容易に見当のつく出典、すなわちキェルケゴールの著作から採られている。両作家の知的親近性は誰もが知っていることであるが、カフカと同じように、キェルケゴールにも、同時代の中産階級的主題に基づく宗教的寓話がたくさんあることは、わたしの知るかぎりまだ明らかにされたことはない。ラウリーは著書『キェルケゴール』(オックスフォード大学出版部、一九三八年)のなかで、そのうちの二つをとりあげている。一つは四六時中監視されながら、イングランド銀行紙幣を検査している贋金つくりの話である。同様に、神もキェルケゴールを疑っていて、放っておけば彼が悪に泥《なず》みやすいことを知っていたから、彼に任務を授けたにちがいない。北極探険がもう一つの寓話の主題である。説教壇に立つデンマークの牧師たちは、探険に参加することは魂の救済にとって有益であろうと告げていたが、やがて彼らは、北極に到達することが困難であり、たぶん不可能であること、こうした冒険が誰にもできるものではないことを認める。彼らは最後に、よく考えてみればどのような旅行も——たとえば、定期便によるデンマークからロンドンへの船旅も——貸馬車による日曜ピクニックも、本物の北極探険になると宣言する。わたしが見つけた四番目の予示は、一八七六年に発表されたブラウニングの物語詩「恐怖と疑念」*である。ある男が有名人の友達を持っている、あるいは持っていると思っている。彼はこの友人に一度も会ったことがないし、今までに助けてもらったこともない。しかし、友人は高潔な人格の持主だという評判だし、彼の書いた本物の手紙も出回っている。彼の立派な人柄に疑問を呈するものがあり、筆跡鑑定家たちは手紙を贋物だと言う。最後の行で男が問う——「もしもこの友が神だとしたら?」

わたしのノートには、二つの短篇物語も含まれている。一つはレオン・ブロワ*の『不快な物語』にあるもので、地球儀・地図帳・列車時刻表・トランクなどをたくさん用意していながら、生まれた町をついに離れることなく生涯を終える人々を描いている。もう一つは「カルカソンヌ」と題されたダンセイニ卿*の物語である。無敵の戦士たちからなる軍団が巨大な城砦を出発し、数々の王国をたいらげ、多くの怪物を見、幾つもの沙漠と山嶽を征服するが、ついにカルカソンヌに達することができない。一度この町を遠望したことがあったにもかかわらず。（すぐに気づくことだが、この物語は前者とは正反対である。第一の物語では、人々は町から離れないが、第二の物語では人々は町に到達しない。）

わたしの間違いでなければ、わたしが列挙した異質のテクストは、どれもカフカの作品に似ている。わたしの間違いでなければ、テクストどうしは必ずしも似ていない。この最後の事実はきわめて重要である。程度の違いこそあれ、カフカの特徴はこれらすべての著作に歴然と現われているが、カフカが作品を書いていなかったら、われわれはその事実に気づかないだろう。すなわち、この事実は存在しないことになる。ロバート・ブラウニングの「恐怖と疑念」はカフカの物語の予告篇になっているが、われわれがカフカを読んだことがあれば、この詩のわれわれの読みは著しく洗練され変更される。ブラウニングは自らの詩を、いまわれわれが読むようには読まなかった。「先駆者」ということばは批評の語彙に不可欠であるが、そのことばに含まれている影響関係の論争とか優劣の拮抗といった不純な意味は除去されねばならぬ。ありようを言えば、おのおのの作家は自らの先駆者を創り出すのである。彼の作品は、未来を修正すると同じく、われわれの過去の観念をも修正するのだ。(2) この相関関係においては、人間の同一性とか複数性は全く問題にならない。『観察』* を書いた初期のカフカは、ブラウニングやダンセイニ卿ほどには、陰鬱な神話と残酷な制度の作家であるカフカの先駆者ではない。

ブエノスアイレス、一九五一年

亀の化身たち

他の全ての観念を腐敗させ混乱させる一つの観念がある。わたしは《悪》のことを言っているのではない。その及ぶ範囲は倫理という限られた領域でしかないのだから。わたしが言っているのは無限のことである。かつてわたしはその変幻極まりない歴史の編纂を思いたったことがある。多頭のヒュドラ（沼地に棲む怪物であるが、幾何数列の予表ないし象徴でもある）がこの史書の冒頭に適切な恐怖を提供し、カフカの薄汚れた悪夢がその掉尾を飾るだろう。両者をつなぐ諸章では、あの古えのドイツ人枢機卿ニコラス・デ・クレプスまたはニコラウス・クザーヌス*の臆説にも触れられているだろう。彼はかつて円周に無数個の辺をもつ多角形を夢に見てこう記した――無限の線は直線であり、三角形であり、円であり球である（『学識ある無知について』I・一三）。五年ないし七年の間、形而上学、神学、数学の研鑽を積めば、わたしは（たぶん）その書物を美事に構想することができるだろう。言うまでもなく、人生はわたしにその希望とその副詞を拒否している。

以下はこの幻の書物『無限の伝記』に属するもので、その目的はゼノンの第二逆説《パラドクス》について、その幾つかの化身たちを記録することである。

まずその逆説を憶い出してみよう。

アキレスは亀より一〇倍早く走ることができ、亀を一〇メートル先に出して競走する。アキレスがその一〇メートルを走る間に、亀は一メートル進む。アキレスがその一メートルを走ると、亀は一〇分の一メートル進む。アキレスがその一〇分の一メートルを走ると、亀は一〇〇分の一メートル進む。アキレスがその一〇〇分の一メートルを走ると、亀は一〇〇〇分の一メートル進む。俊足のアキレスがその一〇〇〇分の一メートルを走ると、亀は一〇〇〇〇分の一メートル進む。同様なことが無限にくりかえされ、アキレスはついに亀に追いつくことができない。これが普通に流布している形である。ヴィルヘルム・カペレはアリストテレスの原文を次のように翻訳している(『ソクラテス以前の諸学派』一九三五年、一七八頁)——「ゼノンの第二の論証はアキレスの論証と呼ばれているものである。彼は次のように推論する。遅い者が速い者に追いつかれることはない。なぜなら、追う者は追われる者が通りおえた地点をまず通過せねばならず、こうして遅い者はつねに決定的優位を保っているからである」。ご覧の通り、問題は変っていない。

それにしても、この逆説に英雄と亀を登場させた詩人の名を知りたいものだ。この論証が世間に広く流布したのは、次の級数とこの二人の魔術的競走者のお蔭だから。

$$10+1+\frac{1}{10}+\frac{1}{100}+\frac{1}{1{,}000}+\frac{1}{10{,}000}+\cdots\cdots$$

この論証に先立つ論証——競走場の論証*を記憶している人は少ない(論証の仕組みは全く同じであるにもかかわらず)。運動は不可能である(とゼノンは論じる)。なぜなら、運動する物体が最終地点に到達するためには、その中間地点を通過せねばならず、さらにその前に中間の中間を、さらにその前に中間の中間の中間を、さらにその前に……。(1)

われわれはこれらの論証の流布とその最初の論駁*をアリストテレスのペンに負うている。彼の論駁の簡潔さには多分軽蔑もこめられていたであろうが、彼がこれらゼノンの逆説を記憶していたために、プラトンのイデア説に反論した有名な《第三の人間》の議論*が生まれたのだ。プラトンは、共通の属性をもつ二つの個物(たとえば二人の人間)は、永遠の原型の一時的仮象にすぎないことを立証しようとする。他方アリストテレスは、多くの人間たちと人間そのもの——一時的存在たる個人とプラトン的原型——の間にも共通の属性が存在するのではないかと問うてみる。明らかに存在する。それらには人間性という共通の属性があるから。とすれば(アリストテレスは言う)、それらの両者を包含するもう一つの原型を仮定せねばならなくなり、さらには第四の……。『形而上学』の翻訳に付した註のなかで、パトリシオ・デ・アスカラテ*はアリストテレスの弟子の一人に次のような記述があると述べている。「多くの事柄が属性として肯定されるものは、肯定される事柄とは異なった存在である(これがプラトニストたちの主張だ)――もしそうだとすれば第三の人間が存在せねばならぬことになる。《人間》は個人ばかりでなく、そのイデアにも適用される言葉である。したがって、個々の人間とそのイデアの他に第三の人間が存在する。同様に、第三の人間とそのイデアと個々人に対して同じ関係をもつ第四の人間が存在し、さらに第五の、というようにして無限に続く。」類型 c を構成する二人の個人 a と b を仮定しよう。そうすると、われわれは次の式を得る。

$$a+b=c$$

しかし、アリストテレスによれば、それはさらに次のようになる。

$$a+b+c=d$$

$$a+b+c+d=e$$
$$a+b+c+d+e=f$$
……

厳密に言えば、二人の個人が必要なのではない。アリストテレスが非難する「第三の人間」を規定するには、個人と類型があれば足りる。エレアのゼノンは、運動と数を否定するために《無限後退》を利用し、彼の論駁者は普遍的形式を否定するために《無限後退》を利用する。(2)

わたしの乱雑なノートに記されている次なる亀の化身は、懐疑論者のアグリッパ*である。彼は証明を否定する。なぜなら、全ての証明は先行する証明を必要とするから(『隠れた象徴』I・一六六)。セクストゥス・エンピリクス*も同様なことを主張している——定義は無用である。なぜなら、われわれはまず使われた言葉の一つ一つを定義し、次に定義を定義せねばならないだろうから(『隠れた象徴』II・二〇七)。一六〇〇年後、『ドン・ジュアン』の献呈の歌のなかで、バイロンはコウルリッジについて次のように記すだろう——『彼の説明とやらをまず説明してもらいたい』。

これまでのところ、《無限後退》(regressus in infinitum)は全て否定のために使われていた。聖トマス・アクィナスが神の存在を肯定するためにそれを利用する(『神学大全』一、二、三)。宇宙の事物には全て作用因があり、この作用因は言うまでもなく、先行する原因の結果であると彼は言う。世界は果てしない原因の連鎖であり、各々の原因はまたひとつの結果でもある。各々の状態は先行する状態から派生し、後続の状態を決定する。しかし、因果の連鎖全体が予め存在していたはずはない。なぜならそれを構成する諸名辞は条件的、すなわち偶然的であるから。にもかかわらず、世界はある。この事実から、われわれは非偶然的第一原因(神と言っていいだろう)を推論することができる。これが謂うところの宇宙論的証明である。アリストテレスとプラトンがそれを予示し、後にライプニッツが再発見する。(3)

ヘルマン・ロッツェ*は、物体Aの変化によって物体Bに変化が生じることを理解しないために、《無限後退》を利用する。彼は主張する――AとBが独立したものであるなら、AのBに対する影響を仮定することは、第三の要因Cを仮定することである。CがBに作用するためには第四の要因Dが必要であろうが、DはEなくして作用することはできないであろうし、EはFなくして作用することはできないであろうし……。果てしなく増殖する論理の妖怪《キマイラ》を断ち切るために、彼はこの世界にはただ一つのもの――スピノザの神に匹敵する、無限で絶対的な実体――があるだけだという結論をひき出す。転移する原因は内在的原因に変り、事象は宇宙なる実体の顕現ないし様態に変る。[4]

これと類似しているが、さらに驚くべきはF・H・ブラッドリーの場合である。この思想家(『仮象と現実』一八九七年、一九―三四頁)は因果関係に論戦を挑むだけでは満足しない。彼は全ての関係を否定するのである。彼はまず関係と名辞の間に関係があるか否かを問う。答えは然りであるが、そうすると、それはさらに二つの関係の存在を許容し、そのことはさらに二つの関係を許容すると彼は推論する。「部分は全体より小さい」という公理において、彼が認めるのは二つの名辞と一つの関係「より小さい」ではない。彼は三つの名辞(「部分」、「より小さい」、「全体」)を認めるのである。それら三者を結びつけることは、暗に他の二つの関係の存在を前提にしており、こうして暗黙の関係は無限に出現する。「ジョンは死すべき存在である」という命題において、彼はわれわれが決して完全に結ぶことのできない三つの不変の観念(第三のものは繋辞「である」である)を認める。彼は全ての観念を、独立した、極めて堅固なものに変える。彼を論破することは、われわれの主体を非現実の毒で汚染させることになろう。

ロッツェは原因と結果の間にゼノンの周期的深淵を介在させ、ブラッドリーは主辞と賓辞の間に(あるいは主体と属性の間に)それを介在させる。ルイス・キャロルは三段論法の小前提と結論の間にそれをすべりこませているが(「マインド」四巻二七八頁)、その結果、アキレスと亀は無限に対話を続けることになる。果てしない競走にけりをつけた後、二人の競技者は幾何学について冷静に論じ始める。彼らは次の理路整然とした論証を検討する——

(a) 第三のものに等しい二つのものは相互に等しい。
(b) この三角形の二辺はMNに等しい。
(z) この三角形の二辺は相互に等しい。

亀は二つの前提(a)、(b)は認めるが、それらが結論を正当化することは認めない。アキレスは仮言命題を一つ付加することを余儀なくされる。

(a) 第三のものに等しい二つのものは相互に等しい。
(b) この三角形の二辺はMNに等しい。
(c) もし(a)、(b)が妥当であれば、(z)は妥当である。
(z) この三角形の二辺は相互に等しい。

簡単ながら補足説明をつけ加えてもらった亀は、(a)、(b)、(c)の妥当性は認めるが、(z)については否定する。憤然として、アキレスはまた付加する――

(d)　もし(a)、(b)、(c)が妥当であれば、(z)は妥当である。

次に幾分諦めた面持ちで、

(e)　もし(a)、(b)、(c)、(d)が妥当であれば、(z)も妥当である。

ゼノンの逆説は距離漸減の無限級数を示すものであるが、彼自身の逆説においては距離はかえって増大する、とキャロルは言っている。

次に最後の例をお目にかけるが、これは今までのどの例よりも優雅で、ゼノンにいちばん近似したものである。ウィリアム・ジェイムズ*(『哲学の諸問題』一九一一年、一八二頁)は、一四分は経過することができないと主張する。なぜなら、その前には七分が経過せねばならず、またその前には三分三〇秒が、さらにまたその前には一分一五秒が経過せねばならない。こうしてこの繰りかえしは、時間の朧ろな迷宮のなかを見えざる終焉にむかって果てしなく続く。デカルト、ホッブズ、ライプニッツ、ミル、ルヌーヴィエ*、ゲオルク・カントール*、ゴムペルツ*、ラッセル、およびベルクソンらが亀の逆説の解明をこころみている。（それらの全てが不可解かつ無内容という訳ではない。わたしはその幾つかを『論議』（一九三二年）一五一―一六一頁に記録しておいた。）読者にもお判りのとおり、説明の適用範囲は広汎である。目眩くばかりのこの無限後退は、単に歴史問題に限らず、おそらく全ての主題に適用することができよう。美学に――ある詩の一行がある理由でわれわれを感動させるが、そのある理由は別のある理由によっている。認識論に――知ることは認めることであるが、認めるためには予め知っていなくてはならない。にもかかわらず、知ることは認めることである……。この種の弁証法をわれわれはどう判断すればよいのか？　それは審問の合法的手段なのか、それとも単に悪しき習慣に過ぎないのか？

　言葉の整合（哲学とはまさにこのことに他ならない）が宇宙に酷似すると考えることは危険である。有名な整合のなかには、たとえ微小でも他よりも近似するものがあることを否定することも同様に危険である。わたしは世間である程度の評価を享けているものを検討してみた。宇宙の痕跡が認められる唯一の整合がショーペンハウアーのものであることを、わたしは敢えて主張したい。彼の説くところによれば、世界は意志の創り出した虚構である。芸術は——常に——可視の非現実を必要とする。ほんの一例を引けば、芝居の登場人物たちが喋る、比喩に満ち、言葉数が多く、わざと何気なくした台詞がそうである。われわれは全ての観念論者が認めていることを認めよう。すなわち、この世界の本質は幻影である。われわれは全ての観念論者がしなかったことをしよう。すなわち、その本質を確証する非現実を探そう。そのとき、われわれはそれをカントの二律背反*のなかに、ゼノンの弁証法のなかに見出すだろうとわたしは信じる。

「最大の魔術師とは(ノヴァーリスが忘れ難い一文を記している)、われと自ら創りだした幻影を自然に生まれた亡霊と錯覚する程に自分を欺きおおせた魔術師のことだ。これはわれわれにも言えることではないだろうか?」その通りだとわたしは思う。われわれ(われわれの内にあって活動する不可分の神性)は世界を夢想した。われわれはそれが強靱で謎めいて可視的であり、空間において遍在し時間において永続すると夢想した。しかし、贋物であることがわかるように、われわれはその骨組みに、微細で永久的な不合理の罅《ひび》を入れておいたのだ。

一九三九年

書物崇拝について

『オデュッセイア』の第八巻に、神々は後世の人々が唄う歌になるように、人間の不幸を紡いで事件の綾を織りなす、と書かれている。この世界は一冊の書物に書きあげられるために存在するというマラルメの言葉は、不幸の美的正当化とも言うべき同じ観念を、約三十世紀後に繰りかえしたものと受けとれる。この二つの目的論的見解は、しかしながら、完全に一致している訳ではない。ギリシア人の方は口誦の時代に属し、フランス人の方は書記の時代に属している。一方は歌を挙げ、他方は書物を挙げている。書物は、それがいかなるものであれ、われわれにとっては神聖なものである。セルバンテスは、おそらく人の言うことなどなに一つ耳を貸さなかったであろうが、書いてあるものなら、「通りに落ちている紙きれ」でさえ拾って読んだのだ。バーナード・ショーの*ある戯曲のなかに次のような場面がある。アレクサンドリアの大図書館に火が燃え移ろうとし、人類の記憶が焼けてしまうぞと男が叫んでいる。シーザーが言う、「恥ずかしい記憶だ。焼いてしまえ」。私見によれば、歴史上のシーザーは作者が彼に言わせている命令を認めることもあろうし、否認することもあるだろう。けれども、われわれのように、それを冒瀆の冗談とは考えないだろう。理由は明白である。古代の人々にとって、書きことばは単に話しことばの代用品でしかなかったからである。

ピュタゴラスは文字に書きとめなかったと言われている。ゴムペルツ(『ギリシアの思想家たち』I・三)は、それは彼が口頭教育の効能を信じていたためだと主張している。ピュタゴラスの単なる自制とは違い、プラトンの率直な証言には説得力がこもっている。『ティマイオス』のなかで、彼はこう言っている――「この宇宙の父なる創造者を発見することは至難の業であり、彼を発見した後もそれを全ての人々にむかって公言する訳にはいかない」。『パイドロス』のなかで、彼はものを書くことを戒めたエジプトの伝説(ものを書くようになれば、人々は記憶力の訓練をなおざりにし、記号に頼るようになる)を紹介し、書物は絵に画かれた人物像に似ていると言う。絵の中の像は「生きているように見えるけれども、いろいろ質問を発しても一言も答えてはくれない」。この困難を緩和するために、あるいは除去するために、プラトンはこの哲学的対話を構想した。教師は生徒を選べるが、書物は相手を選ぶ訳にはいかないので、読者は悪人かもしれず、愚かものかもしれない。こうしたプラトンの疑惑は、ギリシア的教養人クレメンス(アレクサンドリアの)の言葉のなかにも窺える——「最も賢明な方法は書くことに頼らず、口伝てに学び教えることだ。書かれたものは後に遺るからである」(『絨毯』*)。同じ趣旨の言葉は同書の別の箇処、すなわち「全てを書物に書き記すことは、子供の手に刀を委ねるようなものだ」にもあるが、この言葉は福音書の次の一節に由来する——「聖なる物を犬に与《あた》ふな。また真珠を豚の前に投ぐな。恐らくは足にて踏みつけ、向き反《かえ》りて汝らを嚙みやぶらん」。これは口頭教育最大の師イエスが語った言葉である。イエスは一度だけ地面に言葉を書いたことがあったが、誰一人それを読んだ者はいなかった(『ヨハネ伝』八章六節)。

アレクサンドリアのクレメンスが書き言葉への不信を記したのは二世紀の末である。四世紀の終りに一つの知的変貌が始まる。それは幾世代もの後、話し言葉に対する書き言葉の、声に対するペンの勝利となって終るだろう。全く驚くべき幸運によって、一人の作家が、この厖大な変貌の始まった瞬間の決定者となった(わたしの言葉は誇張ではない)。『告白録』第六巻で、聖アウグスティヌスは次のように語っている——「ものを読むとき、アンブロシウスの眼は頁の上を移動し、声も出さず口も動かさないのに、魂は意味を把握した。誰も部屋に入ることを禁じられてはいなかったし、訪問をあらかじめ知らせておく習慣もなかったので、私達は彼が声を立てずに読んでいるのを(彼はそれ以外の方法をとらなかった)何度も目撃したものだ。しばらくすると私達は部屋を出ていくのであったが、それは、彼が他人のためのせわしない仕事から解放されて魂の英気を養うために利用している短い時間を、また別なことで煩わされたくはないだろうと気を利かせたからである。彼が難解な箇処を読んでいるのをそばで聴いていたりしたら、意味不明の一節を説明してもらいたいのではないか、一緒に議論してほしいと思っているのではないかとおそらくは彼の方で気を遣い、こうして彼が好きなだけ多くの書物を読むのを邪魔する結果になるだろう。彼はあのような読み方をすることで、かすれ易い自分の声を保護していたのだと私は思う。いずれにせよこの男の目的が何であれ、それは間違いなくよい事であった」。三八四年ごろ、聖アウグスティヌスはミラノの司教聖アンブロシウスの弟子であった。それから十三年後、ヌミディアで『告白録』を書いていたときも、あの異様な光景はまだ彼の心に憑きまとっていた——部屋の中、一冊の本、文字を声に出さないで読んでいる男。(1)

その男は音声記号を介在させず、書かれた文字から意味の直感的理解へ直行した。彼が創始した不思議な技術、すなわち黙読の技術は驚嘆すべき結果を生むことになる。多年月を経過したのち、それは目的の手段ではなく、それ自体目的であるところの書物の観念を生むだろう。(この神秘的観念は世俗文学にも移入され、フローベールやマラルメの、ヘンリー・ジェイムズやジェイムズ・ジョイスの特異な運命を創り出す。）人間と言葉を交わし、彼らにあることを命じたり禁じたりする神の観念に、《絶対書物》の観念、聖典の観念が重ね合わされた。イスラム教徒にとって、『コーラン』――『アル・キターブ』（《書物》）とも呼ばれる――は、人間の魂や宇宙がそうであるように、単に神の作品というにとどまらない。それはまた、神の永劫や怒りがそうであるように、神の属性の一つでもあるのだ。『コーラン』十三章には、その原本である《書物の母》が天国に預託されていると書かれている。ムハンマド・アル・ガザーリ――西洋スコラ学者たちのアルガゼル――は断言する、「『コーラン』は書物に筆写され、舌先で朗唱され、心中に記憶されるが、にもかかわらず、それは神の中心にあって生きつづけ、筆録と人間の理解を経てなお変ることがない」。ジョージ・セイル*は、この形を持たない『コーラン』は『コーラン』のイデア、すなわちプラトン的原型に他ならないと述べている。アル・ガザーリは《書物の母》なる観念を正当化するため、すでに《清純兄弟会》の百科全書やアヴィケンナによってイスラム世界に伝えられていた原型観念を利用したのかもしれない。

ユダヤ教徒の聖典観は、回教徒よりさらに途方もないものだ。ユダヤ人の聖書には、その第一章に次の有名な一文が含まれている――「神光あれと言ひたまひければ光ありき」。主が口にしたこの命令の力は、命令の言葉に使われた文字から来ているとカバラ学者たちは推論した。六世紀ごろ、シリアまたはパレスチナで書かれた『セフェル・イェツィラー』*（創造の書、の意）の明かすところによれば、万軍のエホバ、イスラエルの神にして万能の神は一から十までの基数と二十二のヘブライ文字を使って宇宙を創造したと言う。数字が天地創造の道具ないし要因たり得るという考えは、ピュタゴラスやヤンブリコスのドグマとしてすでに存在していた。天地創造において、数字の他に文字も使われたであろうという考えは、明らかに書記崇拝なる新しい信仰の始まりを示すものである。『イェツィラー』第二章第二節は次のように記している――「二十二の基本文字。神はそれらを描き、それらを彫り、それらを結び合わせ、それらを考量し、それらを入れ換え、それらを使って、存在する全てのものと存在するであろう全てのものを創った」。続いて同書は各文字の効能を明かす。空気、水、火、智恵、平安、恩寵、睡眠、怒りを支配する文字は何か。またいかなる次第で（例えば）、生命を支配する文字《カフ》が世界の太陽、暦の水曜日、体の左耳を創るのに役だったのか。

キリスト教徒はこうした考えをさらに徹底させた。神が一冊の書物を書いたという思想に触発されて、彼らは神が書いたのは一冊ではなく二冊であり、もう一冊は宇宙であると想像する。十七世紀の初め、フランシス・ベイコンは『学問の進歩』のなかで、神はわれわれが道を踏み外さないように二冊の本を与えて下さったと断言した。第一のもの、すなわち聖書が神の意志を明かし、被造物の書物たる第二のものが神の力を明かしているが、それはまた前者を解く鍵でもある。ベイコンは単に比喩を作ろうとしていたのではない。彼は世界が幾つかの基本形式(温度、密度、重量、色彩)に還元できること、またそれらのうちの特定のあるものは《自然の初等教科書《アベケダリウム・ナツラエ》》、すなわち宇宙の書を書くさいに使われた一組のアルファベットを構成していると信じていた。(2) 一六四二年ごろ、サー・トマス・ブラウンがこの考えを確認した。「かくして、私が神性について理解を深める書物は二冊ある。一冊は書き記された神の書であるが、もう一つは、あの普遍的公共的写本とも称すべき神の僕《しもべ》なる自然がそれである。それは万人の眼前に茫々と拡がっているから、前者において神を見なかった者も後者のなかにそれを見出してきたのである」(『医師の宗教』I・一六)。同じ文節にはまた次のように記されている――「あらゆる物は技巧によっている。自然は神の技巧の謂《いい》だからである」。それから二百年が経過し、スコットランド人カーライルが、種々の著述、なかんずくカリオストロ*を論じたエッセイによってベイコンの推測を凌駕した。彼は言っている、世界史はわれわれがおずおずと解読しまた記す一冊の聖典であり、そこにはわれわれ自身も記されている、と。後にレオン・ブロワが次のように記すだろう――「この世にあって、己の何者なるかを公言できる人間はいない。自分が何をするためにこの世に来たのか、自分の行為・感情・思想と照応するものが存在するのか、自分の真の名前、《光》の登記簿に記された不滅の名前が何なのかを誰も知らないからである。……歴史は一冊の厖大な祈禱書であり、そこに記された文字の一点一画も全節あるいは全章と同じように価値があるが、両者の重要性は決定不能で奥深く秘されている」(『ナポレオンの魂』一九一二年)。マラルメによれば、世界は一冊の書物のために存在する。ブロワによれば、われわれは魔法の書物の節ないし単語ないし文字である。そして、この不断に連続する書物はこの世にある唯一のものである。というより、その書物が世界である。

ブエノスアイレス、一九五一年

キーツの小夜鳴鳥

イギリスの抒情詩を読み漁ったことのある人なら、ジョン・キーツの「小夜鳴鳥《ナイチンゲール》に寄せるオード」を忘れることはないだろう。肺病をやみ、貧しく、おそらくは恋愛においても恵まれなかった二十三歳の若者が、一八一九年四月のある夜、ハムステッドの庭で作った詩だ。キーツはオウィディウスとシェイクスピアによって不滅になったナイチンゲールの囀りを庭で聴き、わが身のはかなさを感じて、それを目に見えぬ鳥の、繊細で不滅な声と対比している。彼は以前、詩人は樹が葉をつけるように、自然に詩を生み出さなくてはいけないと書いたことがあった*が、この究めつくし味わいつくすことのできない美の一ページも、ほんの二、三時間で生み出され、後に推敲される必要は全くと言っていい程なかった。わたしの知るかぎり、この詩の価値を疑った人はいないが、その解釈についてはそうではない。最も問題になる箇処は、終りから二つ目の詩連《スタンザ》にある。偶然に生まれ、死すべき運命の人間が鳥によびかける――「いかなる時代の飢えた人間もおまえを踏みつけたりはしない」。いま耳にしている鳥の声は、遥か古えの午後、モアブ人《びと》ルツがイスラエルの畠で聴いたのと同じ声だ。

一八八七年に出版されたキーツ研究のなかで、シドニー・コルヴィン*(スティーヴンソンの文通相手で親友)は、わたしがいま言及している詩連の問題性を認識した、あるいは創始した。その興味深い所説を引用する――「キーツは鳥の生命の永続性(キーツが言おうとしているのは類としての生命という意味だ)を人間の生命の果敢《はか》なさ(キーツが言おうとしているのは個体としての生命という意味である)と対比させたが、それは論理の誤謬であると同時に、私の見るところでは、詩の欠点でもある」。一八九五年、ブリッジズ*がこの批判をくりかえす。一九三六年、F・R・リーヴィス*は彼の批判を認め、こう付言している――「キーツの考えに見られる誤謬は、当然、そうした考えが生まれてきた感情の烈しさを証しするものである」。詩の第一連で、キーツはナイチンゲールのことを森の精《ドリュアス》と呼んでいるが、批評家ギャロッド*はこの形容辞を大真面目に引用し、ナイチンゲールはドリュアスすなわち森の神なるが故に、第七連において不死の存在となるという意見を述べている。エイミー・ローウェル*はさらに適確に記す――「想像的または詩的感覚の閃きがある読者であれば、キーツが言っているのはあの時に歌っていた小夜鳴鳥ではなく、種としてのナイチンゲールであることを直ちに諒解するであろう」。

過去および現在の五人の批評家から、わたしは五つの意見を取り上げた。それらのなかで、北米作家エイミー・ローウェルの発言がいちばん意味があるとわたしは思う。もっとも、あの夜の束の間のナイチンゲールと種としてのナイチンゲールを対比させる彼女の仮定は否定するけれど。この詩連を解く鍵、正確な鍵は、それを読んでいないショーペンハウアーのある形而上学的一節にある、とわたしは思う。

『小夜鳴鳥に寄せる詩』は一八一九年に書かれた。『意志と表象としての世界』続篇は一八四四年に出版された。その四十一章のなかに、われわれは次の文を読む——「この夏の燕は本当に初めての夏の燕とは違うのか、無から有を生みだす奇跡が両者の間に過去何百万回となく繰りかえされ、全き絶滅によってその営みが同じ回数だけ嘲けられてきたと考えるべきなのかを真剣に問うてみてほしい。いまここで遊んでいる猫は、三百年前同じ場所で跳びはねていたずらをしていた猫と同じものだと言えば、人は私を気狂いだと思うだろう。けれども、両者を全く違ったものだと想像することは、それに劣らず狂気の沙汰だ」。換言すれば、個体は何故か種であり、キーツのナイチンゲールはルツのナイチンゲールでもあるのだ。

「僕は何も知らないし、何も読んでいない」と書くことができたキーツに不当な誇張がある訳ではないが、彼は学習用辞典*の頁を通してギリシア精神を推測した。春の夜の姿見えぬナイチンゲールから、彼がプラトン的ナイチンゲールを直感的に認識したことは、きわめて微かなものながら、その推測ないし再生の一つの証拠となる。キーツはたぶん《原型》の語義を定義することはできなかったであろうが、ショーペンハウアーの理論の一つを四半世紀以前に先取りしていた。

以上で一つの難問が解明されたが、大いに性質の違う問題がもう一つ残っている。それはギャロッドやリーヴィスやその他の批評家たち(1)が、何故この明々白々な解釈に気づかなかったかということである。リーヴィスは十七世紀のケンブリッジ・プラトニストたちの会合の地であり、彼らにその名称を付与した大学都市ケンブリッジにあるさる学寮の教授である。ブリッジズは「四次元」と題されたプラトン的詩篇を書いた。こうした事実を列挙するだけで、謎は一層深まるように思われる。わたしの間違いでなければ、この理由は英国精神に内在するある本質から派生している。

かつてコウルリッジは、人は全て生まれながらにしてアリストテレス的であるかプラトン的であると言った。後者は直感的に種や類や属を現実と見なし、前者はそれらを一般概念と見なす。後者にとって言語は恣意的記号の体系に他ならないが、前者にとっては宇宙の地図である。プラトン派は宇宙がともかくも一つのコスモス、すなわち秩序であることを知っているが、アリストテレス派にとっては、それは謬見である、ないしはわれわれの偏頗な知識が作りあげた虚構である。場所と時代の推移に応じて、この永遠不滅の二つの敵対者は言葉と名前を変える。一方はパルメニデス、プラトン、スピノザ、カント、フランシス・ブラッドリーであり、他方はヘラクレイトス、アリストテレス、ロック、ヒューム、ウィリアム・ジェイムズである。勤勉な中世の哲学諸派を通じて、つねに呼び求められたのは人間理性の巨匠アリストテレスである（『饗宴』*Ⅳ・二）。しかし、唯名論者は全てアリストテレスであり、実在論者は全てプラトンなのだ。十四世紀*の英国唯名論が細心周到な十八世紀の英国観念論に再現する。オッカムの簡潔な公式*「存在は必要以上に数を増してはならない」（'entia non sunt multiplicanda praeter necessitatem'）がそれに劣らず精密な命題「存在するとは知覚されることである」（'esse est percipi'）を許容する、または予表する。人は生まれながらにしてアリストテレス的であるかプラトン的である、とコウルリッジは言った。英国精神について言うなら、それは生まれながらにしてアリストテレス的であったと言うことができる。この精神にとって、現実的なものとは抽象観念ではなく個々のものであり、類としてのナイチンゲールではなく具体的なナイチンゲールなのだ。イギリスで「小夜鳴鳥に寄せるオード」が正しく理解されないのは、けだし当然であり、おそらく避けがたいことであろう。

右のわたしの言葉に、どうか非難や軽蔑を読み取らないで頂きたい。イギリス人が一般概念を斥けるのは、個物が還元同化することのできない独自なものであると感じているからに他ならない。彼がドイツ人のように抽象観念の密売をしないのは、倫理的躊躇によるものであって、思弁的／投機的(especulativo)無能力によるものではない。彼は「小夜鳴鳥に寄せるオード」を理解しない。この珍重すべき無理解ゆえに、彼はロックであり、バークリーであり、ヒュームであることができるのだし、傾聴されないが予言的な忠告『個人対国家』を書く(およそ七十年前)ことができるのだ。

世界のあらゆる言語において、ナイチンゲールは響きのよい名前を与えられている(《ルイセニョール》、《ナハティガル》、《ウズィニョロ》*)。まるで歌声を聴いて驚嘆の念に満たされた人間たちが、本能的に名前も歌声に不釣合なものにならないように願った証しであるかのように。代々《よよ》の詩人たちに賞めそやされてきた結果、この鳥はいまでは少し非現実的な色彩をおび、雲雀よりは天使に近い存在になっている。『エクセター写本*』の中にあるサクソンの謎かけ歌(「われは古えの夕べの歌人、町に住まう貴人に喜びを運ぶ」)に始まって、スウィンバーンの悲劇『アタランタ』に至るまで、永遠のナイチンゲールは英文学のなかで歌いつづけてきた。チョーサーとシェイクスピアが、ミルトンとマシュー・アーノルドがこの鳥を称揚した。けれども、虎のイメージをブレイクとダブらせるように、この鳥のイメージをジョン・キーツに結びつけることは避けられない。

謎の鏡

聖書が(逐字的意味の他に)象徴的意味をもつという考えは非合理ではない。それは古くからある考えで、アレクサンドリアのフィロン*やカバラ学者たちやスウェーデンボリに見られる。聖書によって語られる事件は真実なのであるから(神は真理である、真理たる神が嘘をつくはずはない、等々)、われわれは以下のことを認めない訳にはいかない。すなわち、人々がこれらの事件を行動したとき、彼らは神が決定し構想した秘密のドラマをただやみくもに演じていたにすぎない、と。こうした観念と、宇宙の歴史——それに、その歴史の中のわれわれの生涯とわれわれの生涯の極めて瑣末な出来事——が測り知れぬ象徴的意味をもつという考えとの間には、無限の距りがある訳ではない。この両者の間を旅した人は数多くいたにちがいないが、それにしてもレオン・ブロワ程に驚くべき例は見当らない。(ノヴァーリスの心理主義的断章やマケン*の自伝の『ロンドン綺譚』と題された巻のなかにも、類似した仮説が見出されるだろう。外的世界——形象、気温、月——は、われわれ人間が忘れてしまった言語、あるいはわれわれにはほとんど解読不可能な言語である……。ド・クウィンシーも同じことを述べている——「地上のどんなばかげた音声もその一つ一つが代数であり言語であって、それを解く鍵、その厳格な文法と統語法が何らかの形で存在するはずである。そして宇宙のいと小さきものも、大いなるものを映す秘密の鏡であるに違いない」(『著作集』一八九六年、第一巻一二九頁)。)

レオン・ブロワの心を動かしたのは、聖パウロの次の一節(『コリント前書』十三章十二節)である。"Videmus nunc per speculum in aenigmate: tunc autem facie ad faciem. Nunc cognosco ex parte: tunc autem cognoscam sicut et cognitus sum." トーレス・アマト*の貧弱な翻訳では次のようになっている——"Al presente no vemos *a Dios* sino como en un espejo, y bajo imágenes oscuras: pero entonces *le* veremos cara a cara. Yo no *le* conozco ahora sino imperfectamente: mas entonces *le* conoceré *con una vision clara,* a la manera que soy yo conocido."(「いま私達は鏡の中の不鮮明な像でしか神を見ていない。しかしかの時には、顔をあわせて彼を見るだろう。いま私は不完全にしか彼を知らない。しかしかの時には、私がいま神に知られているように、澄んだ眼差で彼を知るだろう。」)二十二語の用を足すのに四十四語が費やされている。これ以上に冗漫でしまりのない翻訳は

不可能だろう。それにくらべれば、シプリアーノ・デ・バレーラ*の翻訳は原文に忠実である——「いま私達は鏡を通して暗闇の中に見ている。しかしかの時には、顔をあわせて見るだろう。いま私は部分的にしか知らない。しかしかの時には、私が知られているように知るだろう」。パウロの一節が問題にしているのは神を見るわれわれの視力だとトーレス・アマトは考える。シプリアーノ・デ・バレーラは（そしてレオン・ブロワは）われわれの視力一般だと考える。

　わたしの知るかぎり、この問題についてブロワが自らの臆測を明確な形に纏めたことはない。彼の断片的著述（誰も知らないものはないが、それらは詠嘆と痛罵に満ちみちている）を通じて、それは様ざまに異なった相貌を現わす。以下にその幾つかを掲げるが、それはわたしが『恩知らずの乞食』や『山の老人』や『非売品*』などの騒々しい頁から救出したものである。これで全部とは思われないので、いつの日かレオン・ブロワの専門家が（わたしはそうではない）、わたしの挙げた例を補完訂正して下さることを希望する。

　最初の例は一八九四年六月のものである。わたしはそれを次のように訳す——「聖パウロの一文“Videmus nunc per speculum in aenigmate”は、本当の《深淵》すなわち人間の魂を覗き見るための天窓である。蒼穹なる深淵の怖ろしい広大さは幻想にすぎない。

それは「鏡のなかに」見えるわれわれの深淵の外的投影物に他ならない。われわれは眼を内に向け、広大無辺なわれわれの心、神がその救済のために死に給うた心を観測する崇高な天文学を実践せねばならない。……そこに銀河が見えるとしたら、それはわれわれの魂に真に銀河が存在するからだ」。

第二の例は同年十一月のものである——「昔、こんなことを考えていたのを憶い出す。ロシア皇帝は一億五千万の人民の指導者であり霊父である。何ともの凄い責任を負ったものだが、これは見せかけにすぎない。皇帝は神の前では、せいぜい数人の人間に対して責任を負うだけかもしれないのだ。帝国の貧しい人民たちが彼の治世に抑圧され、大きな災いが彼の治世から生まれるとき、その責めを負うべき唯一の罪人が皇帝の靴みがきでないと誰が断言できよう。不可思議な神のみこころにあって、誰が真の皇帝なのだろうか。誰が神の一介の従僕たることを誇れるのだろうか」。

第三の例は十二月に書かれた手紙から——「全ては、この上ない苦痛ですら、一つの象徴である。われわれは夢を見て叫び声を発している眠れる人に他ならない。われわれを苦しめているものが、未来の喜びのひそかな始まりであるのにそれを知らない。聖パウロが言うように、いまわれわれは“per speculum in aenigmate”つまり字義通りには「鏡を通して謎のうちに」見ている。そして完全に炎に包まれ、全ての事をわれわれに明かす《あの方》が再臨するまで、われわれがそれ以外の仕方で見ることはないだろう」。

第四の例は一九〇四年五月のものである――「〝Per speculum in aenigmate〟と聖パウロは言う。われわれは全てを逆しまに見ているのだ。与えていると思うとき、受け取っている、など。だとすれば(あの苦悩せる魂が私に言う)、われわれが天におり、神が地にあって苦しんでいる」。

五番目は一九〇八年五月のもの――「聖句〝per speculum〟をめぐるジャンヌの恐ろしい考え。この世の喜びは、鏡に映して逆しまに見た地獄の苦悶ではないだろうか」。

六番目の例は一九一二年のもので、『ナポレオンの魂』*の各ページがそれに該当する。この本の目的は、象徴としてのナポレオンを未来の中に埋もれているもう一人の英雄――人間であり象徴でもある――の先駆者として見たて、その象徴を解読してみせることである。以下に二箇所だけを引用しよう。その一「人はそれぞれこの地上にあって自分の知らない何かを象徴すべく、また神の国の建設に資する目に見えぬ材料の一部または大部を実現すべく存在する」。その二「己の何者なるかを確信をもって公言できる人はいない。何を為すべくこの世に来たのか、己の行為、感情、想念は何に照応するのか、また己の本当の名前、つまり《光》の登記簿に記されている不滅の「名前」が何なのか、誰も知らない……。歴史は一冊の厖大な祈禱書である。そこにおいては字の一点一画も一章一節の全文に劣らぬ価値を有するが、両者の重要性は奥深く隠されていて、その意味は窺い知ることができない」。

これらの引用は何の根拠もない、ブロワの単なる思いつきと読者には映るかもしれない。わたしの知る限り、彼がそれらを合理的に正当化しようとした形跡はないが、わたしは敢えて、それらには整合性があり、キリスト教の教理においてはおそらく不可避なものであると考えたい。ブロワは（繰りかえして言うが）、ユダヤ教のカバラ学者たちが聖典に適用した方法を森羅万象に適用したに過ぎないのである。聖霊の口述によって書かれた作品は絶対書物《テクスト》、つまり偶然の参入する余地が無に等しい書物だと彼らカバラ学者たちは考える。この書物は偶然性を受けつけず、無限目的で組織されている——この恐るべき前提に従って、彼らは聖典に記された言葉の順序を換え、文字の数値を総計し、文字の形を考量し、小文字と大文字を熟視し、アクロスティックやアナグラム*を捜し求めた。それはまた彼らに、容易に嘲笑の的となるその他の厳格な釈義上の手順を強いた。こうした前提の弁明として、無限知性による作品においては、何一つとして偶然的ではあり得ない、ということを挙げることができよう。(1)レオン・ブロワは世界の全ての瞬時と全ての存在のなかに、この表象的特質——神の書跡と天使の暗号としての——を仮定する。迷信人間ブロワはこの有機的書跡を理解していると信じる——十三人の会食者は死の象徴をかたどり、黄色のオパールは不幸の象徴をかたどる……。

世界が意味をもつとは信じがたい。疑り深い人々は言うであろう——それが二重三重の意味をもつとはなおさら信じ難い、と。わたしは彼らに同意する。しかしまたわたしは、ブロワの仮定した表象的世界こそ神学者たちの説く知性的神の威厳に最もよく適合することを信じる者である。

「誰も己の何者なるかを知らない」とレオン・ブロワは言った。この深遠なる無知を彼ほど見事に例証した者があるだろうか。彼は自らは厳格なカトリック教徒であると信じていた。にもかかわらず、彼はカバラ学者の衣鉢を継ぐものであり、異端邪説の二人の梟雄スウェーデンボリとブレイクの隠れた兄弟であった。

二冊の本

ウェルズ最新の著作『新しい世界への指針――建設的世界革命のためのハンドブック』は、一見したところ、罵詈《ばり》讒謗《ざんぼう》の百科辞典の如き観を呈している。いたって読み易いページのいたるところに、悪口雑言がまき散らされている。総統ヒトラーは「首根っこを摑まれた兎のように」きいきい喚き、ゲーリンク*は「一晩で町を壊滅させ、翌朝になると住民に瓦礫のあと片付けをさせて彼等を仕事に追い立てる」。イーデン*は「死馬同然の国際連盟に肩入れした挙句、その臨終がまだ信じられない」ありさまだし、スターリンはおよそ非現実的な仲間言葉でプロレタリア独裁を唱え続けているが、「彼の言う《プロレタリア》なるものが何であり、それがどこでどのように独裁をするのかは誰も知らない」。「愚人アイアンサイド*」。フランスの将軍たちときた日には、「己の無能を突然思い知らされた上に、チェコ製のタンクと四面楚歌のラジオ放送とサイドカーで乗りつける使者にせめたてられて戦意を喪失している」。「英国貴族の明らかな敗北への意志《ウィル・フォ・デフィート》」。「怨念に満ちた安アパート」南アイルランド。* 英国外務省は「ドイツがすでに敗北同然であるにもかかわらず、戦果を先方へ返上すべく最善の努力を傾けているように思われる」。「知的かつ道徳的低能」サー・サミュエル・ホー。*「スペインにおけるリベラリズムの大義を見殺しにした」英米両国民。今度の戦争が「イデオロギーの戦いで」、「混乱した現代」の犯罪公式ではないと信じている輩《やから》。ゲーリンクやヒトラーといった人非人《にんぴにん》を追放するか根絶すれば、この世が天国になると考えているお目出度い連中。等々。

以上ウェルズの詈言からその一部を集めてみた。それらは文学的に見て注目すべきものではないし、わたしには不当と見えるものもある。けれども、それらは彼の憎悪ないし憤激が偏頗でないことを示しているし、戦時中英国の作家たちが言論の自由を享受していたことの証左ともなろう。こうした警句の癇癪玉(わたしが挙げたわずかな実例は、いとも容易に三倍四倍に増やすことができる)よりも更に重要なのは、この革命ハンドブックの主旨であって、それはつまるところ次の具体的ジレンマに尽きている。すなわち、イギリスが全体革命の大義(世界連邦の大義)に馳せ参じるか、はたまた勝利を徒らに空しうするか。十二章(四八—五四頁)は新世界の根本原理を規定し、最後の三章ではあまり重要でない諸問題が論じられている。

信じがたいことではあるが、ウェルズはナチではない。いまわたしは信じがたいと言ったが、わたしと同時代の作家は否定するか自覚していないかの違いこそあれ、殆ど全てがそうだからである。一九二五年以来、作家たちは一人の例外もなく、人がある国に生まれある人種（または混血人種）に属するという不可避で瑣末な事実を、唯一無二の特権であり効験あらたかな護符であるかのように言い続けてきたのである。口に民主主義を唱え、ゲッベルスとは大いに違う人間であると信じている人たちがいったん読者に向かうと、敵の言葉と同じ調子で、内なる心臓の鼓動に耳澄ませ、民族と祖国の呼び声に応じよと言い出す始末なのだ。またスペイン内乱中にかわされた、理解しがたい論争のあれこれをわたしは憶い出す。共和派、国民政府派、マルキシストと、表向き公言した立場こそ違え、彼らは一様にナチスの地方長官《ガウライター》顔負けの口調で、民族と国家の至上性を説いていたのであった。ハンマーと鎌の国の人々ですら、結局は民族差別の国民であった……。わたしはまた、ユダヤ人排斥運動を弾劾すべく催されたある集会のことを、些かの驚きとともに思いおこす。様ざまな理由から、わたしは反ユダヤ主義者ではない。* その主たる理由は、ユダヤ人と非ユダヤ人の違いが、大方の場合わたしには取るに足りないと思われるからだし、それは時に錯覚であり判別不能であるからだ。しかし、集会当日わたしと意見を共にする者はなかった。彼らは一人の例外もなく、ユダヤ系ドイツ人はドイツ人とは大いに違うことを力説したのである。アドルフ・ヒトラーも同じことを言っている点を彼らに思い出して貰いたいと思ったが、わたしのこころみはむだだった。民族差別を糾弾する集会が「優等民族」なる教条を黙認してはならないとわたしは示唆したがむだだった。「私は人が何民族かなど問うたりはしない。人は結局人類なのだし、誰もそれ以下ではありえない」というマーク・トウェインの賢明な託宣(『ハドリバーグを堕落させた男』*二〇四頁)を引用してみたが、それもむだだった。

他の著作——『人類《ホモ・サピエンス》の運命』(一九三九年)、『戦争と平和の常識』(一九四〇年)——同様この本でも、ウェルズはわれわれに基本的人間性を忘れないように、またどれほど哀れで目立つものであろうと、民族の悲惨な示差的特徴を誇示するようなことは慎しむように忠告している。こうした抑制はけっして法外な要求ではない。よりよい国家共存のため、基本的礼儀が個人に要求するようなことを国家に要求しているにすぎないのだ。ウェルズは断言する——「英国はドイツと世界の覇権を争っているのだから、英国人を優等民族の一員、より高貴なナチスの種族とは誰も本気で考えはしない。われわれ英国人は人間性を守る前線であり、もしそうでなければ英国人は無きに等しい。この義務は一つの特権だ」。

『国民に考える力を』(*Let the People Think*)というのが、バートランド・ラッセルがあるエッセイ集につけた表題である。わたしが右に略述した著作のなかで、ウェルズはわれわれに、世界の歴史を地理的、経済的、人種的偏見を交えずに再考することを促している。同様に、ラッセルも普遍性に関する忠告を与える。同書三番目の論文「自由な思考と政府の宣伝」のなかで、彼は小学校が学童に新聞を不信の眼で読む技術を授けるように提案している。こうしたソクラテス的修練は無益ではない、とわたしは信じる。わたしの知人で、この技術を身につけている人は極めて少ないからである。彼らは活字や文章表現のトリックにいともたやすくひっかかるのである。彼らはゴチックの大文字で印刷されていれば、事件は起こったのだと信じこみ、「Bを越えんとする侵略者の試みは、無残にもことごとく失敗に終った」という声明は、Bの陥落を認める婉曲表現にすぎないことを認めようとしない。あまつさえ、彼らはある種の魔法をかけ、恐怖を表に出すことは敵に協力することだと信じているのだ。ラッセルはこうした欺瞞と詭弁に対して国民に免疫性を与えるよう国家に提案し、その一つの方法として、勝利をいつわる「モニトゥール」*紙上の広報を教材に使い、学童たちにナポレオン最後の敗北について学ばせてはどうかと述べている。英仏戦争の歴史をイギリスの教科書で読ませ、次にフランスの視点に立ってその歴史を書き直させることは、彼らに課す宿題としては恰好のものであろう。ここアルゼンチンでは、わが「ナショナリスト」たちがすでにこのパラドキシカルな方法を実践している。彼らはアルゼンチンの歴史を、スペインの視点から、時にはケチュアやケランディ*の視点から教えているのだ。

その他のエッセイで正鵠を得ているのは、「ファシズムの系譜」と題された論文である。筆者は、政治事件は過去の思索にその淵源があり、理論の創始とその現実への適用の間には、つねに多くの時間が経過することを述べることから始める。まさにその通りにちがいない。われわれを憤慨させ、時に有頂天にし、しばしば破滅に陥しいれる「強烈な現実」は、過去に営まれた論議の不完全な反響に他ならないからだ。公然たる大軍と秘密のスパイを頤使《いし》する恐ろしいヒトラーは、カーライル(一七九五―一八八一)の、さらにはJ・G・フィヒテ(一七六二―一八一四)の冗言的類語であり、レーニンはカール・マルクスの字種を変えた写本にすぎない。真の知識人が同時代の論争に加わらないのはこのためだし、現実とはつねに時代錯誤的なものなのだ。

ラッセルによれば、ファシズム理論の責任はフィヒテとカーライルが負うべきものである。かの有名な『ドイツ国民に告げる』*第四講と第五講のなかで、フィヒテは、ドイツ国民の優秀性は純粋言語を不断に保持してきたことにあると言っている。この発言はほとんど無尽蔵の誤りにみちた謬見である。この地上に純粋言語などというものはない(仮りに言葉がそうだとしても、その内容はそうではない。わが純粋主義者たちが「デポルテ」(deporte)と言うとき、彼らは「スポーツ」を意味しているのである)とわれわれは推測して差支えないだろう。われわれはまた、ドイツ語はバスク語やホッテントット語ほどに「純粋」ではないことを想起してもよいし、純粋言語が不純な言語よりなぜ望ましいのかを問うてもよい……。ファシズム理論に対するカーライルの寄与は、さらに複雑であり、また雄弁なものである。一八四三年、民主主義とはわれわれを指導すべき英雄の不在に対する絶望の謂である、と彼は書いた。一八七〇年、「忍耐強く高貴で深遠で堅実で敬虔なドイツ」の「自惚れ屋で高慢ちきで身振り過剰で喧嘩好きで落着きがなくて過敏症のフランス」に対する勝利に彼は喝采をおくった(『エッセイ集』七巻二五一頁)。彼は中世を讃美し、国会の口舌《くぜつ》の徒を弾劾し、軍神トール、庶子王ウィリアム*、ノックス*、クロムウェル、フリードリヒ二世*、不言実行の人フランシア博士*、ナポレオンの霊を顕彰した。彼は「投票箱を装備した混沌」とは違った世界に憧れ、奴隷廃止を慨嘆した。彼はまたブロンズ像(「ブロンズのひどい誤用」)を有益な浴槽に改鋳すべきことを提案し、死刑制度を賞賛した。彼は全都市に大英帝国軍の兵舎が置かれたことを喜び、ゲルマン民族をでっちあげて、それを激賞した。さらに彼の呪咀や讃美を希望されるむきは、『過去と現在』(一八四三年)および『現代のパンフレット』(一八五〇年)を参照して頂きたい。

エッセイの終りで、「十八世紀初頭の空気が合理的であり、現代の空気が反合理的であると断定することは、ある程度正しい」とバートランド・ラッセルは述べている。わたしならば、臆病な副詞句「ある程度」を省くだろう。

一九四四年八月二十三日に対する註解

人々でわきかえったあの日、わたしは三つの異質な驚きを経験した。パリが解放されたと聞いたときの肉体的な喜び、集団的感動が高貴でありうるという発見、多くのヒトラー支持者たちが示した、謎めいた明らさまな熱狂ぶり。いまわたしがこの熱狂の意味を問うとすれば、わずか一箇のルビーが何故に川の流れを堰き止めうるかを問うた、あの往時の愚かな水路学者*たちの二の舞いを自ら演じかねないことをわたしは弁えている。多くの人は、わたしが架空のキマイラ的現象を説明しようとしていると言って、その愚を非難するだろう。しかし、それは現実に起こったことなのだ。ブエノスアイレスの市民でその証人になってくれる人は、何千といるだろう。

ご当人たちに熱狂の訳を問い質しても無駄なことは、わたしには初めからわかっていた。彼らは移り気なのだ。言動の矛盾をくりかえしているうちに、彼らは矛盾は正当化されねばならぬという考えを一切失くしてしまった。彼らはドイツ民族を崇拝するくせに、「サクソン族の」アメリカは嫌悪する。ヴェルサイユ条約は非難するが、ドイツ軍の奇襲戦法《ブリッツ・クリーク》には喝采を惜しまない。反ユダヤ主義者であるのに、口ではヘブライ起源の宗教を唱える。潜水艦攻撃は絶讃するくせに、英国の海賊行為は口をきわめて罵る。帝国主義は否定するが、「生活圏」*なる理論の方は擁護宣伝にこれ努める。サン・マルティン*は偶像視するのに、アメリカの独立は誤りだと考える。英国の行動にはイエスの教えを適用するのに、ドイツの行動にはツァラトゥストラのそれをもってする。*

わたしはこうも思った——彼らは興味深い公式「私はアルゼンチン人だ」を無限回くりかえすことで、廉恥心や忠誠心を免除された「混沌《カオス》」の申し子たちだ、だから彼らとの対話ほどあてにならないものはない、と。しかも、人間は己の行動の真の動機についてはほとんど何も知らないと、フロイトが推論し、ホイットマンが予見しているではないか。たぶん、とわたしはひとりごちた、「パリ」、「解放」二つの記号の魔力があまりに強力なので、わがヒトラーのパルチザンたちも、この記号の意味するところが彼の軍隊の敗北であることを忘れてしまったのだ。考えることに疲れて、結局わたしは次のように想像することにした。すなわち、新し物好き、恐怖、単純な現実信仰——この三つが一応妥当な問題の説明になるだろう、と。

それから幾晩か経った後で、一冊の本と一つの記憶がわたしの蒙を啓いてくれた。本はショーの『人と超人』、問題の箇所は主人公ジョン・タナーの形而上学的夢想を描いた場面であるが、彼はそこで、地獄の恐怖はその非現実性にあると断言する。この教理はもう一人のアイルランド人ヨハネス・スコトゥス・エリウゲナ*のそれに匹敵する。エリウゲナは罪と悪の実体的存在を否定し、悪魔を含む全ての被造物が神に還流すると説いているからである。記憶の方は、一九四四年八月二十三日の対極をなすあの厭《いと》わしい日、一九四〇年六月十四日の記憶だ。その日、名前など憶い出したくもないあるドイツびいきの男がわたしの家へやってきた。彼は戸口に立ったまま、あの途方もないニュースを、ナチスの軍隊がパリを占領したというニュースを告げたのだった。わたしは悲しみと嫌悪と吐き気を一時《いちどき》に感じていたが、やがてどうしてかは分からないが、彼の不遜な喜びだけでは、その異常な大声と唐突な宣告調を説明しえないことに気づいた。ドイツ軍はじきにロンドンに進攻するだろうが、抵抗しても無駄だ、ドイツ軍の勝利を妨げるものなどあるはずがないから、とさらに彼はつけくわえる。その時だ、彼もまた不安に脅えていることがわかったのは。

右に述べた事実に註釈が必要かどうかはわからないが、わたしは次のような解釈が許されると思う。欧米人にとって、可能な秩序は一つであり、一つしかない。それはかつてローマと呼ばれ、今は西洋文化と呼ばれている。ナチであること（つまり、ヴァイキング、韃靼人、十六世紀のコンキスタドール、ガウチョ、インディアンなど、猛烈な野蛮人をよそおって蛮人ごっこをすること)は、結局のところ知的にも道徳的にも不可能なのだ。ナチズムは、エリウゲナの地獄のように、自らの非現実性に苦しんでいる。人はそのために死に、そのために嘘をつき、そのために殺し傷つけることはできても、そこに棲むことはできない。誰も心底からその勝利を希求することはできない。わたしは敢えてこう推測する、ヒトラーは敗北を望んでいる。ヒトラーは不可避的に彼を滅ぼすであろう運命の軍隊に、盲目的に協力している、ちょうど鉄の禿鷹や竜(わが身の怪物なることを、彼らが気づいていなかったはずはない)が謎のごとくヘラクレスに協力したように。

ウィリアム・ベックフォードの『ヴァセック』について

ワイルドによると、カーライルは次のような冗談を口にしたことがある——ミケランジェロの伝記を、肝腎の作品には一言も触れないで書いてみるのはどうだろうか。現実は複雑であり、歴史は断片的で単純化されているから、仮りに全知の観察者がある人物の伝記を書くとすれば、彼は一篇一篇がその人物の異なった事実を強調している、不定数の(ほとんど無限個の)伝記を書くことができる。読まされるわれわれの方では、かなりの数を読み進んだ後で、やっと主人公が同一人物であることに気づくことになるだろう。人の生涯を極端に単純化し、一万三千個の事実で構成されていると想像してみよう。この架空の伝記のあるものは級数11、22、33、……を記録し、あるものは級数9、13、17、21、……を記録し、あるものは級数3、12、21、30、39、……を記録し……。ひとりの人間が見た夢の歴史というものも考えられなくはないし、その他にも、彼の身体器官の歴史とか、彼が犯した過ちの歴史とか、彼がエジプトの大ピラミッドを想像した瞬間の歴史とか、彼の夜や夜明けとのつきあいの歴史といったものも考えられる。わたしがいま述べたことは単なる妄想にすぎないと思われるだろうが、残念ながらそうではない。作家の文学的伝記や軍人の軍事的伝記を書くことに甘んじようとする者はいない。誰もが好んで書くのは家系的伝記であり、経済的伝記であり、精神医学的伝記であり、外科学的伝記であり、印刷技術的伝記なのだ。八折判七百頁からなるポウの伝記があるが、著者はポウが方々に転居した事実に熱中して、「メールシュトレーム」や『ユリイカ』の宇宙論については辛うじて一挿話を救出し得ているにすぎない。もう一つの例としてボリバル*のある伝記を挙げよう。その序文は興味ぶかい事実を暴露している――「この本は、同じ著者によるナポレオン伝同様、戦争のことにはほとんど触れていない」。カーライルの冗談は現代文学の状況を予示している。一九四三年、パラドックスとはミケランジェロの作品への言及を許容するミケランジェロ伝のことだから。

最近出版されたウィリアム・ベックフォード(一七六〇―一八四四)の伝記を検証したことが、以上の文章を書くきっかけになっている。フォントヒルのウィリアム・ベックフォードは、富豪としてはごくありふれたタイプを体現していたにすぎない――高名な紳士で、旅行家で、愛書家で、豪邸の建造主で、放蕩者であった。伝記作者チャップマンは迷宮の如き彼の生涯にさぐりを入れる(あるいは、入れようとする)が、小説『ヴァセック』の分析は省略している。ベックフォードの名声は、この小説の最後の一〇頁から由来しているというのに。

わたしは種々の『ヴァセック』論を比較してみた。マラルメが一八七六年の再版のために書いた序文には、適切な見解が数多く含まれている(たとえば、物語は天空の秘密をさぐる望楼の屋上に始まり、魔法にかけられた地下室で終っている、と彼は指摘する)。けれどもその序文は、判読の困難な、もしくは不能な語源的フランス語で書かれている。ベロック(『天使との会話』一九二八年)は理由も告げずベックフォードを論じ、その散文をヴォルテールのそれと比較して、前者を「この時代の最も下劣な人間のひとり」と極めつけている。ベックフォードについての最も明晰な評価は、たぶん『ケンブリッジ英文学史』十一巻にあるセインツベリのものだろう。

『ヴァセック』のあら筋は別にこみいったものではない。ヴァセック(アッバース朝第九代のカリフ、ハルーン・ベナルモタシム・ヴァティック・ビラ)はバビロニア風の望楼を建て、星辰の告げる秘密を解読する。それらはこう予言していた——異様な風貌の男が未知の国からやってきて、不思議な事件が次々に起こるだろう、と。帝都に一人の商人が到着する。その顔は見るも恐ろしく、彼をカリフの許に案内する番兵たちも、眼を閉じたまま進んでいく有様である。商人はカリフに偃月刀《えんげつとう》を売りわたして姿を消す。

刀身には様々に変化する謎の文字が彫られており、ヴァセックの好奇心をかきたてる。ある男(この男もやがて姿を消す)が謎の文字を解読する。文字は、ある日は「全てのものが驚異であり、大地を統《す》べる王者にふさわしい処に在って、私は最も驚くに値しない者である」を意味し、またある日は「知ってはいけないことを知ろうとする無分別な男に災あれ」を意味している。カリフが魔法の術に耽っていると、暗闇から商人の声がして、彼にイスラムの信仰を捨て暗黒の神々を崇拝するように勧める。そうするならば(商人は言う)、業火宮の門は彼の前に開かれ、その穹窿の大広間で、彼は星辰の約束した宝物の数々を、世界を服従せしめる護符、アダム以前のスルタン達やスレイマン・ベン・ダウードがかむった王冠を見ることができるであろう。貪欲なカリフが同意すると、商人は四十人の犠牲を要求する。こうして血腥い多くの年月が経過した。残虐な醜行にいまでは魂もどす黒く変ったヴァセックが、もの寂しい山頂にやってくる。大地が裂け、恐怖と期待に胸をはずませながら、ヴァセックは地の底に下る。口とざし顔あおざめた人の群れが、おたがい他人の方は見ようともせず、果てしない宮殿の豪華な通廊を歩いていく。商人の言葉は嘘ではなかった。業火宮には目もあやな宝石、数々の護符が沢山に置かれている。しかし、そこは地獄なのだ。(これと同類のファウスト博士の物語、またそれを予示する多くの中世伝説では、地獄は魔王と契約を結ぶ罪びとへの罰であるが、この物語では地獄は罰であると同時に誘惑でもある。)

セインツベリとアンドルー・ラングは、業火宮の創造はベックフォード最大の功績であると断言する、あるいは示唆する。わたしはそれが文学上最初の、真に恐ろしい地獄であることを強調したい。(1) わたしはまた、次の逆説をあえて主張する。文学上最も有名な地獄《アウエルヌス》、『神曲』の「悲愁の国《ドレンテ・レグノ》」*は怖ろしい場所なのではなく、怖ろしいことが起こる場所だということ——この区別は妥当である。

スティーヴンソン(「夢の断章」)は、子供の頃夢のなかで恐ろしい茶色状のものにつき纏われたと言っているし、チェスタトン(『木曜日の男』六章)は、世界の西の涯には樹以上であり、樹以下である一本の樹があり、世界の逆の涯には、その形自体が邪悪なあるもの、たぶん一つの塔があるのではないかと想像する。ポウは「壜の中の手記」のなかである南方の海に触れ、そこでは船が水夫の生身の体と同じように大きくなっていくと言う。また、メルヴィルは多くのページを費やして、白鯨の堪えがたい白さの恐怖を説明する……。わたしは幾つか実例を挙げたが、そんなことをしなくとも、ダンテの地獄が牢獄のイメージを拡大したものであり、ベックフォードのそれが悪夢のトンネルを拡大したものだと言えば、それで充分であったろう。『神曲』はすべての文学のなかで最も正当、最も堅固な作品であり、『ヴァセック』は単なる奇作、「いっときの香りと慰み*」にすぎない。とはいえ、『ヴァセック』は、原初的なものではあるが、トマス・ド・クウィンシーやポウの、シャルル・ボードレールやユイスマンスの悪魔派的栄光を予表するものだとわたしは信じる。超自然的恐怖を表わす形容詞として、英語には翻訳不可能な‘uncanny’という単語*がある。この形容詞(ドイツ語では‘unheimlich’)は『ヴァセック』の何ページかには適用可能であるが、わたしの記憶するかぎり、それ以前の作品にはどれにも適用できない。

　チャップマンはベックフォードに影響を与えた書物を何冊か指摘している。バルテレミ・デルベロ*の『東洋事典』、アントワーヌ・アミルトン*の『四人のファカルディン』、ヴォルテールの『バビロンの王女*』、それに悪評嘖々《さくさく》たるあの見事なガラン訳『千夜一夜物語』。このリストにわたしはピラネージ*の『幻想の牢獄』をつけ加えておこう。ベックフォードが絶讃していたあの銅版画だ。そこに描かれているのは強大な宮殿であるが、それはまた錯綜した迷宮でもある。『ヴァセック』の第一章で、ベックフォードは五つの感官に照応する五つの宮殿を列挙している。マリーノ*は『アドーネ』のなかで、同類のことを五つの庭園に仕立てて描いている。

　ウィリアム・ベックフォードがそのカリフの悲劇譚を書くのに要した時間は、一七八二年の冬の三日と二晩だけである。彼はそれをフランス語で書き、一七八五年ヘンリーが英語に翻訳した。原著は翻訳に忠実でない。この極めて異様な物語の「漠とした恐怖」(この句はベックフォードのもの)を伝えるのに、十八世紀のフランス語は英語ほどにふさわしくはないとセインツベリは言っている。

ヘンリーの英語訳はエヴリマン叢書の八五六巻に収められ、パリのペラン書店が、マラルメが改定し序文を書いた原本を出版している。チャップマンの行き届いた書誌が、この改定と序文に言及していないのは奇妙なことだ。

ブエノスアイレス、一九四三年

『深紅の大地』*について

ハドソンの処女作であるこの小説は、一つの公式に還元することができる。ほとんど『オデュッセイア』を含む程に古く、公式という名称では、作品を微妙に傷つけおとしめかねない程に基本的な一つの公式に。主人公が放浪を始めると、冒険が主人公に出くわす、というのがその公式だ。『黄金の驢馬』や『サテュリコン』の断片も、さらには『ピックウィック』や『ドン・キホーテ』やラホールの『キム』やアレコの『セグンド・ソンブラ』も、この放浪と出まかせのジャンルに属している。これらの作品を悪漢小説とよぶのは正しくない、とわたしは思う。その第一の理由は、この用語には卑俗という含みがあるからだし、第二には場所と時代を限定するからである(十六世紀のスペイン、十七世紀)。さらに、このジャンルには錯綜がつきもので、無秩序、支離滅裂、前後矛盾などもさして珍しいことではない。ただし、それらは隠れた秩序に支配されていなければならず、その秩序が如何なるものかは物語の中で次第に明らかになるだろう。

わたしは何冊かの有名な例を思い出した。おそらくそのどれもが明白な欠点を露呈しているはずだ。セルバンテスは二種類の登場人物を利用している。「痩せ干からびて」背が高く、禁欲的で、大仰な言葉遣いをする気狂い郷士と、肥満体で背が低く、大食漢で、おしゃべりが好きな正気の百姓と。この二人組の、極めて対称的かつ執拗な不調和は、ついには二人から現実性を奪い、二人をサーカスの芸人に貶める。(『エル・パヤドール』*の第七章で、わがルゴーネスはすでにこうした非難を仄めかしている。)キプリングは「全世界の小さな友達」、完全な自由人キムの生みの親であるが、彼を誕生させた何章か後で、作者はある種の誤った愛国心に動かされ、キムにおぞましいスパイの役を負わせる。(それから約三十五年後に書かれた文学的自伝のなかでも、キプリングはこうした描写を後悔していないし、このことのもつ含みを意識してもいない。)わたしがこうした欠点を書き留めるのは、別に非難のためではない。『深紅の大地』を同じく率直に批判したいと思うからだ。

わたしが問題にしている一連の小説には、幾つかのタイプがある。最も初歩的なものは単なる冒険の連続であって、その狙いは目先を変えることである。舟乗りシンドバッドの七つの航海は、たぶんその最も純粋な例だろう。主人公は単なる一人物であり、読者同様に受動的で個性を欠いている。別のタイプでは(筋は前よりわずかに複雑である)、事件が主人公の性格、時にはその滑稽さと奇矯ぶりを露呈する役目をする。『ドン・キホーテ』正篇はこの例である。さらに別なタイプでは(これは時代的には後の段階に属する)、関係は二元的、相互作用的である。すなわち、主人公は状況を変え、状況は主人公の性格を変える。これには『ドン・キホーテ』続篇、マーク・トウェインの『ハックルベリ・フィン』、『深紅の大地』が含まれるが、この最後の作品には実は二つの筋がある。一つは目に見えるもので、英国青年リチャード・ラムのバンダ・オリエンタル*における冒険がそれである。第二は目に見えない内面的なもので、ラムの同化と変貌、すなわち彼が徐々に現地民の道徳に転向していく様子を示すもので、これはわれわれに少しくルソーを想起させ、またそれは少しくニーチェを先取りしている。ラムの放浪時代《ヴァンデルヤーレ》は徒弟時代《レールヤーレ》でもあるのだ。半ば原始的な牧歌的生活の酷《きび》しさを、ハドソンは身をもって体験していた。ルソーとニーチェはそうした生活を、『航海記集成』*やホメロスの叙事詩のような静止した書物の世界を通じて知っていたにすぎない。こう言ったからといって、『深紅の大地』が完璧な作品だという意味ではない。この作品には一つの明白な欠点――冒険を徒らに錯綜させて読む者を退屈させる――があり、その原因は論理的に言えば、作者による思いつきの脱線に帰することができよう。いまわたしの念頭にある冒険は、作品の終り近くのものである。それらは大変こみいっていて、読者の注意力も途切れてしまうが、かと言って関心を惹きつける力はない。これらのこみいった章では、ハドソンは作品が連続した筋からなる(その筋はほとんど『サテュリコン』や『大悪党』と同じくらい純粋に連続性がある)ことが解っていないようで、無用な仕掛けをして物語を停滞させてしまう。こうした過ちは珍しいものではない。たとえばディケンズのすべての小説には、同じような冗漫の弊が認められる。

ガウチョもので、『深紅の大地』を凌駕する作品は多分存在しないだろう。この作品の地誌に関する不注意や二、三の誤記、誤植(カメロネス、アリア、グメシンダは、正しくはカネロネス、アリアス、グメルシンダ)*のために、右の事実が隠蔽されるとすれば嘆かわしいことだ。『深紅の大地』は本質的に南米生まれ《クリオーリョ》の作品である。語り手が英国人であり、英国人読者の必要を考えれば、ある種の説明や強調は許される。そうしたことに馴れているガウチョの場合、それをすれば異常だろうが。「南部《スール》」三十一号で、エセキエル・マルティネス・エストラーダ*は次のように述べている。「アルゼンチン風物の詩人、画家、もしくは解説者で、ハドソン程の人はいなかったし、今後も現われないだろう。エルナンデスはハドソンが歌い、描き、説明したわがアルゼンチンの生活風物詩《コズモラマ》の一部を構成するにすぎない……。たとえば『深紅の大地』の最後の数頁には、西洋文明と大学が授ける教養の価値に抗して、アメリカの至上の哲学とその究極の弁明が述べられている。」ご覧のとおり、マルティネス・エストラーダはわがガウチョ文学の正典を代表する傑作よりも、ハドソンの作品を選ぶことに躊躇しなかった。『深紅の大地』の世界の方が比較にならぬ程に広いのだ。『マルティン・フィエロ』(正典化を提案したルゴーネスには失礼して)は、われわれの起源をうたう叙事詩——一八七二年の!——というより、強がりと嘆き節《ぶし》で捏造した人殺しの自伝であり、これらの要素はタンゴの到来を予言するかのようだ。アスカスビの作品は『深紅の大地』よりも活気と喜びと武勇に満ちているが、こうした特色も各巻四百頁からなる纏まりのない三巻本のなかでは、散漫で目立たない。『ドン・セグンド・ソンブラ』は、会話に真実味はあるものの、ガウチョのいたって素朴な仕事をむやみに誇張する癖があり、この傾向が作品を損なっている。語り手がガウチョであることは誰にもわかっているのだから、家畜を追い立てる仕事を戦闘行為に変えるような芝居がかった誇張は二重に許されないのだ。草原の日々の仕事を語るとき、グイラルデスは勿体ぶった口調になる。ハドソンは(アスカスビのように、エルナンデスのように、エドゥアルド・グティエレスのように)、残忍とも言うべき出来事を気取らずに淡々と語る。

『深紅の大地』では、ガウチョは二次的な脇役しか演じていないと言う人があるだろうが、描写の正確さという点ではかえって望ましいことなのだ。ガウチョは寡黙な人間で、記憶と内省から生まれる複雑な喜びを知らない、またはそれを軽蔑する。彼を雄弁な自伝作者として描くことは、すなわち彼を歪曲することに他ならない。

ハドソンの巧妙さは地理の扱い方にも見てとれる。ブエノスアイレス州、それも魅惑の草原パンパに生まれながら、彼がこの作品の舞台に選んだのは血ぬられた深紅の大地バンダ・オリエンタル、騎乗のガウチョたちが最初と最後の槍を揮った革命の地であった。ガウチョと言えば、アルゼンチン文学ではブエノスアイレス州のガウチョが好んで取り上げられる。有名な「ガウチョ作家」たちの出身地、大都市ブエノスアイレスの存在が、この優遇措置の逆説的理由だ。文学の検討に代えて歴史に依拠するとき、われわれは彼らのガウチョ讃美が、州の運命についてほとんどと言っていい程、国の運命に至っては全く何の影響も及ぼさなかったことを確認するだろう。ガウチョの典型的戦闘形態である騎馬遊撃隊《モントネラ》が、ブエノスアイレス市に姿を現わすことはめったにないことだ。権力はこの町が、この町の指導者たちが握っている。ごく稀に、権力に楯ついた挙句おたずね者になり、警察に多少の悪名を馳せた者もいるにはいるが——司法書類に登場する《黒い蟻》*や文学におけるマルティン・フィエロのように。

右に述べたとおり、ハドソンはバンダ・オリエンタルの丘陵を主人公の放浪の舞台として選ぶ。この幸運な選択のお蔭で、作者は偶然の他に波瀾に富んだ内乱を利用することができて、リチャード・ラムの運命に一層の色どりをそえる。また偶然は恋の味方で、流れ者の主人公にその数々の機会を提供するだろう。かつてマコーリー*はバニヤンについてのエッセイのなかで、一人の人間の想像が、年経て万人の個人的記憶に変ることの不思議さに驚いた。ハドソンの想像もまた記憶に残るものだ――パイサンドゥの夜にこだまする英国人植民者たちの銃声、戦いを前にして、旨そうにタバコを喫いながらもの思いに耽るガウチョ、秘密の川岸でよそ者の男に身を任せる娘。

ボズウェル*が広めた名文句にさらに手を加えて、ハドソンは次のように言う――私はこれまで何度も哲学の勉強を思い立ったが、幸福がいつもその試みの邪魔をした。この一文(文学とのつきあいがわたしにくれた言葉のうち、最も忘れ難いものの一つ)は作者と作品を象徴している。突然の流血と数々の別離にもかかわらず、『深紅の大地』は世界で極めて数少ない幸福な書物の一つである。(同じようにアメリカを描き、ほとんど楽園的興趣に満ちたもう一つの作品に、マーク・トウェインの『ハックルベリ・フィン』がある。)幸福を言うとき、わたしが考えているのは、厭世主義者と楽天主義者の間で交わされてきた泥沼の論争ではない。悲劇の人ホイットマンが自らに酷しく課した理論上の幸福でもない。わたしが考えているのは、主人公リチャード・ラムの幸福な気質であり、嬉しいこと辛いことの別を問わず、人生の有為転変を受け容れる彼の心の広さなのである。

最後にもう一言——微妙なクリオーリョ的特徴を感じ取るか取らないかは大して重要なことではないかもしれない。しかし事実を言えば、全ての外国人のなかで(もちろんスペイン人を除外しないで)、イギリス人程それを敏感に感じ取る人間はいないのである。——ミラー*しかり、ロバートソン*然り、バートン*然り、カニンガム＝グレアム*然り、ハドソンまた然り。

ブエノスアイレス、一九四一年

有人から無人へ

初めに神は神々《エロヒム》であったが、この複数は尊厳の複数とも豊饒の複数とも言われ、ある人たちはそこに太古の多神教の名残りを、あるいはニカエア会議で決定された、神は一にして三であるという教義の予表を認める。エロヒムは単数動詞とともに使われ、モーセの五書*第一節は、字義通りには次のように書かれている——「初めに神々は天と地を創った(単数形動詞)」。複数形の示唆する曖昧さにもかかわらず、エロヒムは具体的存在である。彼はエホバという名を持ち、昼の大気のなか(あるいは英訳版にあるように、「昼の涼しいころ《イン・ザ・クール・オヴ・ザ・デイ》」)庭を歩んだ*と書かれている。人間的性質が彼を規定している。聖書のある箇所に「エホバは地に人間を創ったことを悔い、そのことを心に悲しんだ*」とあり、また別な箇所には「おまえの神である私は嫉む神である*」、さらに別な箇所には「燃えるような怒りをこめて私は語った*」とある。これらの言葉の主《ぬし》は、明らかに「有人」、つまり肉体をそなえた何者かであって、以後何世紀にもわたって誇張されぼやかされていくだろう。彼の称号もまた変化に富んでいる――ヤコブの「力強き者」、イスラエルの「聖なる者」、「在りて在る者」、「万軍の主」*、「王者の王」。いま最後に挙げたもの――グレゴリウス一世はこれとの対照から、「神の僕らの僕《セルヴス・セルヴォールム・ディ》」*なる肩書を思いついたに違いない――は、原文では、王の最高級である。ルイス・デ・レオン*は書いている――「良い意味にせよ、悪い意味にせよ、あることを強調したい場合に同じ語を二度くりかえすことは、ヘブライ語の特徴である。だから、ヘブライ語に言う〈歌の歌〉とは、ふつうカスティリア語で*〈歌のなかの歌〉とか〈人のなかの人〉（つまり、誰よりも高名で、衆にぬきんでている）という言い方に等しい」。紀元後最初の数世紀間に、神学者たちは以前は自然やユピテルの形容に限られていた接頭辞‘omni’*を利用し、「全能の《オムニポテンテ》」「遍在の《オムニプレセンテ》」「全知の《オムニシオ》」といったような、神を想像を超えた最上級からなる畏敬すべき混沌に仕立てあげる一連の単語を造った。他の語がそうであるように、この形容辞も神の本性を制限するように思われる。五世紀の終り、『ディオニュシオス著作集』*の覆面の著者も、肯定的述語は神にふさわしくないと断っている。神については、何も肯定してはならない。また全てを否定しうる。ショーペンハウアーは素気なく記す――「この神学は唯一真正のものであるが、内容を欠いている」。ギリシア語で書かれた『ディオニュシオス著作集』を構成する論文や書簡が、九世紀に一人の読者と出会い、彼によってラテン語に翻訳される。その読者はヨハネス・エリウゲナ(またはスコトゥス)、すなわちアイルランドのジョンであるが、彼の歴史上の名前はスコトゥス・エリウゲナ(その意味はアイルランドのアイルランド人)である。彼は汎神論的教理を構成した。個物とはテオファニア、すなわち神の顕現ないし開示の謂であって、その背後には唯一の現実とも言うべき神が在る。神は「己の何者なるかを知らないが、それは彼が何者かではなく、彼自身にとっても、いかなる知的存在にとっても、理解できないからである」。彼は賢者ではない、賢以上の存在だから。彼は善者ではない、善以上の存在だから。謎のごとく、彼はあらゆる属性を超越し、それを排斥する。アイルランドのジョンは、神を規定するために、虚無を意味することば「ニヒルム」を使った。神は「虚無からの創造《クレアティオ・エクス・ニヒロ》」における原初の無、初めに原型、後に具体的個物が生まれてきたあの深淵に他ならない。彼は「無」であり、「無人」である。神をこのように想像した人々は、そうした神が特定の「誰か」や特定の「何か」を超えていると信じてそうしたのである。同様にシャンカラ*は、深い眠りにあるとき、人は宇宙であり神である、と教えている。

　わたしが右に説明した成行きは、決して偶発的なものではない。崇拝の対象を誇張し、ついには無化するこの過程は、あらゆる種の信仰に起こることである、あるいは起こりがちなことである。われわれはシェイクスピアにおいて、紛れもなくその一例を認める。

彼の同時代人ベン・ジョンソンは、「偶像崇拝のこちら側で」、つまり盲目的崇拝に陥らずに彼を愛した。ドライデン*は彼を英国劇詩人のホメロスと呼んだが、しばしば退屈で誇張癖があることも認めている。理性の時代十八世紀は、彼の美点の評価と欠点の批判に努める。一七七四年、モーリス・モーガン*が、リア王とフォールスタッフは彼らの創造者の修正された精神に他ならないと述べる。十九世紀の初め、この意見はコウルリッジによって焼き直されるが、彼にとってシェイクスピアはもはや人間ではなく、スピノザの言う無限の神の文学的変体である。彼は書いている——「シェイクスピアという一人物は、それ自体は所産的自然《ナツラ・ナツラータ》(natura naturata)すなわち結果である。しかし、潜在的には全ての特定的個人に存在する普遍的性質が、様々な人物を観察することから抽象されたものとしてではなく、無限の修正能力を持つ実体として彼に顕示されたのだ。シェイクスピアなる個人的存在は、その修正の一例にすぎない」。ハズリットはこの見解を確証し、あるいは追認し、次のように言う——「他の人々に似ているという一点を除けば、彼は全ての点で他の人々に似ていた。彼は彼自体は無であったが、顕在的にも潜在的にも全ての他者であった」。後年、ユゴーは彼を海に、可能な形態の苗床である海にたとえる。[1]

一つの物であるということは、無情にも、それ以外の全ての物ではないということである。この真理を朧ろげながらも直感したとき、人々は非在が何物かであることにまさり、またなぜか、存在しないことはあらゆる物であることに同じであると想像するようになった。この謬見は、王位を棄て施しを求めて町に出ていったインドの伝説的な王様の言葉にも見出される――「今日から私に王国はない、というより私の王国には限りがない。今日から私の躰は私のものではない、というよりこの大地の全てが私のものだ」。歴史とは、人類が代々見つづけてきた、果てしない謎のごとき夢である、とショーペンハウアーは書いている。夢には、くりかえし現われる型式がある。おそらくあるのは型式だけであろう。わたしがこのエッセイで述べた過程もその一つである。

ブエノスアイレス、一九五〇年

人は老人や病人や屍体を見て厭わしく思うが、誰も老と病と死を避けることはできない。このことに思い至ったとき、家郷を捨て親を捨て、苦行僧の黄衣を纏う気になったと仏陀は告白している。この証言はある経典のなかに記されているが、別の経典には、神々が遣わした五人の秘密の使者をめぐる譬話が記録されている。幼児、腰の曲がった老人、中風病み、拷問台の罪人、死者が次々に現われ、生まれ、年老い、病気になり、正しい裁きを受け、死んでいくことが人間の運命であると告げる。人が死んで閻魔大王の前に連れ出されると、大王は罪人に五人の使者を見かけなかったかと訊問する。罪人が五人を見たけれども、彼らの告げた言葉の意味は考えなかったと答えると、獄卒がやってきて彼を炎に包まれた家に閉じ込める。(インドの神話ではヤマが閻魔の役を果たす。彼は人間の最初の死者だからである。)この不気味な譬話は、たぶん仏陀が思いついたものではないだろう。われわれとしては、仏陀はそれを語ってはいるが(『マッジマ・ニカーヤ』*一三〇)、おそらく自分自身の生涯と関連させて考えていた訳ではないことを承知しておけば充分である。

現実は複雑に過ぎて、たぶん口承伝達には適していない。だから伝説は、口伝いに世界に広まって行けるように、本質だけは変えないようにして現実を作りかえるのである。老人と病人と死者は、譬話にも仏陀の告白にも登場する。時が二つのテクストを一にし、この合体から別の物語を創った。

仏陀になる前の菩薩シッダルタ*は偉大な王シュッドダナの息子で、その家系は太陽に淵源する。彼を孕《みごも》った夜、彼の母は六本の牙をもつ白象が自分の右側に入って来る夢を見る(1)。この夢は予言者たちによって次のように解釈される。すなわち、太子は世界の支配者となるか、さもなくば法輪を転じさせて(2)、生死を解脱する道を人に教えるであろう。シッダルタが永遠の王者となるよりは、現世の支配者となることを望む王は、彼をとある離宮に隔離するが、老衰の可能性を示唆するようなものは、そこからはことごとく遠ざけられている。こうして、二十九年の間シッダルタは感覚の快楽に身を委ね、幻影の幸福の時代を過ごす。ある朝馬車で遊行の途中、彼は腰の曲がった老人を見て驚く。「その髪は他の人々と異なり、その躰は他の人々と異なっていた。」老人は歩くために杖に倚り、躰は震えている。シッダルタはあの男は何者かと問う。馭者は老人である旨を説明し、この世に生まれた人間は、誰もいつかはあのようになるのですと答える。シッダルタは不安な面持ちで、直ちに馬車を宮殿に帰すように命じる。別の遊行の折、太子は躰じゅうに癩腫や潰瘍ができ、熱病のためにやつれ衰えた男を見る。馭者は、あれは病人といって、人は誰もこの危険から免れることはできないと説明する。また別の遊行の折、太子は棺で運ばれてゆく人間を見る。この動かなくなった人体は死者であり、いつか死ぬことはこの世に生まれた者の宿命《さだめ》である、と教えられる。さらに別の、最後の遊行の折、太子は托鉢僧を見る。彼は生きることも死ぬことも願わず、その顔には平安の色が浮かんでいる。シッダルタは己の進むべき道を知った。

ハルディ（『古パーリ語聖典による仏教』）はこの伝説の生彩な描写を称讃している。現代のインド学者アルフレッド・フーシェ*（その皮肉な口調は必ずしも知的で洗練されているとは言い難い）は、遊行前の菩薩の無知を認めてしまえば、この物語にはドラマチックな展開もあるし、哲学的な意味もあると書いている。五世紀の初め、僧法顕《ほっけん》*は、聖典を求めてインド諸国を巡歴し、廃墟と化した都カピラヴァストゥ*を訪れ、シッダルタの四度の邂逅を記念してアショーカ王*が東西南北四つの城壁に立てた彫像を目にしている。七世紀の初め、『バルラームとヨサファト*』と題された小説が、キリスト教修道士によって書かれる。ヨサファト（ヨサファト＝ボディサトヴァ〔菩薩〕）はインドの王子であるが、占星師たちはいつの日か彼はより大いなる王国、すなわち天上の王国を支配するであろうと予言する。王が彼を宮殿に閉じこめるけれども、ヨサファトは盲人、癩病者、瀕死者という相のもとでの人間の不幸な状況を悟り、最後に隠者バルラームの教えによってキリスト教に改宗する。キリスト教化されたこの仏陀伝説は、オランダ語、ラテン語を含め、多くの言葉に翻訳された。アイスランドでは、十三世紀の半ばごろ、ハコン・ハコナルソン*の要請で『バルラーム・サガ』が作られている。枢機卿チェザーレ・バローニオ*は、新たに編纂した『ローマ殉教録』改定版(一五八五—九〇)にヨサファトの名をつけ加えている。一六一五年、ディオゴ・デ・コウト*は、主著『アジア史』の続篇の中で、仏陀伝なる贋物のインド説話と真正にして敬虔なる聖ヨサファト物語との類似性を報じている。メネンデス・イ・ペラーヨ*の『小説の起源』第一巻を参照されれば、読者は右に述べた一連の事柄やさらに多くのことを教えられるだろう。

西洋で仏陀がローマによって聖列に加えられる原因となったこの仏陀伝説には、しかしながら、一つの欠点がある。物語が設定している四度の遭遇は効果的ではあるが、信じ難い。シッダルタの四度の遊行と四人の教訓的人物は、偶然の成行きにしては出来すぎている。学者たちは物語としての美学よりは魂の改宗を重視するあまり、この異様さの正当化に乗り出す。ケッペン*(『仏陀の宗教』一巻八二頁)は、伝説も後期のものになると、癩病者、死者、修道僧は神々がシッダルタを教導するために作った幻影に変っていると記している。このようにして、サンスクリット語の叙事詩『ブッダ・チャリタ*』の第三巻では、死者は神々の創り出した幻で、それが運ばれて行くのが見えるのは、馭者と太子だけであると言われている。十六世紀の伝説的仏陀伝では、四人の幻影は神の四つの変身像ということになっている(ウィージェ『中国における仏陀伝』三七—四一頁)。

『ラリタ・ヴィスタラ*』では、描写はさらに極端になっている。不純なサンスクリット語で書かれ、韻文と散文からなるこの編纂本は、皮肉な口調で語られるのが慣例になっている。作中の《救済者》の物語はあまりに誇張され、読者に重圧と眩暈を覚えさせる。作品の内容を神々に明かすとき*、仏陀は一万二千の僧と三万二千の菩薩に囲まれている。人間として再生し最後の死を迎えるため、彼は第四天*から、その時期、大陸、王国、身分《カースト》を選定する。彼が言葉を発する時は八千の太鼓がうち鳴らされ、彼の母の身体には一万頭の象の力が漲っている。この奇怪な叙事詩では、仏陀の運命の一つ一つの局面を決定する者は仏陀自身である。神々に四人の象徴的人物を作り出させるのも仏陀であり、彼が馭者に向かって、彼らが誰で何を意味するかを問うた時、彼は既にそのことを知っていた。フーシェはこれを単なる作者の卑屈と見なす。一介の従僕が知っていることを仏陀が知らないと考えることは、作者には許せないことであったろうというのである。わたしの考えでは、この謎は当然、別な解明がなされて然るべきである。仏陀は四人の人物を作ったあと、第三者に彼らの意味を問う。この第三者が仏陀にむかって答えることは、仏教学上、あり得ることである。というのも、この書物はマーハーヤナ(大乗)仏教に属する経典であり、マーハーヤナ仏教の教えるところでは、現世の仏陀は永遠の仏陀の流出ないし反映であり、また天上の仏陀は事件を命令し、地上の仏陀はそれに耐えるか、それを実行する。(われわれの世紀は別な神話と語彙を用い、《無意識》について語る。)神の第二格、子キリストの人間性は十字架の上から次のように叫んだ──「わが神、わが神、なんぞ我を見棄て給ひし*」。同じように、人間仏陀は己の神格が創り出した幻像《フォルマ》を見て周章狼狽したかもしれない……。謎を解決するのに、こうした微妙な教義上の知識など必要ではない。インドの全ての宗教、とりわけ仏教の、この世界は幻影であるという教えを想起すれば充分であろう。ヴィンタニッツ*によれば、「ラリタ・ヴィスタラ」とは「(ある仏陀の)遊戯の詳細な物語」を意味するという。マーハーヤナ仏教にとって、この世における仏陀の生涯は一つの遊戯もしくは夢であり、この世もまた一つの夢にすぎない。シッダルタは自分の国と両親を自ら選定する。シッダルタは後に自らを驚かすであろう四人の人物《フォルマ》を造形する。シッダルタは別の人物をして四者の意味を答えさせる。これらの出来事は、それを全てシッダルタの見た夢とみなせば、納得がいくし、次のように考えれば、それはさらに筋の通った話になるだろう——これは一つの夢、癩病者や修行僧と同じように、仏陀も一登場人物となって現われる夢である。けれども、北方仏教[3]の観点からすれば、この世も信者も涅槃も輪廻転生も仏陀もひとしく幻なのだから、この夢は誰によって見られているのでもない。さる有名な論考に記されているところによれば、涅槃においては誰も消滅しない。涅槃による無数の人間の消滅は、妖術師が四つ辻で作りだす無数の幻像の消滅と似たようなものだからというのである。また別なところには、一切は空であり名であるにすぎない、このことを記した書物とそれを読む者もまた然り、と書かれている。逆説的に言えば、この叙事詩の過大な数字は現実性を強めるのではなく、かえって弱めている。一万二千の僧や三万二千の菩薩は一人の僧や一人の菩薩に比べると具体性に欠ける。この仏陀伝に現われる厖大な人物と厖大な数(同書十二章には、二十三語からなる数列が現われるが、それらは各々9個に始まって、49個、51個、53個と零の数が級数的に増えていく最小整数を示す)は、厖大にして怪奇な泡沫《あぶく》、《虚無》の強調である。こうして、物語はじわじわと非現実に浸蝕されていく。荒唐無稽な感じは、まず登場人物に始まり、太子に及び、ついには描かれる時代と宇宙全体に広がる。

十九世紀の終りに、オスカー・ワイルドが伝説の変奏をこころみている。幸福の王子は俗塵とは無縁の宮殿で、ついに人の世の悲しみを知ることなく死んだ。けれども、死後に建てられた彼の銅像は、台座の上から人の悲しみを見る。

インドの年表は不確かだし、私の知識はさらに覚束ない。碩学ケッペンやヘルマン・ベック*も、この拙いエッセイの筆者同様、誤りをおかしているかもしれない。わたしの記した仏陀伝説が伝説的なものであった、つまり本質は真実であるが枝葉は誤謬に満ちている――仮りにそういうことになったとしても、そのことはわたしを驚かせないだろう。

アレゴリーから小説へ

われわれすべてにとって、アレゴリーは美的過失である。（わたしは最初、「アレゴリーとは美学が犯した過失にほかならない」と書こうとして、この文章にアレゴリーが入りこんでいることに気づいた。）わたしの知るかぎりでは、アレゴリー様式はショーペンハウアー（『意志と表象としての世界』正篇五〇）、ド・クウィンシー（『著作集』XI・一九八）、フランチェスコ・デ・サンクティス＊（『イタリア文学史』VII）、クローチェ（『美学』三九）およびチェスタトン（『G・F・ウォッツ』八三）によって分析されている。このエッセイでは最後の二人だけを考察することにしよう。クローチェはアレゴリー芸術を否定し、チェスタトンは擁護する。わたしは前者が正しいと思うが、われわれには不当と見える形式が、かつてあのように人気を博した所以を知りたいと思うのだ。

クローチェの言葉は水晶のように透明である。それをここでも繰りかえす。「象徴が芸術的直感と不可分なものとして構想されるとき、それはつねに理想的性質をもつ芸術的直感そのものの同義語である。象徴が分離可能なものとして構想されるとき、つまり象徴と象徴されるものが別々に表現されるとき、人は主知主義の誤謬に陥っている。想定された象徴は抽象観念を説明するものに他ならないからだ。それはアレゴリーであり、科学もしくは科学を模倣する芸術である。しかし、公正を期するために指摘しておかねばならぬが、アレゴリーはある場合には無害なものである。毒にも薬にもならぬ教訓を『解放されたイエルサレム』*から抽き出すことができるし、官能詩人マリーノ*の『アドーネ』を読んで、放縦な快楽は苦悩に終るという反省を抽き出すこともできよう。また彫刻家が自らの彫像の前に、《慈悲》とか《親切》といった説明のカードを置くこともできる。完成された作品に付されるこの種のアレゴリーは、べつに作品を害なうわけではない。それは一つの表現に付加された別の外在的な表現である。詩人の別の思想を語る一ページの散文が『イエルサレム』に付け加えられ、詩人が何を伝達したいと望んでいるかをものがたる一行ないし一連の韻文が『アドーネ』につけ加えられ、《慈悲》や《親切》といったことばが彫像につけ加えられる、といった具合である。」『詩学』（パリ、一九四六年）の二二二頁では、論調はいちだんと敵意を増している――「アレゴリーは精神表出の直接的様式ではない。それはある種の書き方であり、暗号法である」。

クローチェは内容と形式の相違を認めない。後者は前者であり、前者は後者なのだ。

アレゴリーは彼には化けものに見える。まるで暗号のように、一つの形式のなかに、直接的ないし逐字的意味(ウェルギリウスに導かれて、ダンテはベアトリーチェのもとにいたる)と比喩的意味(人は理性に導かれてついには信仰にいたる)の二つの内容を盛り込もうとするからだ。こうした書き方は手の込んだ謎をもたらす、と彼は思う。

アレゴリーを擁護するために、チェスタトンは言語が現実の十全な表現手段であることを否定することから始める。「秋の森の色よりもさらに心を惑わせ、さらに名状しがたく、さらに数多くの色彩が魂にあることを人は知っている。……にもかかわらず、人はこれらの事物の一つ一つについて、人間の発する雑多な音声の恣意的な体系によって、その全ての全音と半音を、そのすべての混色と調色を正確に表現することができると信じて疑わない。教養ある株式仲買人なら誰でも、彼自身の恣意的な音声体系によって、記憶の神秘、欲望の苦悶をことごとく表現する音声が本当に生まれてくると信じて疑わないのだ。」言語は現実の表現には不充分であると宣告される。しかし、まだ別の伝達形式が残っている。建築や音楽と同様、アレゴリーもその一つであるかもしれない。アレゴリーは言葉で作られているが、それは言語の言語、つまり別の記号の代用となる記号ではない。たとえばベアトリーチェは、信仰という言葉を代用する記号ではない。彼女は力強い美徳と、この言葉が表示する隠れた光明の記号である——すなわち、それは

fé(信仰)という単音節語よりもいっそう精密な記号、さらに豊かで適切な記号なのである。

対立する二人の高名な論客のいずれが正しいのか、わたしには確《しか》とは分からない。わたしに分かっていることは、アレゴリー芸術がかつては全く魅力的なものだと考えられていたのに(迷宮のごとき『薔薇物語』は、現在二百枚からなる写本によって伝えられ、二万四千行の韻文からなる)、いまでは読むに堪えないものになっているということである。読むに堪えないばかりでなく、愚劣でくだらないとわれわれは思う。『新生』のなかで自らの情熱を物語ったダンテにとっても、首斬役人の刀の影におびえながら、パヴィアの塔獄で『哲学の慰め』を書いたローマ人ボエティウスにとっても、このわれわれの気持は不可解なものであったろう。ひたすら趣味の変化という原理に頼る以外、わたしにこの相違をどう説明することができようか。

人はみな生まれながらにしてアリストテレス的であるか、プラトン的であるとコウルリッジは言っている。後者は理念《イデア》が実在であることを直観によって知り、前者はそれが一般概念にすぎないことを知る。後者にとって言語は恣意的記号の体系であるが、前者にとっては宇宙の地図である。プラトン派は宇宙がともかくも一つのコスモス、すなわち秩序であることを知っているが、アリストテレス派にとっては、それは謬見である、ないしはわれわれの偏頗《へんぱ》な知識が作りあげた虚構である。国々と時代の推移に応じて、この永遠不滅の二つの敵対者は名前と言葉を変える。一方はパルメニデス、プラトン、スピノザ、カント、フランシス・ブラッドリーであり、他方はヘラクレイトス、アリストテレス、ロック、ヒューム、ウィリアム・ジェイムズである。勤勉な中世の哲学諸派を通じて、つねによび求められているのは人間理性の巨匠アリストテレスである(『饗宴』Ⅳ・二)。しかし、唯名論者は全てアリストテレスであり、実在論者は全てプラトンなのだ。ジョージ・ヘンリー・ルーイス*は、中世において哲学的価値をもつ唯一の論争は唯名論対実在論の論争であると言っている。この見解はいくぶん性急にすぎるが、それでもそれはポルフュリオス*が記し、後にボエティウス*が翻訳註解した一文がきっかけになって九世紀初めに始まった、この執拗な論争の重要性を強調している。それは十一世紀末アンセルムスとロスケリヌス*によって継承され、十四世紀にはオッカムのウィリアムによって再開された。

想像されるとおり、多くの年月が経過するうちに、両者の中間的立場や相違点は無限と言っていいほどに増大した。にもかかわらず、実在論にとっては普遍概念(プラトンはイデアとか形相と言ったであろう。われわれは抽象観念とよぶ)が、唯名論にとっては個物が基本的なものであったと言えるだろう。哲学の歴史は気晴らしとことば遊びの空虚な博物館ではない。たぶん二つの命題は、現実を直観的に知覚する二つの様態に照応するだろう。モーリス・ド・ヴルフ*は書いている——「超実在論がまず信奉者を獲得した。十一世紀の年代記作者ヘリマヌス・コントラクトゥス*は実際《イン・レ》に弁証法を教える人々を《旧い学者たち》《アンティクィ・ドクトーレス》と呼び、アベラルドゥス(アベラール)は弁証法を《古い教理》と言っている。また十二世紀末までは、それと対立する人々に《新派》《モデルニ》という名称が適用されている」。いまでは思いもよらぬ命題が九世紀では明々白々なものに思われていたし、十四世紀まではともかくも存続したのだ。かつては少数者の信奉する新奇な考えであった唯名論は、今日ではすべての人間を包み込んでいる。その勝利は広汎かつ根源的であるから、その名称すら不要である。今日自ら唯名論者と名のる者はいないが、それは誰もそれ以外ではないからである。しかし、われわれは理解しておかねばならないが、中世の人々にとって、現実とは人々ではなく人間であり、個々人ではなく人類であり、種《しゅ》ではなく属であり、属ではなくて神であった。アレゴリー文学はこうした考え(その最も明晰な表現は、おそらくエリウゲナの自然の四区分説であろう)から発展したとわたしは信じる。小説が個物の寓話であるように、アレゴリーは抽象観念の寓話である。抽象観念は擬人化され、それゆえ全てのアレゴリーには小説的要素がある。反対に、小説家が提示する個物は一般性を志向する(デュパンは《理性》であり、ドン・セグンド・

ソンブラは《ガウチョ》である)。小説にはアレゴリー的要素が内在しているのだ。

アレゴリーから小説へ、種から個へ、実在論から唯名論へ――この推移は数世紀を要した。しかし、わたしはあえてその理想の日付けを示唆してみたい。その日とはジェフリ・チョーサーがボッカチオの一行を英語に翻訳した一三八二年のあの日のことだ。チョーサーはたぶん自ら唯名論者とは信じていなかったであろうが、ボッカチオの'E con gli occulti ferri i Tradimenti.'(「そして《裏切り》は鉄器を隠しもち」)を次のように翻訳した――'The smyler with the knyf under the cloke.'(「男は外套の下に短刀を隠してほくそ笑み」)。原文は『テセイダ』*の七巻にあり、英語の方は「騎士の物語」*にある。

ブエノスアイレス、一九四九年

ラーヤモンの無知

ルグイ*はラーヤモンの矛盾を見抜いていたが、彼の悲哀は理解していなかったと思う。十三世紀の初め、三人称で書かれた『ブルート』の序文には、彼の伝記的事実が含まれている。ラーヤモンは書いている――「かつてこの国に、名をラーヤモンという一人の僧があった。彼はレオヴェナス（その魂に神の御慈悲がありますように！）の息子で、セヴァン河に臨むアーンリ村の立派な教会堂で暮らしていた。そこは住みよい土地だ。彼はある日、英国人の功業の数々を語ろうと思いたった。彼らが何とよばれどこから来たか、ノアの洪水のあと初めて英国の地を踏んだのはどの者たちか。ラーヤモンは全国各地を旅し、お手本となる高雅な書物を買い入れた。彼は聖ビードの作った英語の書物を手に取った。彼はわが国に信仰をもたらした二人の聖者、聖アルビヌス*と聖アウグスティヌスの作ったラテン語の書物を手にとった。彼はさらに一冊の書物を手にとり、それを二冊の本の間に置いたが、これは文章に心得のあるフランスの聖職者ワース*の作で、彼はそれをヘンリー大王のお后、高潔のひとエレオノール*に献じた。ラーヤモンはこの三冊の書物を開け、ページを繰った。彼は愛情をこめて書物を見つめ(彼に神の御慈悲がありますように!)、ペンをとり、羊皮紙に記し、適切な言葉を思いおこし、こうして三冊の書物を合わせて一本を作った。ここにラーヤモンは、全能の神への愛にかけて、この書物を読み、この書物の教える真理を学ぶ人々にお願いします——彼を作った彼の父の魂と、彼を生んだ彼の母の魂のために祈って下さい。また、なお一層の向上を願う彼自身の魂のためにも祈って下さい。アーメン」。このあと、三万行に及ぶ不定型の韻文によって、ブリトン人の数々の戦さ、なかんずくアーサーのピクト人*やノルウェイ人やサクソン人との戦いが語られる。

ラーヤモンの序文から受ける最初の印象(おそらく最後の印象でもあろう)は、限りない、ほとんど信じ難い単純さである。「私」と言わないで「ラーヤモン」と言う子供じみた癖がこの印象を強めているが、無邪気な言葉の背後にある感情は複雑である。ラーヤモンは歌の主題に感動しているだけではない。歌をうたっている自分を自分が見ているという、幾分魔法めいた状況にも感動しているのだ。この相互関係は『農耕詩《ゲオルギカ》』の「そのころうましきパルテノペは、我れウェルギリウスを養い」("Illo Vergilium me tempore dulcis alebat Parthenope*")や、誰か別人の手になるという『アエネイス』*の美しい書きだし「我れはかの歌びと、かぼそき葦笛に歌かなでつつ」("Ego ille quiquondam gracili modulatus avena carmen")に照応するものだ。

ハリカルナッソスのディオニュシオス*が拾い集め、ウェルギリウスが取り上げて有名になった伝説によれば、ローマは『イリアス』のなかでアキレウスと闘うトロイ戦士、アエネアスの子孫たちによって建設された。同様に十二世紀初めに書かれた『ブリトン列王記』*は、ロンドン(「むかしニュー・トロイとよばれた都」)をアエネアスの曾孫ブルートゥスの創建になるものとし、彼の名はブリタニアに永遠にとどめられようと記している。ラーヤモンの手になる俗世年代記では、ブルートゥスはブリトン人初代の王で、その後文学のなかで様々な運命を辿る王たちが彼の後に続く——ヒューディブラス*、リア*、ゴーボダック、フェレックスとポレックス*、ラッド*、シンベリン*、ヴォーティガン*、ユーサ・ペンドラゴン*(竜の頭ユーサ)、それに円卓の王アーサー、謎のごとき墓碑銘に「前《さき》にありて後にあるであろう王」と誌されているあの王である。アーサーは最後の戦いで致命傷を負う。しかし、魔術師マーリン(『ブルート』のなかでは悪魔の子ではなく、母が夢のなかで愛したもの言わぬ黄金の亡霊の子ということになっている)は、国民が彼を必要とするとき、彼はまた(バルバロッサ*のように)還ってくるだろうと予言する。ヘンギスト*の「異教の犬ども」(つまり、五世紀以降英国全土に散らばっていったサクソン人たち)は、不穏な群れをなしてアーサーに空しく戦いを挑む。

ラーヤモンは従来、最初の英国詩人と言われてきたが、最後のサクソン詩人と考えた方がより正確であり、感慨もある。イエスの信仰に改宗したサクソン詩人たちは、ゲルマン叙事詩のもつ粗野な響きと戦闘のイメージを新しい神話に適用する。(キュネウルフ*のある詩では、十二使徒は剣の襲撃に抗戦し、楯の扱いに巧みである。また『エジプト出国』*では、紅海を渡るイスラエル人たちはヴァイキングになっている。)ラーヤモンは「ブリテンもの《マチエール・ド・ブルターニュ》」*の雅《みや》びと魔法の物語を、同じ荒くれた技法によって処理した。題材(その大部分)ゆえに、彼は「ブリテンもの」を詠った多くの詩人の一人である。フランチェスカ・ダ・リミニとパオロの二人に、お互いに相手の秘められた愛情を明かす仲だちをした無名作家の遠い仲間なのだ。*けれども精神においては、彼はサクソン詩人の直系の子孫、戦闘の描写にはとっておきの名句をあて、四世紀の間、愛の歌はただの一連も作り出さなかった彼ら叙事詩人の子孫なのである。ラーヤモンは祖先たちの使った比喩を忘れてしまっている。『ブルート』の中で、海は「鯨の道」ではないし、矢は「戦の毒蛇」ではない。しかし、根底にある世界観は同じだ。スティーヴンソンのように、フローベールのように、他の多くの作家たちのように、このもの静かな聖職者は言葉によって流血の荒ごとを楽しむ。ワースが「その日ブリトン軍はパセント*とアイルランド王を殺した」と書いている条りを、ラーヤモンは次のようにふくらませる――「そして有徳王ユーサは次のように言った、《愛馬を駆ってユーサがやってきたからには、パセントよ、おまえがここから立去ることはない》。彼はパセントの頭を一撃すると馬から叩き落とし、その口に刀を押しこむ(パセントには初めての食物だった)。刀の切先は地面に消えていた。さらにユーサは言う、《アイルランド者よ、おまえには願ってもない結末だろう。英国全土がおまえのものだ。この地に留まって、われわれと一緒に暮らせるように、この国全部をおまえの手に引渡してやる。さあ受取ってくれ、いまから永遠におまえのものだ》」。アングロサクソン詩*の各詩行には、同じ子音または母音で始まる数個の単語があるが、それは普通、前の半行に二個、後の半行に一個ある。ラーヤモンはこの古い韻律法則を守ろうとするが、ワースが『ブリュ物語』(三冊の「高雅な書物」の一つである)で駆使した押韻八音節詩行の新しい魅力に囚われ、絶えず押韻の誘惑にさらされている。こうして、「ブラザー」の後に「アザー」が、「ナイト」の後に「ライト」が使われるという具合である。ノルマンの征服は十一世紀の半ばごろに起こった。『ブルート』は十三世紀の初めに書かれているが、この詩の語彙は全くと言っていい程ゲルマン語系列のものである。全三万行のうち、フランス起源の単語は五十にも満たない。次にこの詩の一節を掲げるが、それは現代英語を殆んど予示していず、ドイツ語との親近性が顕著に認められる。

And seothe ich cumen wulle
to mine kineriche
and wunien mid Brutten
mid muchelere wunne.

これはアーサー王最期の言葉で、その意味は「では私は行こう／私の王国へ／そしてブリトンの民と暮らそう／大いなる喜びに満ちて」というものだ。ラーヤモンは侵略者サクソン人に対するブリトン人の古えの戦いを熱烈に歌った、まるで自分はサクソン人ではないとでも言うように。ヘイスティングズの戦いの日以後、ブリトン人とサクソン人はノルマン人に征服されなかったとでも言うように。この事実は異様であって、幾つかの臆測を許容する。レオヴェナス(レオフノス)の息子ラーヤモンは、ケルト民族の城砦であり、錯綜したアーサー王神話の源泉である(ガストン・パリス*によれば)ウェールズから遠からぬ処に住んでいた。とすれば、彼の母はブリトン人であったかもしれない。これは有望な推測であるが、それを確かめる術はないし、全く取るに足りないものかもしれない。われわれはまた次のように想像することもできる。すなわち、彼はサクソン人の子であり孫であったが、根源的なところで土地の力《ユース・ソリ》が*血の力《ユース・サングイニス》を凌いでいた*、と。ケランディ族の血は一滴も流れていないのに、カブレラやファン・デ・ガライといったスペイン人征服者ではなく、父祖伝来の地を防衛したインディオに与するアルゼンチン人の場合は、これに割合近いものだろう。もう一つの可能性として考えられるのは、『ブルート』を書いたときラーヤモンが故意か偶然かは判らないが、ブリトン人をサクソン人に置き換え、サクソン人をノルマン人に置き換えていたのではないかということである。謎詩《リドル》*、『鳥獣譬歌《ベスチャリ》』*、キュネウルフの奇異なルーン文字などを勘案すれば、こうした暗号風でアレゴリカルな書き方は古英語文学にとって決して異質なものではなかったことがわかる。しかし一方で、先の推測が根も葉もない空想にすぎないという声をわたしは打ち消すことができない。昨日の征服者が今日の被征服者であり、今日の征服者が明日の被征服者となるかもしれない――ラーヤモンが本当にそう考えたのなら、『哲学の慰め』にも出てくる《運命の車輪》の比喩を利用しただろうとわたしは思う。また、錯綜したアーサー王のロマンスに題材を求めずに、旧約聖書の預言書にそれを求めていただろうと思う。

　ラーヤモン以前の叙事詩の主題は英雄の勲《いさお》しであり、戦士の指揮者に対する忠誠であった。『ブルート』の真の主題は英国である。ラーヤモンには予見できなかったことであるが、彼の死後二世紀もすると、彼の使った頭韻は滑稽なものになり(「わたしには頭韻を踏んだ韻文物語など作れない」("I can not geste—rum, ram, ruf—by lettre")*とチョーサーのある登場人物が言っている)、彼の使った英語は粗野な方言に変ってしまうだろう。ヘンギスト麾下のサクソン人戦士を侮辱する彼の言葉が、いったん死滅したあと再び英語となって甦えるサクソン語最後の言葉となることなど彼は思ってもみなかっただろう。ゲルマニストのW・P・ケア*によれば、その伝統を引継いでいたにもかかわらず、彼は自国の文学をほとんど知らなかったという。彼は遠くペルシア人やヘブライ人の間をさすらったウィドシース*の放浪や、真赤な沼の底で怪物とわたりあうベイオウルフの格闘のことを知らなかった。彼は彼の詩の源泉とも言うべき数々の偉大な詩篇を知らなかった。いや仮りに知っていたとしても、たぶん彼には理解できなかっただろう。いま彼のこの奇妙な孤立と孤独を思い合わせると、彼のことが何とも痛ましく思われる。「人は誰も己の何者なるかを知らない」とレオン・ブロワは言った。この根源的無知を象徴するものとして、この忘れられた人にすぐるものはない。彼は己のサクソンの遺産をサクソン的激しさで嫌悪したし、最後のサクソン詩人となってなおそのことを知らなかったから。

バーナード・ショーに関する(に向けての)覚書

十三世紀末、ライムンドゥス・ルルス(ラモン・リュイ)は、大きさの異なる何枚かの回転同心円(それらはさらに、ラテン語の単語が記された小部分に区分されている)からなる装置を使って一切の謎を解こうとした。十九世紀の初め、ジョン・スチュアート・ミルは、やがて音符の組み合わせが尽きてしまい、未来のウェーバーやモーツァルトに出場《でば》のなくなる日が来るのではないかという不安を表明した。十九世紀末、クルト・ラースヴィッツ*は奇想天外な世界図書館の空想に耽ったが、そこには、世界の全ての言語の、二十数箇の綴字が作る全ての組み合わせ、すなわち表現可能な一切が記録されているという。ルルスの器械、ミルの不安、ラースヴィッツの混沌の図書館をわれわれは一笑に付すであろうが、それらは、形而上学や芸術を一種の組み合わせ遊戯と見なしがちな、われわれに共通の傾向を誇張したものに他ならない。この遊戯に耽る人は、書物が一つの言語構造または一連の言語構造以上のものであることを忘れている。書物はそれと読者との間に交わされる対話であり、それが読者の声に強制する抑揚であり、読者の記憶に残る変化し永続する映像なのだから。この対話は無限に続く。'amica silentia lunae' という言葉は、今では「親密でもの言わぬ明月」を意味するが、『アエネイス』では月の見えない期間のことで、ギリシア軍はこの間の暗闇を利用して、トロイの要塞に侵入したのである。(1) 文学を消尽することはできない。その証拠には、たった一冊の書物でも消尽することはできない、という充分にして単純な理由を挙げておこう。書物は孤立した「もの」ではない。それは一つの関係、いや無数の関係が集まる軸なのだ。時代の後先はともかく、一つの文学が別の文学と違うのは、作品《テクスト》の違いというより、作品の読み方の違いによるのである。現代に書かれた一ページ——たとえば、この本のこのページ——を、紀元二〇〇〇年に読まれるであろうように読むことが許されれば、紀元二〇〇〇年における文学がどのようなものかをわたしは知ることができるだろう。文学を形式的遊戯と捉える文学観は、うまくいった場合には、彫琢された掉尾文や詩連を、つまり立派な職人を生むが(ジョンソン、ルナン、フローベール)*、最悪の場合には、虚栄と偶然から生まれる意外性に満ちみちた、不快な作品を作りあげてしまう(グラシアン、エレラ・イ・レイシッグ)*。

文学が言葉の代数学にすぎないのなら、組み合わせを変えさえすれば、誰でも本を作ることができる。「万物は流転す」(panta rhei)という簡潔な公式は、ヘラクレイトスの哲学を二語で要約している。ライムンドゥス・ルルスは言うであろう――最初の一語さえ与えられていれば、あとは自動詞を次々に置きかえていけば第二の語が見つかり、こうして規則的偶然によって、上述の哲学を、さらには他の多くの哲学を手に入れることができる、と。けれども、このような消去法によって得られた公式には価値がないし、意味さえないと応えたい。この公式が価値を持つためには、われわれはヘラクレイトスが考えたとおりに、つまりヘラクレイトスの経験として、それを構想せねばならない。もっとも「ヘラクレイトス」は、この経験の推定された主体でしかないが。わたしは先程、書物とは対話であり、関係の一形式であると言った。対話の中で、対話者は彼が発言することの総和ではないし、平均値でもない。一言も発言しなくても、知的な人間であることがわかる場合もあるし、逆に気の利いたことを言っていながら、愚かさをさらけ出す場合もある。同じことが文学についても言える。ダルタニアンは数々の手柄をたて、ドン・キホーテはやりこめられ嘲けられる。しかし、読者には、ドン・キホーテの勇気の方がより痛切に感じられる。このことはわれわれに、かつて提起されたことのない美学的問題を問わしめる――作家は自分よりも秀れた登場人物を創りだすことができるであろうか？　わたしの答えは「否」であるが、この否定には知的、道徳的両面での否定が含まれている。思うに、最高の瞬間の自分よりもさらに理性的で高貴な人物が自分のなかから生まれることはないのだ。ショーの優秀さに対するわたしの確信は、この見解に基づいている。初期の作品で扱われている組合問題や都市問題は、いずれ関心を惹かなくなるであろうし、あるいは既にそうなってしまっているかもしれない。また『愉快な芝居』*のなかの駄洒落は、シェイクスピアのそれと同じように、やがて不快なものと化すおそれがある。(思うに、ユーモアとは対話における突発的な賜物、つまり口承のジャンルに属するものであって、書かれるべきものではない。)序文や雄弁な長広舌に示されている彼の思想は、ショーペンハウアーやサミュエル・バトラー*にも見出すことのできるものであるが[2]、ラヴィニア、ブランコ・ポズネット、キーガン、ショットオーヴァ、リチャード・ダッジョン、そしてとりわけジュリアス・シーザー*は、現代の芸術的想像力が生み出したどの登場人物よりも秀れている。テスト氏や芝居がかったニーチェのツァラトゥストラを彼らの側に置いてみるとき、われわれはショーの卓越性を、驚きとともに、いや衝撃とともに直感するのである。一九一一年、アルベルト・ゼールゲル*は当時の常識論をふりかざして、「バーナード・ショーは英雄観念の撲滅者であり、英雄の抹殺者である」(『現代の詩と詩人』二一四頁)と書いたが、彼は英雄性がロマンとは全然別箇のものであり、『戦争と英雄』*でそれを体現しているのはセルギウス・サラノフではなく、ブルンチュリ大尉であることを理解していない。

フランク・ハリスの書いたバーナード・ショーの伝記には、ショーの書いた素晴らしい手紙が収載されているが、わたしはそのなかから次の言葉を引用する——「私は全ての事と全ての人を理解するが、何でもなく誰でもない」。この「何でもない」無(宇宙を創造する前の神の無に匹敵するし、もう一人のアイルランド人ヨハネス・スコトゥス・エリウゲナが「ニヒル」と呼んだ原初の神格にも匹敵する)から、バーナード・ショーはほとんど無数の人間または演劇人間《ドラマティス・ペルソナエ》(登場人物)を引き出した。思うに、その中で最も短命であったのがあのG・B・S*で、彼は世間に対してショーを代表し、新聞のコラムに軽い警句をふんだんに提供した。

ショーの基本的な主題は哲学と倫理であって、この点を考えれば、彼がアルゼンチンでは尊重されないことや、かりに尊重されても二、三の警句のお蔭であることは当然であり、避けがたいことでもある。アルゼンチン人は、宇宙が偶然の顕示であり、デモクリトスの原子の偶発的集合に他ならないと感じる。哲学は彼の関心を惹かないのである。倫理もまた然り。彼にとって社会生活とは、つまるところ個人、階級、国家、そのいずれかの抗争の謂であって、そこでは、人に馬鹿にされることや打ち負かされることを除けば、全てが合法的である。

人間の性格とその種々相が現代小説の本質的主題をなしている。抒情詩は愛の幸運または不運のいい気な誇張であり、ハイデッガーやヤスパースの哲学はわれわれ一人ひとりを、無または神と果てしない秘密の対話を続ける興味深い存在に変える。こうした知的活動は、形式的には結構なことかもしれないが、ヴェーダンタ*哲学が重大な過ちと非難するあの個我の妄執を生む。それらは往々にして苦悩や絶望をもてあそび、その根底ではわれわれの虚栄心に色眼を使っている。この意味で、それらは不道徳である。それにひきかえショーの作品は、われわれに解放感を与えてくれる。それはゼノンの歩廊《ストア》から生まれた哲理やサガの読後感と同じだ。

ブエノスアイレス、一九五一年

歴史の謙虚さ

一七九二年九月二十日、ヨハン・ヴォルフガング・フォン・ゲーテ(パリに向けて進軍中のワイマール公に同行していた)は、ヴァルミーの戦いで、あろうことかヨーロッパ最精鋭の軍隊がフランスの国民義勇兵に撃退されるのを見たが、その時うろたえる同僚たちに向かって、彼は次のように言った――「今日ここで、世界の歴史の新しい時代が始まろうとしている。われわれはその出発点に際会したことになるだろう」。この時以来、歴史的な日は数多く生まれたが、近代国家における政府(特にイタリア、ドイツ、ロシアの政府)の仕事の一つは、多量の前宣伝と執拗な報道によってそれを捏造ないし偽造することだった。こうして作られた歴史的な日には、セシル・B・ド・ミル*の影響が見られ、歴史よりはむしろジャーナリズムに関係している。かねがね思っていることであるが、歴史、真の歴史というものは、もっと控え目なもので、その重要不可欠な日付けも長い間知られずに隠されていて当然なのではないだろうか。麒麟はその特異性ゆえ、かえって人目につかないものだ、と中国の散文作家が言っている。われわれの眼は見馴れたものしか見ない。タキトゥスはキリストの磔刑をそれとは認識しなかった。彼の書物はそのことを記録しているにもかかわらず。

このような想念に誘われたのは、先頃ギリシア文学史を拾い読みしている時に、ある一文が偶然目にとまり、そのいささか謎めいた内容に興味を惹かれたためである。「彼は二人目の役者を登場させた《ヒー・ブロート・イナ・セコンド・アクター》。」わたしは読むのを止め、この謎の行動をとった「彼」なる主人公がアイスキュロスであることを確かめる。アリストテレスの『詩学』四章に述べられているように、彼は「役者の数を一人から二人に増やした」。周知のとおり、ギリシア劇はディオニュソス信仰から派生したものであり、舞台に登場する役者も、十二人からなる合唱隊《コロス》を別にすれば、もとは唯一人しかいなかった。彼はヒュポクリテースと呼ばれ、コトルノスという踵《かかと》の厚い短靴を履き、黒または紫の衣裳を纏って、顔には大きな仮面をつけていた。演劇はディオニュソス祭儀の一部であり、あらゆる祭儀がそうであるように、不変のものと化す危険性があった。この場合もその可能性はあったであろうが、紀元前五〇〇年のあの日、アテナイの市民は、何の予告もなく突然、二人目の役者が舞台に現われたのを見て驚いた、あるいは衝撃を受けた(ヴィクトル・ユゴーの推測では後者である)。あの遥か昔の春の日、あの蜂蜜色の劇場で、彼らアテナイ市民が考え、感じたことは本当は何だったのか？　それは驚きとか衝撃といったものではなく、ほんのかすかな意外感にすぎなかったのかもしれない。キケロの『トゥスクラヌム談論』*には、アイスキュロスがピュタゴラスの教団*に入門したことが記されているが、彼がはたして、一から二へ、つまり単数から複数へと進み、ついには無限に至るこの漸進的移行の重要性を、たとえ朧ろげにせよ、予感していたかどうかはついにわからないだろう。二人目の役者の登場にともなって、対話が生まれ、無限の可能性を孕む、登場人物同士の相互作用が生まれた。予見能力を持った観客ならば、この第二の役者の後には、無数の未来の亡霊たちが見えたのではあるまいか。ハムレット、ファウスト、セヒスムンド*、マクベス、ペール・ギュント、それにわれわれの眼にもまだ見えない数々の人影。

　本とつきあうなかで、わたしは歴史的な日をもう一つ見つけた。アイスランドの出来事であるが、時は十三世紀、かりに一二二五年としておこうか。多作の歴史家スノッリ・スツットルソン*は、後世の訓育に資するため、ボルガルフィヨルドの屋敷で、ノルウェイ王ハラル・シグルダルソン最後の戦功を仔細に書き記している。ハラルは冷酷王《ハルドラーダ》ともよばれた高名な王様で、ビザンティウム、イタリア、アフリカにも出陣したことがある。さて、サクソン人の英国王ハロルド・ゴドウィンソン（ハロルド二世）の弟、トスティグは王位を得ようと欲し、ハラル・シグルダルソンの加勢を受けた。彼らはノルウェイ兵を率いてイングランド東岸に上陸し、ヨルヴィク(現在のヨーク)の城砦を陥れる。ヨルヴィクの南で、サクソン軍は彼らと遭遇した。こうした一連の出来事を描写したあと、スノッリの文章はさらにつづく――「二十人の騎士が侵略軍に近づいた。騎士のみか馬まで鎖帷子《くさりかたびら》を纏っている。騎士の一人が叫んだ、

「トスティグ伯はおられるかな?」

「いかにも。わたしはここに居ることを否定しない」伯爵が言う。

「まことにあなたがトスティグならば伝えるが」騎士が言う、「兄上はあなたに赦免と王国の三分の一を与えてもよいと言っておられる」

「その申し出をわたしが受け容れた場合」トスティグが言う、「王はハラル・シグルダルソンには何を与えられるだろうか?」

「王はその点も忘れてはおられない」騎士が答えた、「彼にはイングランドの地面を六フィート、大男だからおまけとしてさらに一フィートをお与えになろう」

「それでは」トスティグが言った、「おまえの王に言うがよい、われわれは最後まで戦うとな」

騎士が走り去る。思案に余るのか、ハラル・シグルダルソンが尋ねた、「なんとも見事な話しぶりだったが、それにしてもあの男は何者ですか？」

「ゴドウィンの子ハロルドです」

そのあとさらに数章を費して、その日の日没前にノルウェイ軍が敗れ去った次第が語られる。ハラル・シグルダルソンは戦いで死んだが、それは伯爵も同じであった(『ヘイムスクリングラ』X・九二)。

現在ではふつう何らかの不信感を懐かずにはいられない(たぶん、職業的愛国者たちの下手くそな模倣にうんざりさせられているせいだろう)、ある種のにおいというものがある。ヒロイズムという基本的なにおいだ。『エル・シードの歌*』にはそのにおいがあるということだ。わたし自身が紛れもなくそれを認めたのは、『アエネイス』の詩行であり(「息子よ、わたしからは武勇とまことの忠誠を、他の人々からは出世を学ぶがよい」)、古英語のバラッド『モールドンの戦い*』であり(「わが臣民たちが、槍と古刀で貢物を納める日が来よう」)、『ロランの歌』であり、ヴィクトル・ユゴーであり、ホイットマンであり、フォークナーであり(「バーベナ(香水木)の小枝から、あの香りが部屋に、薄闇に、夜にたち罩《こ》める。馬のにおいの中でも、あなたはその香りをはっきりと嗅ぐことができるわ、とあの人は言った*……」)、ハウスマンの「傭兵たちの墓碑銘*」であり、『ヘイムスクリングラ』の「六フィートの英国の土地」であった。歴史家の叙述は一見単純に見えるが、その背後には微妙な心理の動きが見られる。ハロルドは弟を見てわからないふりをするが、それは弟も兄だとわかってはならないことを悟らせるためである。トスティグは兄を裏切らないが、また盟友を裏切ることもないだろう。ハロルドは弟は許しても、ノルウェイ王の干渉は容赦しない腹づもりなので、彼の応対は極めてわかりやすい。彼の答えに見られる言語表現の巧妙さは、あらためて指摘するまでもなかろう――王国の三分の一の贈与、六フィートの土地の贈物。(1)

サクソン人英国王の見事な答えよりもさらに素晴らしいことが一つだけある。それはこの答えを不朽にした人物が、敗者の血筋に繋がるアイスランド人だということである。カルタゴ市民が、レグルス*功業の追憶をわれわれに遺してくれたといった按配なのである。『ゲスタ・ダノルム』のなかで、サクソ・グラマティクス*は至当にも次のように書いた――「ツーレ(アイスランド)の人民は諸国民の歴史を好んで学びかつ記す。彼らは人の美点を、異邦人、自国民の隔てなく、平等に顕彰することをよろこぶ」。

歴史的な日は、サクソン人の王が右に述べた言葉を口にした日のことではない。それは敵によってその言葉が不朽のものと化した日のことだ。それは未だ実現しないあることを予言している――血統とか国家が忘れられ、人類の連帯が生まれる日を。ハロルドの申し出が価値を持つのは、祖国という観念があるからである。スノッリは記録することによって、その観念を克服しのりこえる。

わたしは敵に対する顕彰の言葉をもう一つ憶い出す。それはT・E・ロレンス『知恵の七つの柱』の終りに近い一章にある。著者はあるドイツ軍部隊の勇敢を賞し、「この大戦で同胞を殺りくした者どもを、そのとき初めて誇らしく思った」と書いたあと、こうつけ加える――「彼らは素晴らしかった《ゼイ・ワ・グローリアス》」。

ブエノスアイレス、一九五二年

新時間否認論

わたしの前に時間はなかった　わたしの後にもない
わたしと共に彼女は生まれ　わたしと共に死ぬだろう
——ダニエル・フォン・ツェプコ*『知恵の警句詩六百撰』(一六五五年)Ⅲ・ii

プロローグ

この否認論(もしくはその標題)が十八世紀半ばに公けにされていたら、それはヒュームの書誌にいまも掲載され、おそらくオルダス・ハックスリーかケンプ・スミス*によって言及されていたであろう。ベルクソンの死後、一九四七年になって公刊されるのだから、これは古い体系の時代錯誤を間接的に証明したものか、悪くすると、形而上学の迷路をさまよう一アルゼンチン人の果敢《はか》ない陰謀と受取られよう。どちらの臆測も真《まこと》しやかであり、おそらくは正しいのであろう。ただし、お断りしておかねばならないが、両者の欠点を補正するため、わたしの未熟な弁証法と引換えに斬新な結論をお目にかける旨のお約束はいたしかねる。わたしが開陳する議論はゼノンの矢や、『ミリンダ王の問い』におけるギリシア人の王の車輪の命題と同じぐらい古いものだ。何か目新しさがあるとすれば、それはバークリーの古典的な方法を拙論の展開に適用したことである。バークリーにも、彼の後継者デイヴィッド・ヒュームにも、私の所論と矛盾したり、それを排斥する文章がふんだんに見られるが、わたしとしては、彼らの論説が示唆する不可避的結論を引き出したにすぎないのである。

最初の論文(A)は一九四四年のもので、「南部《スール》」一一五号に掲載された。二番目の論文(B)は一九四六年のもので、(A)の改訂版である。二つの論文を一本に纏めることはあえてしなかった。類似した二篇の文章を読むことによって、この厄介な主題の理解が一層促進されるであろうと信じたからである。

標題について一言。この論題が論理学者の言う《付加物における矛盾《コントラディクティオ・イン・アジェクト》》なる化物の一実例であることに、わたしも気づいていない訳ではない。時間の否認が新しい(あるいは古い)と言うことは、否認に時間的性質の述語を付与することであり、これは主語が否定しようとしている当の観念を認めることを意味するからである。しかし、論題はもとのままにしておこう。そこに右のような微妙なジョークが含まれていることは、こうした言語遊戯の重要性をわたしが過大評価していないことの証《あかし》となるであろうから。しかも、人間の言語は時間のなかに浸され、それによって生気を与えられているのだから、拙論中、何らかの形で時間の観念を要求ないし喚起しない陳述など一つもない可能性は大いにあるのだ。

わたしはこの拙ない試論をわたしの先祖ファン・クリソーストモ・ラフィヌル(一七九七―一八二四)に捧げる。彼はアルゼンチン文学界に忘れ難い何篇かの十一音節詩を遺したほか、神学の影響を払拭《ふっしょく》し、ロックならびにコンディヤック*の原理を祖述することによって哲学教育の改革をこころみた。彼は国外に追放され、流浪のうちに客死した。全ての人の運命と同じく、悪しき時代に生きることが彼の運命であった。

J・L・B

ブエノスアイレス、一九四六年十二月二十三日

A

I

文学、そして時に形而上学の難問に捧げてきたわたしの人生の中で、時間の否認を直感または予見したことがある。わたし自身そんなことを信じはしないが、夜中やけだる

い黄昏どきに、それは公理のもつ幻の自明さでわたしを襲うのだ。時間の否認は、わたしの全ての著書のなかに、何らかの形で現われている。詩集『ブエノスアイレスの熱狂』(一九二三年)中の二篇、「どの墓にも刻まるべき墓誌」、「トゥルーコ遊び」にはその予表が見られるし、『審問』(一九二五年)中の二つの論文、『エバリスト・カリエゴ』一九三〇年版の四六頁、『永遠の歴史』(一九三六年)の中の物語「死の感覚」、それに『八岐《やまた》の園』(一九四二年)二四頁の脚註には、そのことが公然と述べられている。これらの著作のいずれにもわたしは満足していないが、その点は終りから二番目の物語についても言えることだ。論証的で論理的であるよりは、予言的で感傷的なのである。わたしはこの論考を通じて、それら全てに共通する基盤を構築してみたいと思う。

時間の否認へとわたしを誘導したものに、次の二つの議論がある――バークリーの観念論、それにライプニッツの《不可識別者の同一性*》原理。

バークリーは言う(『人間の知識に関する諸原理』三)――「想像力によって形成されるわれわれの思想、情念、観念が、心なくしてはどれ一つとして存在しないことは誰しも認めるところである。――種々なる感覚、すなわち感官に刻印された観念が、いかように混ぜ合わされ組み合わされるにせよ(つまり、いかなる事物を構成するにせよ)、それらを知覚する心のうち以外には存在しえないことも、私には同様に明白である……。私が書きものをする机を私は存在すると言う、すなわち私はそれを見るし、それにさわる。私が書斎の外に居るときも、私はそれが存在すると言うであろうが、その意味は、もし書斎に居るとしたら私はそれを知覚するであろう、ないしは何か別な精神がそれを知覚しているであろう、ということなのだ。……というのも、知覚とは無関係に、思考しない事物の絶対的存在が主張されるとき、それは私には全く不可解だからである。事物が存在する《エッセ》とは知覚される《ペルキピ》ことである。知覚する心すなわち思考するものの外に、それが存在することは不可能である」。反論を予測して、彼は二十三節のなかで次のように付言する——「例えば森に樹があり、部屋に書物が置かれているが、それらを知覚する者が近くに誰もいないという事態を想像することは、私にも極めて容易な筈であるとあなたは言われる。お答えするがまことにその通りで、そのことに私は些かも困難を覚えない。しかし、私はお尋ねしたい。右の事態は、あなたが書物とよび樹とよぶところのある観念をあなたの心の中で形成し、同時に、それらを知覚するある者の観念の形成を怠ることでなくて、一体何なのでしょうか。あなた自身は、つねにそれらを知覚するか考えるかしているのではないでしょうか。ですから、先の主張は無意味なのです。それはただ、心の中で観念を想像したり形成したりする能力があなたにあることを示しているだけで、思考する事物が心の外に存在すると想定してもよいということを示すものではないのです」。六節で、彼はすでにこう述べていた――「真理のなかには、心の近くにあってあまりに明白であるから、それを理解するには人はただ目をあけさえすればよいというものがある。次の重要な真理もまたそうしたものであろうと私は諒解する。天に蝟集《いしゅう》し地に充満する全てのもの、すなわちこの世界の厖大な輪郭を構成する物体は、心の外には存在しない――それらが存在するとは知覚されるか知られることの謂《いい》である。したがって、それらが私によって現実に知覚されるか、私の心もしくは何かある被造物の精神のなかに存在するかのいずれかでないかぎり、それらは全然存在しないか、あるいは永遠なる絶対精神のなかに存在するかのいずれかである……」。

以上が創始者の言葉による観念論の教義である。それを理解することはやさしい。難しいのはその枠の中で思考することだ。ショーペンハウアー自身、それを説明しようとして舌足らずの不親切を犯している。『意志と表象としての世界』正篇(一八一九年)の開巻劈頭で彼は次のように述べるが、それは全ての人を永遠に惑わせる言葉だ。「世界は私の表象である。この真理を認める者は、自分が知っているのは太陽や地球ではなく、太陽を見る目、地球の地面に触れる手にすぎないということをはっきりと理解している。」換言すれば、観念論者ショーペンハウアーにとって、人間の眼や手は、太陽や地球ほどには、幻影的で見かけだおしではない。一八四四年、彼は続篇を公刊するが、その第一章で、彼は昔の誤りを再発見し、それを誇張する。すなわち、彼は宇宙を大脳現象と規定し、「頭の中にある世界」と「頭の外にある世界」とを区別している。しかし一七一三年、すでにバークリーはフィロナスをして次のように言わせていた――「それゆえ、あなたの言われる頭脳なるものも、知覚される物でありますから、ただ心の中に存在するだけです。ところで、心の中に在る一つの観念もしくは物から他の全ての観念が生まれる、と考えることを理に適っているとお考えかどうかを私は知りたいと思います。そして、もしそうお考えになるのなら、その最初の観念もしくは頭脳自体の起源を説明していただきたいのです」。ショーペンハウアーの二元論ないし大脳説に、スピラーの一元論を対比させることは妥当である。後者(『人間のこころ』一九〇二年、八章)は次のように論じるのである。視覚および触覚を説明するために提出される網膜と皮膚は、それぞれ前者とは別箇の触覚視覚組織である。われわれが目にする部屋(「客観体」)は想像される部屋(「大脳体」)以上に大きくはないし、それを包含するものでもない。なぜなら、両者は二つの別箇の視覚組織だから。バークリー(『人間の知識に関する諸原理』一〇頁および一一六頁)も第一性質――事物の固体性と延長性――と絶対空間を否定した。

バークリーは、たとえ個人が知覚しなくても神が知覚するという理由で、事物の存在の連続性を肯定した。ヒュームはいっそう論理的にそれを否定する(『人間性についての論考』I・4・2)。バークリーは個人の独自性を肯定したが、それは「私は私の観念の総体ではなく、何か別なもの、思考し活動するある原理である」からだ(『対話』3)。懐疑論者のヒュームはそれを論駁し、個人を「想像もつかない速さで次々に継起する、様ざまな知覚の束もしくは集合体」(『論考』I・4・6)と措定する。時間は両者ともに肯定している。バークリーにとって、それは「私の心にある観念の連続であって均等に流れ、全てのものがそれに与《あず》かる」(『人間の知識に関する諸原理』九八)。ヒュームにとって、時間は「不可分の瞬間の連続」である(『論考』I・2・2)。

わたしは観念論を弁明する哲学者たちの文章、それも正典的一節をふんだんに引用した。また、くりかえしになっても明晰であるように心がけたし、ショーペンハウアーを批判する結果にもなったが(忘恩の譏《そし》りは免かれない)、いずれももとはと言えば、あの覚束ない知的世界へ読者を徐々に案内しようという老婆心から出たことである。瞬時的印象の世界。物質もなく精神もなく、客観でも主観でもない世界。空間なる理想構造を持たない世界。時間、それも『プリンキピア』*の絶対均質時間からなる世界。疲れを知らない迷宮、混沌、夢――デイヴィッド・ヒュームは最後には、この殆んど完全な崩壊に到達したのだった。

ひとたび観念論の主張を容認するとき、それを越えることは可能である——おそらく避けられない——とわたしは信じる。ヒュームにとって、月の形や色を云々することは妥当ではない。その形、その色がすなわち月なのだから。また、人は心の知覚について語ってはならない、心とは一連の知覚に他ならないからである。デカルトの「私は考える、だから私は存在する」は無効となる。「私は考える」と言うことは、自我を仮定することであるが、これは《先決問題要求の虚偽《ペティティオ・プリンキピイ》》というものである。十八世紀にリヒテンベルク*は、「私は考える」と言う代りに、ちょうど雷が鳴るときや稲妻が光るときに、「それが鳴る」「それが光る」と言うように、非人称的に「それが考える」と言うべきだ、と主張した。わたしはくりかえすが、顔の奥に隠れていて、われわれの行為を支配し、われわれの印象を受けとめる自我というものは存在しない。われわれはそれら架空の行為、それら錯誤せる印象の連続体であるにすぎない。連続？　連続体である精神と物質を否定し、さらには空間をも否定するとき、もう一つの連続体である時間の存在を主張する権利がはたしてわれわれにあるだろうか。いつでもいいが、一つの現時点を設定してみよう。夜のミシシッピ河で、ハックルベリ・フィンが目を覚ます。筏は、薄闇につつまれて、河を下っている。たぶん外気はひんやりとしているだろう。果てることのない静かな水の音にハックルベリ・フィンは気づく。彼はけだるそうに目を開ける。星が幾つもぼんやりと目に映り、木立ちが一列になって朧ろに見える。それからまた、彼は自らを包む暗い水面のように、全てを忘れた眠りのなかに落ちて行く。(1) 観念論哲学は、これらの知覚にさらに物的実体(客体)と霊的実体(主体)を付加することは、危険で無駄な行為であると断言する。わたしに言わせれば、それらの知覚をある順列(終りと同じく、その始まりは杳《よう》として知れない)の項目と見なすことも、同様に非論理的である。ハックが知覚した河と河岸に別の実体的な河と河岸を付加すること、この即時的な知覚の網目に別の知覚を付加すること——これは観念論の立場からは正当とは認められない。わたしに言わせれば、時間的厳密さを付加すること——例えば、これは一八四九年六月七日の夜、四時十分と四時十一分の間に起こったことである、など——も同様に正当とは認められない。すなわち、わたしは観念論の論法を用いて、観念論が容認する厖大な時間の順列を否定しているのである。ヒュームは個物が各々その位置を占める絶対空間の存在を否定した。わたしは全ての事象が相互に関係づけられる一時点の存在を否定する。共存を否定することは連続を否定することに劣らず困難なことである。

多くの場合、わたしは連続性を否定する。多くの場合、わたしはまた同時性も否定する。「あの人のいつに変らぬ真心を思って幸せだったあの時、彼女は私を裏切っていたのだ」と思う恋人は思い違いをしている。われわれが生きている刻々の状態が絶対であるなら、彼の幸福は彼女の裏切りと同時的ではなかった。裏切りの発見はもう一つ別の状態であって、「先行する」諸状態を(その記憶ではないにしても)修正することはできない。今日の不幸は昨日の幸福以上に現実的ではないのだ。もっと具体的な例を探そう。一八二四年八月初旬、ペルー騎兵隊を指揮したイシドロ・スアレス大尉*はフニンの戦い*で勝利をおさめた。一八二四年八月初旬、ド・クウィンシーは『ヴィルヘルム・マイスターの修業時代』を酷評するエッセイを発表した。これら二つの事件は同時代的ではなかった(今はそうであるが)。両人とも、相手のことなど何も知らないまま亡くなったからである(スアレスはモンテビデオで、ド・クウィンシーはエディンバラで)。全ての瞬間は自律的なものである。復讐も赦免も牢獄も、いや忘却でさえ、不死身の過去を修正することはできない。希望や恐怖もわたしには同じように空しいものであるが、それは両者が未来の出来事、つまり、超微小の現在に他ならないわれわれには決して起こらない出来事に関わっているからだ。わたしの承知しているところでは、現在——心理学者の言う「擬似現在」は、数秒前から一秒の最小部分までの時間を指す。それが宇宙の歴史の長さなのだ。というより、こうした歴史は存在しない。人の一生も、一生における一夜も存在しないのだから。われわれの生きている一瞬一瞬は存在するが、その架空の総和は存在しない。全ての事象の総和である宇宙は、一五九二年から一五九四年の間にシェイクスピアが夢想した馬の数*——一頭、多数？　それとも零だったか——と同じくらいに観念的なものだ。それに、時間が知的な過程であるとしても、無数の人々が、いや別々の二人の人間がそれを共有することがどのようにして可能になるのか？

前節までの議論は、実例を頻繁に引いたため中断も多く、ひどく錯綜した印象を与えかねない。今後はもっと端的な方法をとるつもりだ。さて、くりかえしの多い人生を例にとって考察してみよう。例えばわたしの人生がそうだが。レコレータ墓地の前を通るとき、わたしはいつも思う——ここには父と祖父母と曾祖父母がねむっているし、わたしもいつかはねむるであろう、と。そのあと、それまで同じことを何度も思ったことを憶い出す。家の近くの人気のない通りを夜ひとり歩いているとき、わたしはきまってこう思う——わたしたちにとって夜が心地よいのは、記憶と同じように、退屈な細部を消してしまうからだ。恋人や友人を失って悲しいとき、わたしはいつも思う——人は本当の意味で所有していなかったものしか失くさない。南区のある街角を横断する度に、エレーナよ、わたしはあなたのことを思う。風がユーカリ樹のかぐわしい香りを運んでくる度に、わたしはアドロゲを、少年時代を思う。ヘラクレイトスの断章九十一「あなたは二度同じ川に下りて行かない」を思い出す度に、わたしは彼の弁証法技術に感心する。われわれは第一の意味(「川は同じではない」)をすんなり受け容れたついでに、裏に隠された第二の意味(「私は同じではない」)まで認めさせられ、その意味をさも自分で思いついたような錯覚を懐くのである。ドイツ贔屓《びいき》の人がイディッシュ語を罵倒するのを聞く度に、イディッシュ語は結局、聖霊の御言葉にはほとんど汚されていない、ドイツ語の一方言ではないかとわたしは思う。こうした(それにわたしが明かさないその他の)反復がわたしの人生なのです。言うまでもなく、それらは厳密に同じようにくりかえされる訳ではない。強弱の度合、気温、光、全般的な生理状態には違いがある。しかし、わたしが思うのに、状況による違いも無限という訳ではないのだ。一人の人間(もしくは、お互いに未知ではあるが同じ過程が作用している二人の人間)の心の中に、われわれは二つの同一の瞬間を仮定することができる。この同一性を仮定したあと、われわれは次の問いを問わなくてはならない。この二つの同一の瞬間は同じものではないのか? 同一の項目がくりかえされるということは、時間の順列を崩壊混乱させるに足るものではないのか? 生涯シェイクスピアの一行にとり憑かれたシェイクスピア気狂いは、シェイクスピアその人ではないのか?

右に概説した理論の倫理性については、わたしは今も確信が持てない。そういうものが果たして存在するのかも知らない。《ミシュナ》*「サンヘドリン(議会)」の四章五節は、神の正義にとって一人の人間を殺す者は世界を滅ぼす者である、と宣べている。複数性が存在しないとき、全人類を殺す者もあの原始の孤独なカイン以上に有罪ではないであろうし(これは正統な見方だ)、その殺戮において普遍的ではない。後者は魔術めいた見方と映るかもしれないが、わたしはそう理解している。騒乱の大災害——火事、戦争、流行病——も不幸は一つにすぎないので、それが幻影のように多くの鏡に映っているだけなのだ。バーナード・ショーも同じような判断を示している(『社会主義案内』*八六頁)。「あなたの苦しみが地上における人間の苦しみの最大値である。あなたが飢餓で死ぬとき、あなたはかつてあり、今後あるであろう全ての飢餓を苦しむ。別な一万人の人間があなたと一緒に死んだとしても、あなたが一万倍空腹になる訳ではないし、一万倍長く苦しむ訳でもない。人間の苦しみの総和を思って、そのすさまじさに圧倒されることは意味のないことだ。そうした総和は存在しないのだから。貧困も苦痛も累積することはできない」(C・S・ルイス*『苦痛の問題』七章も参照せよ)。

黄金《きん》は黄金の粒子から、火は火花から、骨は微細な小骨から成るという教義を、ルクレティウスはアナクサゴラスに帰している(『事物の本性について』I・八三〇)。ジョサイア・ロイスは、おそらく聖アウグスティヌスの影響を受けたためであろうが、「時間は時間から成ると考え、「それゆえ、何かが生起する全てのいまは同時に連続体でもある」と言っている(『世界と個人』II・一三九)。この主張は拙論のそれと矛盾するものではない。

言語は全て連続性を持っていて、永遠なるもの、すなわち非時間的な事柄を推論するには効果的な道具ではない。前章の論議に不満をもたれた読者は、むしろ一九二八年の次の一文を可とされるかもしれない。それは本論の初めの方で述べた通り、「死の感覚」と題した物語のことである。

Ⅱ

何日か前の夜、わたしはある経験をした。それをここに記録しておきたい。それは冒険とよぶにはあまりに瞬時的かつ忘我的であり、思想とよぶにはあまりに非理性的で感傷的なたわいもない出来事である。その経験には一つの光景とそれを表わす一つの言葉が関係している。わたしはその言葉を口にしたことはあったが、心から没頭して体験したことはその時まで一度もなかった。以下に、それをもたらした偶有的な時間や場所とともに、上述の経験について記してみることにしよう。

わたしの記憶は次の通りである。その日の午後をわたしはバラカスで過ごしたが、そこはわたしが殆んど訪れることのない場所であり、またそのあとわたしが歩き回った所とは非常に離れているために、その日は何かいつもとは違った感じがした。夜になって何もすることがないし、天気もいいので、夕食後、散歩をし想い出にふけるべく、わたしは外に出た。予め目的地を決めることはしたくなかった。できるだけ行きあたりばったりの道順をとることにしたのである。大通り《アベニーダ》や広い街路を避けるという意識的偏見を除けば、わたしはこの上なく不確かな偶然の招待を受けることにした。けれども、一種の親密な引力に引き寄せられて、思わず足の向く一郭というものがある。わたしはその名前を常に忘れたくはないし、またそこは、わたしの心の中に尊崇の念をよび醒まさずにおかない。それはわたしが住んでいる地区、わたしが幼年時代を送った場所のことではない。いまも謎めいた郊外、言葉の上では完全に掌握しているが現実には未知に等しい辺境、近くにありながら神話的でもある領域なのだ。この領域の街々はわたしには既知の反対、親昵《しんじつ》の裏面であって、地中に埋もれた家の基礎のように、目に見えないわれわれの骨格のように、事実上未知のものである。歩いているうちに、とある街角にやってきた。思考からの爽やかな解放感を味わいながら、わたしは夜気を吸いこんだ。わたしの目前の光景は、もともと複雑ではなかったが、疲労のためわたしには一層単純なものに見えた。類型的であるだけ、非現実になっている。街の両側には低い家が並び、そこから受ける第一印象は貧困のそれであるが、二度目に受ける印象は間違いなく喜びのそれだ。街は極めて貧しく、また非常に好ましいのである。街路に向かって聳えたつような家は一軒もない。無花果の樹が街角にくろぐろと影をおとしている。長く続く壁面よりも高い小さな玄関扉は、夜と同じ無限の物質でできているように思われる。歩道は上手にあって、通りとは断層をなしている。路面は原始の土、未だ征服されざるアメリカの土のままだ。通りの前方、狭くなった道はマルドナード川へ下っているが、そこはすでにパンパの一部である。ぬかるんだ泥んこ道の上の方では、薔薇色をした煉瓦壁が、月影を反映するというよりは自らの光を投射している。やさしさを表現するのに、薔薇色にまさるものはないだろう。

この単純な光景をわたしは立ったまま見ていた。そのときわたしは次のように思ったが、たぶん声に出して呟いたことだろう——「三十年前と全く変っていない……」。それから、その頃に思いを馳せる。よその国ではまだ最近のことかもしれないが、変化の激しいこの国ではもう遥か昔のことだ。たぶん鳥が啼いていて、わたしはその鳥に、その大きさに見合った小さな愛情を覚えたはずだ。この目眩く沈黙のなかで、鳥と同じ超時間的なこおろぎの鳴き声のほかは、たぶん何も聞こえていなかったと思う。「わたしはいま千八百……年代にいる」という思いがすぐに頭に浮かび、やがて、それは一連の近似記号ではなく現実へと深化した。わたしは死者であり、この世界の抽象化された観察者であるような気がした。わたしはまた知識に満たされた漠とした恐怖を感じたが、これこそ形而上学の最高の明晰さというものであろう。その時思ったことであるが、わたしはいわゆる《時間》の川を溯上していたのではない。そうではなく、あの不可思惟の言葉《永遠》の寡黙な、または不在の意味を把握していたのだ。この時の想像を明確に規定することができたのは、後になってからである。

わたしはいまそれを次のように記す。あの同質の事実の純粋表象——晴れた夜、曇りのない壁、忍冬の田舎の香り、原始の土——は何十年も昔のこの一郭の光景と同一であるというだけではない。それは類似性や反復のない完全な同一性なのだ。われわれがこの同一性を直感することができるなら、時間は欺瞞である。見かけ上の過去に属する一時点が見かけ上の現在に属する一時点と無差別であり不可分であるならば、その事実は時間を崩壊せしめるに足るものだ。

このような人間的瞬間の数が無限でないことは明らかだし、基本的な瞬間——肉体的苦痛や肉体的快楽の瞬間、睡りがやってくる瞬間、ある音楽を聴いている瞬間、猛烈な緊張や弛緩の瞬間——は一層非個人的なものだ。わたしが前もって達した結論は次の通りである——永生不滅でないためには、人生はあまりに貧しすぎる。しかしながら、われわれはその貧困の保証さえ手にしえない。それというのも、感覚経験においては容易に論駁しうる時間も、知的には容易に論駁できず、しかも連続の観念は知性の本質とは不可分であるように思われるからだ。このような次第で、わたしに半ば萌《きざ》した真理も情緒の一挿話に終り、あの夜がわたしに惜しむことなく与えた恍惚の一瞬と永遠の暗示は、無定見をさらけ出したまま、このページのなかに封じこめられている。

B

哲学史に記録された数多くの教義のうちで、おそらく観念論は最も古くまた最も広く行なわれているものであろう。これはカーライルの見解である(「ノヴァーリス」一八二九年)。果てしのない観念論者の人口調査にけりをつけようというのではないが、カーライルが挙げている哲学者の仲間に、わたしは次の人々を加えたい。ノリス*、ユダ・アブラバネル*、ジェミストゥス*、プロティノスなどのプラトン主義者(彼らにとっては、原型だけが現実である)。マールブランシュ*、ヨハネス・エックハルト*などの神学者(彼らにとって、神でないものは全て偶有的存在である)。ブラッドリー、ヘーゲル、パルメニデスなどの一元論者(彼らにとって、宇宙は絶対者のための空虚な形容詞である)。観念論は形而上学的不安と同じだけ古い。その最も明敏な弁明者ジョージ・バークリーは十八世紀に活躍した。ショーペンハウアーが主張するように(『意志と表象としての世界』続篇一章)、バークリーの真価が観念論の直観的知覚にあるとは、どう考えても考えられない。そうではなく、彼の真骨頂はこの教義を推論するために彼が創始した論法にあるのだ。バークリーは物質の観念を否定するためにそれらの論法を利用し、ヒュームはそれらを意識に適用した。わたしの目的はそれらを時間に適用することである。わたしはまず最初に、この弁証法が辿った様ざまな過程を簡単に要約しておきたい。

バークリーは物質を否定した。弁えておかねばならないが、このことは彼が色やにおいや味や音や触覚を否定したことを意味しない。彼が否定したのは、外界の構成要素であるそれらの知覚の外に、不可視、不可触の物質とよばれるあるものが存在するという考えなのだ。誰も感じない痛さ、誰にも見えない色、誰もさわらない形の存在を彼は否定したのである。もろもろの知覚に物質なる観念を付加することは、世界に不可思惟な余計な世界を付加することである、と彼は推論する。彼は感覚が織りなす見せかけの世界を信じ、物質世界(たとえばトーランド*が主張するような)は幻影的複写にすぎないと考えた。彼は言う（『人間の知識に関する諸原理』三）――「想像力によって形成されるわれわれの思想、情念、観念が、心なくしてはどれ一つとして存在しないことは誰しも認めるところである。――種々なる感覚、すなわち感官に刻印された観念が、いかように混ぜ合わされ組み合わされるにせよ（つまり、いかなる事物を構成するにせよ）、それらを知覚する心のうち以外には存在しえないことも、私には同様に明白である……。私が書きものをする机を私は存在すると言う、すなわち私はそれを見るし、それにさわる。私が書斎の外に居るときも、私はそれが存在すると言うであろうが、その意味は、もし書斎に居るとしたら私はそれを知覚するであろう、ないしは何か別な精神がそれを知覚しているであろう、ということなのだ。……というのも、知覚とは無関係に、思考しない事物の絶対的存在が主張されるとき、それは私には全く不可解だからである。事物が存在《エッセ》するとは知覚される《ペルキピ》ことである。知覚する心すなわち思考するものの外に、それが存在することは不可能である」。反論を予測して、彼は二十三節のなかで次のように付言する――「例えば森に樹があり、部屋に書物が置かれているが、それらを知覚する者が近くに誰もいないという事態を想像することは、私にも極めて容易な筈であるとあなたは言われる。お答えするがまことにその通りで、そのことに私は些かも困難を覚えない。しかし、私はお尋ねしたい。右の事態は、あなたが書物とよび樹とよぶところのある観念をあなたの心の中で形成し、同時に、それらを知覚するある者の観念の形成を怠ることでなくて、一体何なのでしょうか。あなた自身は、つねにそれらを知覚するか考えるかしているのではないでしょうか。ですから、先の主張は無意味なのです。それはただ、心の中で観念を想像したり形成したりする能力があなたにあることを示しているだけで、思考する事物が心の外に存在すると想定してもよいということを示すものではないのです」。六節で、彼はすでにこう述べていた――「真理のなかには、心の近くにあってあまりに明白であるから、それを理解するには人はただ目をあけさえすればよいというものがある。次の重要な真理もまたそうしたものであろうと私は諒解する。天に蝟集《いしゅう》し地に充満する全てのもの、すなわちこの世界の厖大な輪郭を構成する物体は、心の外には存在しない――それらが存在するとは知覚されるか知られることの謂である。したがって、それらが私によって現実に知覚されるか、私の心もしくは何かある被造物の精神のなかに存在するかのいずれかでないかぎり、それらは全然存在しないか、あるいは永遠なる絶対精神のなかに存在するかのいずれかである」(バークリーの神は、この世界に一貫性を付与することを目的とする遍在的観察者である)。

　わたしがいま説明したバークリーの教義は、これまで様ざまな誤解を受けてきた。ハーバート・スペンサーは次のように推論することによって、彼の教義を論駁したと考える（『心理学の原理』Ⅷ・6）。意識以外に何物も存在しないとすれば、意識は時間においても空間においても無限でなければならない。さて、全ての時間が誰かによって知覚される時間であることを理解するとき、意識が時間において無限であるという考えは正しいが、時間が必然的に無限の世紀を包含しない訳にはいかないと考えるとき、それは誤っている。また、意識が空間において無限であるというのも妥当ではない。バークリーは絶対空間の存在をくりかえし否認しているからである（『人間の知識に関する諸原理』一一六、『サイリス』二六六）。ショーペンハウアーが観念論者にとって世界は大脳現象であると説くとき（『意志と表象としての世界』続篇一章）、彼の犯す誤ちはさらに不可解なものだ。けれども、バークリーはすでに次のように記していた（『ハイラスとフィロナスの対話』Ⅱ）――「……頭脳なるものも、知覚される物でありますから、ただ心の中に存在するだけです。ところで、心の中に在る一つの観念もしくは物から他の全ての観念が生まれる、と考えることを理に適っているとお考えかどうかを私は知りたいと思います。そして、もしそうお考えになるのなら、その最初の観念もしくは頭脳自体の起源を説明していただきたいのです」。ケンタウルス座と同じように、頭脳もたしかに外界の一部を構成している。

バークリーは感覚印象の背後にある事物の存在を否定し、デイヴィッド・ヒュームは変化の知覚の背後にある主体の存在を否定した。前者は物質を否定し、後者は精神を否定する。前者はわれわれが印象の連続にすぎないものに物質なる形而上的観念を付加するのを望まず、後者はわれわれが心的状態の連続にすぎないものに自我なる形而上的観念を付加するのを望まない。バークリーの議論をこのように敷衍することはすこぶる論理に適っていて、アレグザンダー・キャンベル・フレイザー*が指摘しているように、バークリー自らこのことを予見し、デカルト流の《故に我在り》の論法によってその論駁をこころみている。デイヴィッド・ヒュームを先取りして、ハイラスが『対話』の最終第三巻のなかで次のように述べているのである——「あなたの言われる原理が有効ならば、《あなた》はそれを支持すべき実体を欠いた、浮動する観念の体系にすぎない。そして、物質的実体と同様に、精神的実体にも意味はないのですから、前者と同じように後者も否定されて然るべきです」。ヒュームがこの考えを確証する——「われわれは想像もつかない速さで次々に継起する、様ざまな知覚の束もしくは集合体にすぎない。……心は様ざまな知覚が次々に登場する劇場のようなものだ。それらは様ざまな状況の下で現われ、消え、戻り、交わる。……劇場の譬えに惑わされてはいけない。心を構成しているものは連続した知覚にすぎない、ということなのである。こうした光景が出現する場所、またそれを形成する材料については、われわれには何もわかっていない」

(『人間性についての論考』I・4・6)。

観念論の主張を一旦認めてしまえば、それを越えることは可能である――おそらく避けられない――とわたしは信じる。バークリーにとって、時間は「均質に流れ、全てのものがそれに与かる……観念の連続」であり(『人間の知識に関する諸原理』九八)、ヒュームにとっては「不可分の瞬間の連続」である(『人間性についての論考』I・2・3)。けれども、連続体である物質と精神を否定し、さらには空間をも否定してしまった以上、もう一つの連続体である時間の存在を主張する権利がはたしてわれわれにあるだろうか。個々の知覚(事実上または臆測上)の他に、物質なるものは存在しない。個々の心的状態の他に、精神なるものも存在しない。時間もまた、個々の現在の一瞬の他には存在しないであろう。ここで、最高に単純な一瞬、荘子の夢の瞬間を例にとってみよう(ハーバート・アレン・ジャイルズ『荘子』一八八九年)。約二十四世紀昔、荘子は蝶になった夢を見たが、目醒めて後、自分が人間で蝶の夢を見たのか、本当は蝶でいま人間の夢を見ているにすぎないのか――そのいずれであるのか確信がもてなかった。目醒めのことはいま除外して、夢の瞬間、正確には一つの瞬間を考えてみよう。「わたしは蝶になって空中を飛んでいる夢を見たが、荘子のことは何も憶えていなかった」、と古いテクストには記されている。飛んでいるらしいと思った時、荘子が庭園を見たかどうか、また疑いもなく彼の姿である黄色い動く三角形を見たかどうか、われわれにはついにわからないだろう。わかっていることは、この蝶の姿が記憶によって創られた主観的なものだということだ。心身平行論*の所説に従えば、蝶の像は夢想者の神経系における何らかの変化と照応していたであろう。バークリーによれば、あの瞬間、神の心における知覚として以外、荘子の肉体も彼が夢を見た真暗な寝室も存在しなかった。ヒュームはこの出来事をさらに単純化する。彼によれば、あの瞬間、荘子の精神は存在しなかった。存在していたのは夢の色と彼が蝶であったことの確実さだけである。彼は紀元前およそ四世紀に荘子の心であったところの、「様ざまな知覚の束もしくは集合体」の瞬時的な項として存在した。彼は無限の時間数列の、n－1とn＋1にはさまれた項nとして存在したのだ。観念論にとって、現実とは知的過程の謂《いい》である。知覚された蝶に客観的な蝶を付加することは、虚しい重複であるように思われる。知的過程に自我なる観念を付加することも同じように余計なことだ。観念論は夢想や知覚があったことは認めるが、夢想者や夢そのものは認めない。また、客体や主体を云々することは不純な神話への傾斜であると考える。さて、個々の精神状態が自己完結的であり、それをそれが生起した状況や自我と結びつけることが不当で空虚な付けたしであるとしたら、後でそれに時間の一点を付与する権利がわれわれにあるだろうか。荘子は蝶になった夢を見、夢を見ている間彼は荘子ではなく蝶であった。空間と自我を廃棄したいま、われわれはこれらの瞬間を目醒めの瞬間や中国封建時代と結びつけることはできないだろう。ということは、荘子が夢を見た日時を、近似的にもせよ確定できないという意味ではない。地上のいかなる出来事であれ、ある事件の日時を決定することはその事件には無縁の外的な事柄であるということなのだ。荘子の夢は中国ではよく知られている。そのほとんど無限とも言うべき読者の一人が、蝶になり次には荘子になった夢を見たとしよう。全く不可能とは言えないことであるが、この夢が細部にわたって師の夢に完全に生き写しであったとする。この同一性を仮定したら、われわれは次の問いを問わねばならない。互いに符合する二組の瞬間——これらは全く同じものではないのか？　ただの一度でもある項がくりかえされるとしたら、それは世界の歴史を破滅混乱させ、そのような歴史が存在しないことをわれわれに教えるに足るものではないのか？

時間を否定することは、実際には二つの否定を意味する。すなわち、順列の項の連続性の否定と二つの順列における項の同時性の否定である。実際、個々の項が絶対的であるとすれば、項相互の関係はそうした関係が存在するという意識に還元される。ある状態は、先行することが知られていれば、別の状態に先行する。状態Gは、同時的であることが知られていれば、状態Hと同時的である。ショーペンハウアーが基本的真理の一覧表のなかで公言したにもかかわらず(『意志と表象としての世界』続篇四章[2])、時間の個々の断片が全空間を同時的に占拠することはない。時間は遍在的ではない。(言うまでもなく、議論のこの段階では、もはや空間は存在しない。)

　諒解作用に関する理論のなかで、マイノンク*は架空の事物を対象とした場合の諒解を容認している——例えば、第四次元とか、コンディヤックの有感石像*とか、ロッツェの仮説動物*とか-1の平方根とか。わたしが先に示した理由が妥当であるとすれば、物質、自我、外的世界、世界の歴史、われわれの人生などもまた、この不透明な領域に属していることになる。

　さらに、「時間の否定」という言葉は曖昧である。それはプラトンやボエティウスの永遠を意味することがありうるし、セクストゥス・エンピリクスの両刀論法《ディレンマ》を意味することさえあるだろう。後者は既にあった過去と未だあらざる未来をともに否定し、現在は分割可能、分割不可能のいずれかであると主張する(『教師たちへの駁論《アドヴェルスス・マテマティコス》』XI・一九七)。現在は分割不可能ではない——もしそうであるとすれば、現在にはそれを過去につなげる始まりも、未来につなげる終りもなく、さらには、始まりもなく終りもないものに中間はありえないのだから、それには中間すらないことになるからである。現在は分割可能でもない——もしそうであるとすれば、現在はすでにあった部分と未だあらざる部分とからなっているであろうから。故《エルゴ》に、現在は存在せず、過去も未来も存在しないのだから、時間は存在しない。F・H・ブラッドリーはこの難問を再発見し改訂して、次のように言う(『仮象と現実』Ⅳ)——今が多くの今に分割できるならば、それは時間に劣らず複雑である。今が分割できないものならば、時間は非時間的事物の間の単なる関係にすぎない。お分かりのように、これらの議論は全体を否定するために部分を否定している。わたしは一つ一つの部分を称揚するために全体を排斥する。バークリーとヒュームの弁証法を経由して、わたしはショーペンハウアーの次の主張に到達した——「意志が顕現する形式はもっぱら現在であって、過去や未来ではない。後者は充足理由の原理に従って、ただ観念と意識の連結において存在するだけである。誰も過去に生きたことはなく、また誰も未来に生きることはないだろう。現在こそ全ての生の形式でありその確かな所有であって、いかなる災難もそれを剝奪することはないだろう。……時間は永遠に回転しつづける輪に似ている。下降する半円が過去で、上昇する半円が未来だ。両者のいずれにも分かつことのできない、接線が接している最上部の一点こそまさに現在なのである。延長をもたないこの一点は接線のように不動であり、時間を形式とする客体と形式をもたない主体との接点でもあるが、主体が形式をもたないのは、それが認識の前提条件であって、可知の領域に属するものではないからである」(『意志と表象としての世界』正篇五四章)。五世紀の仏典『ヴィスッディマッガ(清浄道論)*』は、ショーペンハウアーと同じ教義を同じ比喩を用いて例証している――「生きものの寿命は極めて短かく、厳密に言うと、一つの思考が継続する間しか続かない。車の車輪が回転するとき、地面にふれるのがただ一箇処であるのと全く同じように、生きものの生命も一つの思考が継続する間しか続かない」(ラダクリシュナン『インド哲学』I・三七三)。世界は一日に六五億回、消滅と再生をくりかえす。また人間は誰も幻影であって、瞬間的で孤独な人間の目眩くような連続から成りたっている――別な仏典はそのように述べている。「過去の一瞬の人間はすでに生きた。」『清浄道論』は言う、「彼はいま生きてはいないし、将来も生きないだろう。未来の一瞬の人間は将来生きるだろう。彼は過去に生きていなかったし、いま生きてもいない。現在の一瞬の人間はいま生きている。彼は過去に生きていなかったし、未来にも生きないだろう」(前掲書I・四〇七)。この言葉をプルタルコスの次の言葉と比較してみよう――「昨日の人間は今日の人間のなかで死に、今日の人間は明日の人間のなかで死ぬ」(「アポロン神殿に刻まれた文字Eをめぐって」一八)。

しかし《アンド・イェット》、しかし《アンド・イェット》――時間の連続を否定し、自我を否定し、天文学の宇宙を否定することは、あからさまな絶望とひそやかな慰めである。スウェーデンボリの地獄やチベット神話の地獄と違って、われわれの運命はその非現実性ゆえに恐ろしいのではない。不可逆不変であるがゆえに恐ろしいのだ。時間はわたしを作りなしている材料である。時間はわたしを運び去る川であるが、川はわたしだ。時間はわたしを引き裂く虎であるが、虎はわたしだ。時間はわたしを焼き尽くす火であるが、火はわたしだ。不幸なことに世界は現実であり、不幸なことにわたしはボルヘスである。

プロローグのための脚註

仏教の解説書で『ミリンダ王の問い』に言及しないものは一つとしてない。この作品は二世紀の仏教護教の書であるが、バクトリア王メナンドロスと僧ナーガセーナの問答をあつかっている。後者は言う——王の馬車が車輪でもなく車台でもなく車軸でもなく長柄でもなく軛でもないのと同じように、人間は物質でもなく形相でもなく印象でもなく観念でもなく本能でもなく意識でもない。人間はこれらの部分の組み合わせではなく、それらの外に存在することもない……。数日にわたる長い論争の後、メナンドロス（ミリンダ）は仏教に改宗する。

『ミリンダ王の問い』はリース・デイヴィッズによって英語に翻訳されている（オック

スフォード、一八九〇―九四年)。

Freund, es ist auch genug. Im Fall du mehr willst lesen,
So geh und werde selbst die Schrift und selbst das Wesen.
(友よ、いまはこれだけにしておこう。その先を読みたければ、
君自身が文字になり、君自身が言霊《ことだま》になりたまえ。)

――アンゲルス・ジレージウス『漂泊の天使』(一六七五年)VI・二六三

エピローグ

本書の校正をしているうちに、わたしはこれらの雑多なエッセイに二つの傾向があることを発見した。

第一は、宗教的ないし哲学的観念をその美的価値によって、時には奇異で驚嘆的であるからというので評価しようとする傾向である。これはおそらく、基本的懐疑論を示唆するものであろう。もう一つは、人間の想像力に可能な寓話や比喩は限られているが、これらの数少ない思いつきが使徒パウロと同じように「全ての人のための全てのもの」*となることがあることを仮定する(検証しようとする)傾向である。

この機会を借りて、一箇所誤りを訂正しておきたい。あるエッセイのなかで、神は二冊の書物、すなわち世界と聖書を作ったという思想をわたしはベイコンに帰しているが、ベイコンはスコラ哲学の常套句をくりかえしていたにすぎない。十三世紀の作品である聖ボナヴェントゥラ*の『ブレヴィロキウム』には次のように書かれている――「天地万物は、さながら《三一神》が一つに集められた書物に似ている」。エティエンヌ・ジルソン＊『中世の哲学』四四二、四六四頁を参照せよ。

J・L・B

ブエノスアイレス、一九五二年六月二十五日

原　註

＊〔　〕内は訳者

コウルリッジの花

(1)　わたしは『過去の感覚』を読んでいないが、スティーヴン・スペンダーによるこの作品の見事な分析に眼を通した(『破壊的要素』一〇五—一一〇頁)。ジェイムズはウェルズの友人であったが、二人の関係についてさらに知りたい読者は、後者の浩瀚な『自伝のこころみ』を参照されたい。

(2)　十七世紀の半ばごろ、汎神論的警句詩人アンゲルス・ジレージウスはこう言っている——祝福された者は皆ひとつである(『漂泊の天使』V・七)、また言う——すべてのキリスト教徒は必ずキリストである(前掲書、V・九)。

コウルリッジの夢

(1)　十九世紀の初めまたは十八世紀の終りごろ、「クブラ・カーン」は古典的趣味を持つ読者には、現在以上に奇天烈な作品であった。一八八四年になっても、コウルリッジの最初の伝記作者トレイル〔一八四二—一九〇〇、イギリスのジャーナリスト、著述家〕は、依然次のように記している――「この途方もない夢想詩『クブラ・カーン』は、単に心理学的好奇心の対象となるようなものでしかない。」

(2) ジョン・リヴィングストン・ロウズ〔一八六七―一九四五、アメリカの英文学者〕の、『ザナドウ〔上都〕への道』(一九二七年)三五八頁、五八五頁参照。

時間とJ・W・ダン

(1) この十五世紀の詩のなかに、「三つの大きな車輪」の幻が現われる。停止した第一の車輪は過去、動いている第二の車輪は現在、停止した第三の車輪は未来である。

(2) ダンがこの説を主張する半世紀前、『意志と表象としての世界』に書き加えた手書きの註釈のなかで、第二の時間がショーペンハウアーによって発見されたが、それによると「第一の時間は速く流れたり緩やかに流れることになってばかげているから」この考えは斥けられた。(オットー・ヴァイスの編纂になる同書の歴史的批判版続篇八二九頁に収録されている。)

(3) この言葉は示唆的である。『時間論のこころみ』二十一章のなかで、彼は他の時間と垂直に交錯する時間について述べている。

天地創造とP・H・ゴス

(1) この連想は、宗教詩では普通である。最も熱烈な例は、一六三〇年三月二十三日ジョン・ダン作の宗教詩「病いの床よりわが神に捧げる讃歌」の終りから二つ目の詩連に見られる――

楽園もゴルゴタも、キリストの十字架もアダムの樹も、
同じところにあったと私たちは思っています。
主よご覧下さい、私の中に二人のアダムが見えませんか。
第一のアダムの汗が私の顔をおおうように、
第二のアダムと呼ばれるあの方の血で私の魂を包んでほしい。

(2) ハーバート・スペンサー『事実と註釈』(一九〇二年)一四八―一五一頁を参照せよ。

アメリコ・カストロ博士の警告

(1) これはルイス・ビリャマヨールの隠語辞典『下層民の言葉』(ブエノスアイレス、一九一五年)のなかに収録されている。カストロはこの辞典のことを知らないが、それはおそらく、この辞典に言及しているのがアルトゥーロ・コスタ・アルバレスの重要な著書『アルゼンチンのスペイン語』(ラプラタ、一九二八年)だからであろう。言うまでもないが、‘minushia’〔すけ(情婦)〕‘canushia’〔さつ(警察)〕‘espirajushiar’〔ずらかる〕といったことばを使うものは誰もいない。

アルゼンチン国民の不幸な個人主義

(1) 国家は非個人的なものであるが、アルゼンチン人は個人的な関係によってしかものを考えることができない。それゆえ、公金の横領を彼らは窃盗と考えない。わたしは事実を述べているのであって、それを正当化したり弁解しようとしているのではない。

ケベード

(1) レイエスの発言は正確である(『スペイン文学の諸章』一九三三年、一三三頁)――「ケベードの政治的著作は、政治的価値について新しい解釈を提起するものではない。それらは、今日では、修辞的価値しか有していない……。それらは特定の機会のためのパンフレットか、衒学的美文のいずれかである。意欲的な構成にもかかわらず、『神の政治』は悪しき大臣どもを告発する弾劾の書にすぎない。にもかかわらず、ケベード独得の特徴は、本書の随所に見られる。」

(2) 黒装束の黄泉の魔王が
血の気も失せた亡者の影を
酷薄非情な掟で苦しめると
敷居と戸口は戦きふるえた。
三つの喉を大きく開け
吠えたてていたケルベロスが
清純な神の光を浴びて沈黙すると
亡者たちは突然深い溜息をつく。
足もとでは大地が呻き
天空の眼には見るに耐えない

灰の白髪を戴く荒涼たる山々は
衰え黄ばんだ平原を遮る。
虚妄の王国では亡者の悲嘆
ケルベロスの嗄れた吠え声
両者一つになって静寂と耳を悩ませ
恐怖と苦痛はいや増していく。（『ミューズ第九』）

(3) 労働のために生まれた動物
人間にとっては嫉妬の象徴
ユピテルの仮面となり衣となり
またかつて王侯の手を強ばらせ
その後で執政官が嘆きの声をあげ
いま天国の野で光を反芻する（『ミューズ第二』）

(4) メンデスのあまっ娘がやってきた
わめきちらし　脂汗たらし
ブランコよろしく両肩に
虱をぱらぱら振りまきながら（『ミューズ第五』）

(5) アミンタのバルコニーと格子窓にむかい
このファビオは歌っていた——

彼を忘れたことさえ彼女は憶えてないと
人は彼に言うのだが
（『ミューズ第六』）

ナサニエル・ホーソン

(1) これは一九四九年三月、高等研究院〔ブエノスアイレス〕で行なわれた講演の全文である。

ウォールト・ホイットマン覚書

(1) ヘンリー・サイデル・キャンビー〔一八七八―一九六一、アメリカの批評家〕（『ウォールト・ホイットマン』一九四三年）とヴァイキング社版ホイットマン選集（一九四五年）の編者マーク・ヴァン・ドーレン〔一八九四―一九七二、アメリカの詩人、批評家〕は、この違いをよく認識している。しかし、わたしの知るかぎり、そうであるのは彼ら二人だけだ。

(2) これらの呼びかけの歌は複雑な仕組みになっている。詩人はわれわれの気持を予見するとき感動を覚え、われわれは詩人のその感動に感動する。フレッカー〔一八八四―一九一五、イギリスの詩人、外交官〕の次の詩行を参照せよ。彼は千年後に彼を読むであろう詩人にむかってよびかけている。

おお　まだ生まれない未見で未知の詩人よ、
わがうましきイギリスの言葉を究める君よ、
夜独りになって僕の言葉を読んでくれたまえ。

僕も詩人だった、僕も若者だった。

（3）理性と信念は全く異なったものであるから、ある哲理に対する重要な批判は、通常その哲理を公言した著述のなかに先在している。プラトンは『パルメニデス』において、彼を批判するためにアリストテレスが用いるであろう《第三の人間》（本書中のエッセイ「亀の化身たち」を参照せよ）の議論を先取りしている。バークリー（『対話』三）がヒュームの論駁を先取りしているように。

オスカー・ワイルドについて

（1）ライプニッツの興味深い次の言葉を参照せよ。この命題はアルノー（一六一二―九四、フランスの神学者、ジャンセニスムの大立物）には言語道断なものであったようだ――「個人なる観念は、彼に生起するであろう全ての事件を先験的に含む」。この弁証法的宿命論に従えば、アレクサンドロス大王がバビロニアで死ぬであろうという事実は、傲慢と同じくこの王の属性である、ということになる。

（2）この一文はレイエス（一八八九―一九五九、メキシコの詩人、批評家、学者、外交官。ボルヘスの友人であった）がメキシコの男について言ったものである（『日時計』一五八頁）。

チェスタトンについて

（1）アッタールの思想（「到るところで我れらが見るものはただ汝の顔」）を拡大して、ジャラール・ルーミー〔一二〇七―七三、ペルシアの神秘主義詩人〕は数連からなる詩篇を作った(リュッカート〔一七八八―一八六六、ドイツ・ロマン派の学匠詩人〕の訳がある――『著作集』Ⅳ巻二二二頁)。詩篇は、天と海と夢において、存在するものは一なる神であり、神は四界(地・火・風・水)の馬車を引く四頭の元気のいい動物を一つに合わせたために讃えられる、と述べている。

(2) 探偵小説家に課せられた仕事は、通常、説明不可能なことの説明ではなく、曖昧なことの説明である。

(3) 罪人と栄光の間にたちはだかる幾重もの入口という観念は『ゾハール』〔十四世紀初めに成立したカバラ(ユダヤ教の神秘説)の古典〕に見出される。グラッツァ『時間と永遠のなかで』三〇頁を見よ。またマルティン・ブーバー『ハシディームの物語』九二頁を参照せよ。

初期のウェルズ

(1) 『世界史概説』(一九三一年)のなかで、ウェルズは他の二人の先駆者――フランシス・ベイコンとサモサテのルキアノス――の著作を称讃している。

ジョン・ダンの『ビアタナトス』

(1) 彼が本当に偉大な詩人であったことは次の詩行に例証されているだろう――

僕の手を彷徨わせ、勝手に行かせてくれ

まえ、うしろ、まんなか、うえ、した。

おお僕のアメリカ！　僕の新大陸《ニュー・ファウンド・ランド》……（『エレジー』一九）

(2) ミュティレネのアルカイオス〔紀元前六二〇頃―？　ギリシアの抒情詩人〕が書いた警句的碑銘詩を参照せよ（『ギリシア詞華集』〔紀元前五、六世紀ごろの詩人たちの作品や警句を集めたもの〕Ⅶ・Ⅰ）。

(3) ド・クウィンシー『著作集』八巻三九八頁、カント『単なる理性の限界内における宗教』Ⅱ・二を参照。

パスカル

(1) わたしの記憶している限り、史書に偶像は記されているが、円錐形、立方体、ピラミッド型などの神は記されていない。他方、球体は形が完全で神にぴったりたりする（キケロ『神々の本性について』Ⅱ・一七）。クセノファネスと詩人パルメニデスにとって、神は円球の形をしていた。ある歴史家たちの意見によると、エンペドクレス（断片二八）とメリッソス〔紀元前五世紀半ばごろのエレア派の哲学者〕は神を無限の球体であると想像した。オリゲネス〔一八五頃―二五四頃、キリスト教最初の神学者。キリスト教とプラトンを結合して体系的神学を樹立した〕は、死者は円球の形をとって甦えると考えた。フェヒナー〔一八〇一―一八七。ドイツの哲学者、科学者。汎神論の立場から、世界の現象・物体は心霊物理的であると説く〕は、視覚器管と同じ形をした球体を天使の姿形だと主張した（『天使の比較解剖学』）。

パスカル以前に、高名な汎神論者ジョルダーノ・ブルーノがトリスメギストスのこの意見を物質的宇宙に適用している。

(2)『天国と地獄について』五三五。ベーメ(『接神論における六つの要諦』九、三四)同様、スウェーデンボリにとって、天国と地獄は人間が自由に追求する状態であって、勧信的刑罰的制度ではない。バーナード・ショー『人と超人』三幕も参照のこと。

夢の邂逅

(1) ここまで書いたところで、わたしはフランチェスコ・トッラカの註解のなかで次のような記事を読んだ。さるイタリアの動物寓意譚では、グリフィンは悪魔の象徴と見なされていると言うのである。『エクセター写本』(十世紀末に書写された中世英詩の写本)では、美しい声と心地よい吐息の動物、豹が救世主の象徴になっているが、そのことを付言するのが適切かどうかは分からない。

(2) このような醜怪さは前歌の「美」とは正反対だと言って、異議を唱える人もあるだろう。全くその通りなのだが、これには意味がある……。寓喩《アレゴリー》として言えば、鷲の襲撃は初期キリスト教徒の迫害を表わし、牝狐は異端を、竜は悪魔《サタン》またはマホメットまたは反キリストを、七つの首は大罪(ベンヴェヌート・ダ・イモラ)または秘蹟(ブーティ)を、巨人はフランス王フィリップ四世を、娼婦はキリスト教会を表わす。

ジョン・ウィルキンズの分析言語

（1）　理論上、命数法の数は無限にある。最も複雑なもの（神および天使専用）は、一つの数字に一つの記号が対応するもので、無限数の記号が使われることになるだろう。最も単純なものは二つの記号を要するだけである。「ゼロ」は0、「一」は1、「二」は10、「三」は11、「四」は100、「五」は101、「六」は110、「七」は111、「八」は1000……と表記される。これはライプニッツの創始した命数法であるが、彼は謎めいた『易経』の卦に刺激されたらしい。

カフカとその先駆者たち

（1）　この聖獣がそれと見分けられないこと、また凡愚の手にかかって屈辱ないし非業の死をとげることは中国文学の伝統的主題である。ユング『心理学と錬金術』（チューリッヒ、一九四四年）の最終章を参照せよ。そこには興味深い二枚の図版が載せられている。

（2）　T・S・エリオット『視点』（一九四一年）二五―六頁を見よ。

亀の化身たち

（1）　一世紀後、中国の詭弁家恵子《けいし》（紀元前三七〇頃―三一〇頃。戦国時代の政治家、学者。博学で詭弁に長じた）は、一本を毎日半分に折っていく棒には終りがないと推論している（H・A・ジャイルズ『荘子』一八八九年、四五三頁）。

（2）　『パルメニデス』――全体の調子は紛れもなくゼノン的である――のなかで、プラトンは一が多に他ならぬことを示すため、これと酷似した論法を編み出す。もし一が存在するなら、それは《存在》をもち、それゆえ、一には一と存在の二つの部分がある。しかし、これら二つの部分の各々もまた一と存在をもち、それゆえその各々は二つの部分から成っている。そして、同じ原理は永遠に続くのだから、どの一つの部分もこれら二つの部分を持つ。ラッセル(『数理哲学序説』一九一九年、一三八頁)は、プラトンの等比数列の代りに等差数列を使う。もし一が存在するなら、一は存在をもつ。しかし一と存在は異なるものであるから、二が存在する。しかし存在と二は異なるものであるから、三が存在する、等々。荘子(アーサー・ウェイリー〔イギリスの東洋学者。すぐれた翻訳によって『源氏物語』を初めて西洋に紹介した〕『古代中国における思惟の三つの方法』二五頁)は同じ無限後退《レグレスス》を利用して、森羅万象(宇宙)が一者であると宣言する一元論者たちを論駁する。彼は言う――宇宙の一元性とその一元性の宣言は、すでに二者である。その二者と二元性の宣言はすでに三者である。その三者と三元性の宣言はすでに四者である……。ラッセルは、《存在》(being)なることばの曖昧さを指摘するだけで、こうした推理を無効化するに足るという考えを述べている。彼はまた数はたんに論理の虚構であって実在しない、とも言っている。

(3) 今では消えてしまったこの証明の残響が、『天国篇』冒頭の一行のなかに聴きとれる――La gloria di Colui che tutto move(万物を動かすものの栄光)。

(4) ウィリアム・ジェイムズの解説による(『多元的宇宙』一九〇九年、五五―六〇頁)。ウエンチャー〔一八六二―一九四二、ドイツの哲学者、倫理学者〕『フェヒナーとロッツェ』(一九二四年)一六六―一七二頁を参照。

書物崇拝について

(1) 句読点がないうえに、単語の分かち書きも行なわれていなかったので、意味をよりよく理解するために音読することが、また写本の不足による不便を緩和ないし克服するために、何人かで一緒に読むことが当時の慣わしであったと註解者たちは述べている。サモサテのルキアノスが書いた対話篇『本を買う無学者』には、二世紀におけるこの習慣の証言が含まれている。

(2) 宇宙を一冊の書物と見る考えは、ガリレオの著作にも多く見られる。ファヴァロのガリレオ選集(『ガリレオ・ガリレイ――その思想、金言、名句』フィレンツェ、一九四九年)第二部は《自然の書》と題されている。同書から以下に次の一節を引いておく――「われわれの眼前に常に開かれてある、あの厖大な書物(私は宇宙のことを言っている)のなかに、哲学が記されている。しかし、それを書くのに使われた言語を研究し文字を知らなければ、その書物を理解することはできない。その書物の言語とは数学であり、文字は三角形や円やその他の幾何学的図形である」。

キーツの小夜鳴鳥

(1) 彼ら五人に天才詩人ウィリアム・バトラー・イェイツの名を付け加えておかねばならない。「ビザンティウムへの船出」の第一連で、彼は故意にか無意識にか「小夜鳴鳥に寄せるオード」を下敷きにして、鳥のことを「あれら死にゆく者たち」と言っている。T・R・ヘン『孤塔』(一九五〇年)二一一頁を見よ。

謎の鏡

（1） 無限知性とは何か、と読者は問われるであろう。全ての神学者がそれを定義している。わたしは一例を挙げて答えに代えたい。生まれおちた時から死の時に至るまで、一人の人間の足跡は時間の中で不可思議な模様を描く。人間の知性が三角形を認知するように、神の知性はこの図形を直ちに認知する。この図形は宇宙の摂理において、(たぶん)定められた機能を果たしている。

ウィリアム・ベックフォードの『ヴァセック』について

（1） いま述べたとおり、文学であって秘教学の分野ではない。後者ではスウェーデンボリの選択的地獄があり(『天国と地獄について』五四五、五五四)、これの方が業火宮よりも古い。

有人から無人へ

（1） 仏教においても同じ描写がくりかえされている。初期の経典によると、仏陀は無花果の木の下で、宇宙における全ての因果の無限の連鎖と、全生物の過去および未来における輪廻を直感によって知覚した。数世紀後に編纂された後期の経典の教えるところでは、何ものも現実ではなく、全ての認識は偽りである。経典はさらに言う――ガンジス河にある砂粒に等しい数のガンジス河とこの新しく出来た無数のガンジス河にある砂粒に等しいガンジス河をよせ集めても、そこにある砂粒の数は仏陀の知らない事がらの数ほどに多くはないだろう。

伝説の諸型

(1)　われわれにとって、この夢は醜悪以外の何物でもないが、インド人にとってはそうではない。象は家畜であり、柔和の象徴である。神の万能性を示唆するために、多くの手と顔を持つ仏像を造りだした宗教芸術を見馴れている人にとって、牙の数の増加は不快なことではない。また六は特別な数ではない。〔輪廻は六通り、仏陀以前の「覚者《ブッダ》」は六人、天頂と地底を入れると方位は六点、バラモン教では六体《ヤジュル・ヴェーダ〔ヴェーダのうち、祭詞を集めたもの〕はそれをブラフマン〔梵〕〔バラモン教における世界の根本原理〕の六つの入口とよぶ》である。〕

(2)　チベット人に転輪蔵を発明させたのは、この比喩なのかもしれない。これは車輪型もしくは円筒型の回転礼拝器で、魔法の言葉が記された細長い巻紙がそのなかに蔵《しま》いこまれている。手動のものの他、水力や風力で回される大型の車輪がある。

(3)　リース・デイヴィッズ〔一八四三―一九二二、イギリスのインド学者。パーリ聖典協会を設立して仏教研究に多大の貢献をした〕はビュルヌフ〔一八〇一―五二、フランスの東洋学者。西洋における仏教研究の基礎を築いた。『インド仏教史序説』など〕が導入したこの用語を禁じているが、わたしがそれに代えて面妖な「大踏」または「大乗」なる用語を使っていたら、読者の首を捻らせることは必至であったろう。

バーナード・ショーに関する(に向けての)覚書

(1)『アエネイス』を模倣したと思われる詩行によって判断すれば、ミルトンとダンテは先の言葉をこのように解釈している。暗い所を表わすのに、『神曲』(『地獄篇』第一歌六〇行、第五歌二八行)には'd'ogni luce muto'(「全ての光が沈黙した(ところ)」)や'dove il sol tace'(「太陽がもの言わぬところ」)といった表現があり、またミルトンの『闘士サムソン』(八六―八九行)には次のような詩行がある――

The Sun to me is dark
And silent as the Moon
When she deserts the night
Hid in her vacant interlunar cave.

日はわたくしには
沈黙して暗い
夜を捨てて虚ろな
新月の洞に隠れる月のように

E・M・W・ティルヤード『ミルトンの背景』一〇一頁を参照せよ。

(2)またスウェーデンボリにも。『人と超人』には、地獄は刑罰的制度ではなく、善人たちが天国を求めるように、罪を犯した死者たちが親近感を懐き、好んで求める状態である、と書かれている。一七五八年に刊行されたスウェーデンボリの論文『天国と地獄について』も、同じ理論を述べている。

(1) カーライル(『ノルウェイ初代の王たち』XI)は、「六フィートの英国の土地」に「墓として」をつけ加えるとき、不適切な補足で表現の簡潔を損なっている。

新時間否認論

(1) 読者の便宜を考えて、わたしは眠りの間の瞬時を選んだ。それも文学的な一瞬であって、歴史的なものではない。それを誤りと考えられる読者は、別な例、お望みならご自身の生涯における一瞬とさしかえていただきたい。

(2) 既にニュートンによって断言されている――「空間を構成する個々の断片は永遠であり、時間を構成する個々の不可分の瞬間は遍在的である」(『プリンキピア』Ⅲ・四二)。

訳　註

城壁と書物

*ポウプ（一六八八―一七四四）　古典主義時代の英国詩壇を代表する詩人。『愚者列伝』は文壇における彼の敵を槍玉にあげた諷刺詩。

*……追放した　始皇帝の母（太后）は、もとは豪商呂不韋《りょふい》の妾であった。呂が皇帝を補佐する相国の位に就いた後も両者の関係が続いたうえ、太后は家臣とも私通して子をもうけた。

*宮殿　紀元前二一二年、始皇帝が渭水《いすい》の南に築かせた阿房宮のこと。

*ハーバート・アレン・ジャイルズ（一八四五―一九三五）　イギリスの東洋学者。『中国文学史』など。

*ベネデット・クローチェ（一八六六―一九五二）　イタリアの哲学者、歴史家。著書に『美学』（一九〇一年）などの著作がある。

*……と書いている　一八七七年十月「隔週評論」に掲載された論文「ジョルジオーネ派」のなかで。このエッセイは後に著書『ルネサンス』第三版（一八八八年）に収録された。

*幸福の諸状態　本書末尾のエッセイ「新時間否認論」（三〇三―四頁）を参照。

パスカルの球体

***クセノファネス**　紀元前六世紀後半の吟遊詩人。またエレア学派の祖。叙事詩「コロフォンの建設」など。

***『ティマイオス』**　宇宙の発生と構造を論じた、プラトン晩年の著作。

***オロフ・ギゴン**（一九一二―?）　スイスの哲学史家。ベルン大学教授。

***パルメニデス**　紀元前五世紀頃の哲学者。エレア学派の開祖。哲学詩「自然について」など。《有》とは彼の説く実体で、唯一・不変不動・不生不滅がその属性である。

***カロジェロとモンドルフォ**　前者は一九〇四年、後者は一八七七年生まれの、イタリアの哲学者・哲学史家。後者は一九五八年アルゼンチンに帰化した。

***アルベルテルリ**　未詳。

***ヘルメス・トリスメギストス**　グノーシス派がエジプト神トートに与えた名。『ヘルメス文書集』の著者とされる。

***クレメンス**（一五〇頃―二一五頃）　アレクサンドリア生まれの教会著述家。

***ヤンブリコス**　四世紀前半にシリアで活躍した、新プラトン派の哲学者。

***《ヘルメティカ》**　三世紀にエジプトで書かれたギリシア語の哲学宗教文書『ヘルメス文書集』に様ざまな断片がつけ加わって成立した。後出『アスクレピウス』は、そのラテン語部分訳である。

***『薔薇物語』**　十三世紀頃にフランスで書かれた寓意物語。思想と方法を異にする二人の作者の手

になる。

*『三重の鏡』 十三世紀のフランス人ドミニコ会士、ボーヴェのヴァンサンが編纂した。

*ジョルダーノ・ブルーノ(一五四八―一六〇〇) イタリアの哲学者。教会の迫害を受け各国を放浪。最後は異端者として火刑に処された。『聖灰日の晩餐』は、一五八三年英国滞在中に書かれ、英国社会の批判とコペルニクスの新理論が述べられている。

*カンパネルラ(一五六八―一六三九) イタリアの革新的思想家。共産主義的ユートピアを描いた『太陽の国』(一六二三)などの著作がある。

*『世界の解剖』 詩人ジョン・ダンが、パトロンであるサー・ロバート・ドルアリの娘の一周忌と二周忌に書いた記念詩。死の瞑想と天上の栄光が詠われている。一六一一年刊。

*グランヴィル(一六三六―八〇) 英国の聖職者、哲学者。

*ロバート・サウス(一六三四―一七一六) 英国の神学者、宮廷付説教者。

*六歩格詩 一行に六詩脚を有する詩型。古典古代の叙事詩は多くこの詩型で書かれた。言及されているのは、自然と歴史を唯物論的世界観に立って説いた哲学詩『事物の本性について』。

コウルリッジの花

*『サイムンドル・エッダ』 韻文で書かれた、いわゆる古エッダ。十七世紀にアイスランドで発見された。

*「ノースモア卿夫妻の転落」 復讐をテーマにしたヘンリー・ジェイムズの短篇。『やさしい面』

(一九〇〇年)に収録されている。

***ジョージ・ムア**(一八五二―一九三三)　アイルランド出身の英国詩人、小説家。象徴派詩人として出発したが、後にゾラの影響を受けて自然主義的小説に転じた。

***ベン・ジョンソン**(一五七二―一六三七)　イギリスの劇作家。英国演劇に気質喜劇の伝統を確立した。言及されているのは感想録『森または発見』(一六四〇年)。

***クウィンティリアヌス**(三五―九六)　ローマの弁論家。代表作に『弁論術教程』十二巻がある。

***ユストゥス・リプシウス**(一五四七―一六〇六)　ベルギーの古典学者。ライデン大学教授。

***ビベース**(一四九二―一五四〇)　スペインのヒューマニスト。エラスムスの友人で、ルーヴァン大学教授をつとめた。

***スカリジェ父子**　父ユリウス・カエサル(一四八四―一五五八)はイタリア出身のラテン文法、哲学者。子ヨセフ・ユストゥス(一五四〇―一六〇九)はフランスの年代学者。

***ヨハネス・ベッヒャー**(一八九一―一九五八)　ドイツ表現主義を代表する詩人。後に共産党に加わり、プロレタリア文学に転じた。

***ラファエル・カンシノス＝アセンス**(一八八三―一九六四)　前衛詩運動ウルトライスモを主導したスペインの文学者。ボルヘスは若い頃マドリードで彼に会い、この型破りの情熱的詩人に魅せられた。

コウルリッジの夢

＊パーチャス（一五七五？―一六二六）　イギリスの聖職者。航海記編集者ハクルートの助手をつとめたほか、自らも航海探険記を編纂した。
＊この比喩　「蛇性の婬」（上田秋成）のキーツ版「レイミア」第Ⅱ部二三七行。
＊スウィンバーン（一八三七―一九〇九）　イギリスの詩人、文芸評論家。
＊ハヴロック・エリス（一八五九―一九三九）　イギリスの生理学者、性心理研究家。
＊ジュゼッペ・タルティーニ（一六九二―一七七〇）　イタリアの音楽家。
＊「夢の断章」　一八八八年発表のエッセイ。
＊「オラーラ」　スペイン山中の荒涼館を舞台に呪われた貴族の最期を描いた短篇。短篇集『メリー・メン岩』（一八八七年）に収録。
＊ビード尊師（六七三？―七三五）　イギリスの修道士、学者。『イギリス国民教会史』はラテン語で書かれ、当時の英国事情を知る貴重な資料。
＊ラシード・ウッディーン（一二四七―一三一八）　ペルシアの医者、政治家、歴史家。『世界総合史』二巻はペルシア語で書かれた蒙古族の歴史。
＊ジェルビヨン師（一六五四―一七〇七）　一六八七年から亡くなるまで、中国で布教に従事した。
＊《永遠の客体》　ホワイトヘッドの用語で、生成消滅する現象界の背後にある、いわば超時空的可能的実体をさす。プラトンのイデアにあたるものか。

＊ジョン・ウィリアム・ダン（一八七五―一九四九）　英国陸軍大尉。一九〇〇年頃から飛行機の研究に取組み、一九〇六―七年、英国最初の軍用機を設計・製作した。著書としては、蚊針による釣魚法の研究や児童ものの他、四冊の時間論があり、それらによって「系列時間論」（シーリアリズム）を展開した（*An Experiment with Time*, 1927; *The Serial Universe*, 1934; *The New Immortality*, 1934; *Nothing Dies*, 1940）。

＊……基本的通史を公にした　本書に収録されているエッセイ「亀の化身たち」を指す。

＊パウル・ドイッセン（一八四五―一九一九）　ドイツのインド哲学者。ショーペンハウアーの弟子。

＊ヘルバルト（一七七六―一八四一）　ドイツの哲学者。哲学を「概念の修正」と捉え、経験的概念に含まれる矛盾を除去することで不変の実在に到達すべきことを説く。

＊グスタヴ・スピラー　未詳。

＊フアン・デ・メーナ（一四一一―五六）　スペインの詩人。ファン二世に仕えて史官をつとめた。『フォルトゥーナ（運命の女神）の迷宮』はダンテ風のアレゴリーで、古人と当代人の優劣を論じたもの。

＊ウスペンスキー（一八七八―一九四七）　ロシア生まれの神秘思想家。ロシア革命後ロンドンに移住、講演と著述に従事した。『第三の機関』は「宇宙的」意識をアリストテレス、ベイコンの道具につぐ第三の道具と捉え、これによって新しい意識界が出現すると説く。

＊ブラッドリー（一八四六―一九二四）　イギリスの哲学者。功利主義や感覚主義に反対して、観念論を説いた。

天地創造とP・H・ゴス

＊フィリップ・ヘンリー・ゴス（一八一〇―八八）　イギリスの動物学者。カナダの捕鯨会社に勤務したり、ロンドン郊外で私塾を経営するかたわら、独学で動物学を学んだ。一時期、大英博物館の嘱託として、西インドで標本の採集に従事した他は、終生著述に専念した。著書『オムファロス』は同時に刊行された『生命』と共に、当時世間を騒がせていた進化論論争に、敬虔なキリスト者としての立場から応答したものである。

＊サー・トマス・ブラウン（一六〇五―八二）　イギリスの医師、文人。代表作『医師の宗教』は、一種の信仰告白録である。死生観を述べた『壺葬論』も有名。

＊『黄金伝説《レゲンダ・アウレア》』　ジェノヴァの大司教ウォラギネが十三世紀に編纂した聖人伝。

＊オムファロス　ギリシア語で、臍、中心の意。

＊エドマンド・ゴス（一八四九―一九二八）　イギリスの批評家。フィリップの息子。多くの評伝、批評論集の他に自伝小説『父と子』がある。イプセン等の北欧文学を紹介した。

＊ルイ・オーギュスト・ブランキ（一八〇五―八一）　フランスの革命家、社会思想家。暴力革命による権力奪取とプロレタリア独裁を主張した。

＊ラプラス（一七四九―一八二七）　フランスの数学者、天文学者。自然界は全て厳密な因果に縛ら

れているが、その束縛条件を全て認識計算する仮想の全知者を措定した。

*サー・チャールズ・ライエル（一七九七―一八七五）　イギリスの地質学者。従来の「大変革説」に対して、自然作用の「斉一説」を主張した。

*ルハン　ブエノスアイレス西方にある町。

*グリプトドン　アルマジロの類の鮮新世の巨大な哺乳動物。遺骸が南米などで発見されている。

*チャールズ・キングズリー（一八一九―七五）　イギリスの社会思想家、小説家。

*《タルムード》　ユダヤ人の律法を集大成したもの。

*《創造無源論《クレアチオ・エクス・ニヒロ》》　神による天地創造以前には、神以外のいかなるものも存在しなかったとするキリスト教の教義。

アメリコ・カストロ博士の警告

*アメリコ・カストロ（一八八五―一九七二）　ブラジル生まれの歴史家、文芸批評家。スペイン、中南米で教えた後、最後はハーヴァード大学教授をつとめた。キリスト教徒、モーロ人、ユダヤ人の共存にスペイン文化発展の鍵を見る点に、独得の史眼があると言われている。著書に『イベロアメリカ――その現在と過去』（一九四一年）、『スペインの歴史的現実』（一九五四年）などがある。

*《論点先取《ペティティオ・プリンキピイ》》　証明さるべきことを証明なしに前提として用いる誤り。

*ローゼンベルク博士（一八九三―一九四六）　ドイツの政治家、ナチズムの理論家。言及されてい

るのは『二十世紀の神話』(一九三〇年)。

＊プリニウス(二三―七九) ローマの軍人、政治家、学者。『博物誌』は三十七巻からなる事項別の百科全書。

＊パチェコ……マルファッティ いずれも、アルゼンチンの新聞のコラムニスト。五二頁の記述から判断すると、「ラスト・リーズン」は競馬欄の寄稿者らしい。

＊戯《ざ》れうた (大意)「カフェオレ一杯と菓子パン一つで/あんたはいっぱしの伊達男になって街にやってくる」。仏訳の註によると、これはあるタンゴの歌詞の二個所を合成したもの。

＊ラファエル・サリリャス 未詳。

四行詩 (大意)「あの女のミンチェ[性器]には/毛がないと人は言う/おれは見たぞこの目でな/彼女のあそこはものすごい」。仏訳の註によれば、サリリャスは第一連については右のようなスペイン語訳を挙げているが、第二連については「理解することを放棄している」。

対句詩 (大意)「男はすけの顔を傷つけ/その後さつが怖くてずらかった」。

＊リンチ(一八八五―一九五一) アルゼンチンの小説家。ヨーロッパ文明とラプラタの純朴の対比をテーマにした小説が多い。『骨屋のイギリス人』(一九二四年)などがある。

＊「カロ」 スペインの下層階級の人々が使うジプシー言葉。

＊エルナンデス(一八三四―八六) アルゼンチンの詩人。ガウチョを主人公にした国民的叙事詩『マルティン・フィエロ』(一八七二、七九年)の作者。

＊ポデスタ兄弟 長兄ヘロニモ(一八五一―一九三三)以下、いずれも役者として人気のあった四兄

弟。ポデスタ＝スコット・サーカスを結成した。「ココリチェ」は道化師の芸名であろう。

＊《ベスレ》　いわゆる「さかさ言葉」。ベスレ自体、「逆」を意味する'revés'(レベス)をさかさにしたもの。

＊「カティータ」　アルゼンチンでラジオのトーク・ショーを担当していたタレント。芸名は「いんこ」の意。

＊バルデモーサ　マジョルカ島の山村。

＊オレンセ県　スペインの北西部、ポルトガル国境にある。

＊アストゥリアス語　スペイン北西部の方言。

＊……と言う　どちらも「彼は彼を殺した」の意。lo は対格、le は与格。

＊… histórico　意味は前出の通り『ラプラタ地方の言語的特殊性とその歴史的意味』。

＊ロペス(一八一五―一九〇三)　アルゼンチンの歴史家、小説家。著書に『アルゼンチン共和国史』などがある。

＊リカルド・ロハス(一八八二―一九五七)　アルゼンチンの詩人、文芸批評家。ブエノスアイレス大学教授。アルゼンチン文化の自立を説いた。

＊ハカラ　ならず者の生活をうたうスペインの物語歌。

＊ローサス(一七九三―一八七七)　アルゼンチンの政治家。一八三〇年以降約二十年間、独裁者としてブエノスアイレス州に恐怖政治をしいた。

＊ラミレス(一七八六―一八二一)　アルゼンチン、エントレリオス州のカウディジョ。後に同州の

知事となった。

*アルティガス(一七六四―一八五〇) ウルグアイの将軍。同国の独立に尽力し、建国の父とよばれた。

*グルーサック(一八四八―一九二九) フランス出身で後にアルゼンチンに帰化した歴史家、批評家。

*cachada ラプラタ川地方の方言で「ひやかし」の意。

*tomadura de pelo 「髪の毛をひっぱること」から「ひやかし」の意。

*……要求する 意味は共に「ただで、人の懐をあてにして」。

*acridio 標準スペイン語では「蝗、ばった」を指す。

*カルロス・デ・ラ・プア ルンファルド(俗語)で書く、ブエノスアイレスの詩人。

*「ジャカレ」 アルゼンチンの新聞のコラムニスト。ペンネームは鰐の意。

*taita 「お父ちゃん」にあたる小児語。もとはケチュア族インディオのことば。

*A・アロンソ(一八九六―一九五二) スペインの言語学者、文芸批評家。第二次大戦後ハーヴァード大学教授をつとめた。『言語学研究』二巻などがある。

*P・エンリケス・ウレーニャ(一八八四―一九四六) ドミニカ出身の作家、言語学者。一九二五年以後、ブエノスアイレス大学ラテンアメリカ文学教授をつとめた。『スペイン語圏アメリカの文化史』などがある。

*アスカスビ(一八〇七―七五) アルゼンチンのガウチョ詩人、ジャーナリスト。代表作に長篇物

語詩『サントス・べーガ』(一八五〇―五一年)などがある。

＊デル・カンポ(一八三四―八〇)　アルゼンチンのガウチョ詩人。代表作に『ファウスト』(一八六六年)などがある。

カリエゴ覚書

＊エバリエスト・カリエゴ(一八八三―一九一二)　アルゼンチンの詩人。詩集に『異端のミサ』(一九〇八年)と『場末の唄』(一九一三年、死後出版)があり、そのいずれにも、生まれ育ったブエノスアイレス下町の風物と魂がうたわれている。

＊トレーホ(?―一九一六)　アルゼンチンの劇作家。笑劇(サイネーテ)で人気を博した。

＊ダルタニアンの若殿　後出デュマ(父)の歴史小説『三銃士』(一八四四年)の主人公。

＊デートレフ・フォン・リリエンクロン(一八八四―一九〇九)　ドイツの作家。軍人、役人をつとめるかたわら文筆に従事した。

アルゼンチン国民の不幸な個人主義

＊自らの部下と戦う　ホセ・エルナンデスの歌物語『マルティン・フィエロ』の中の有名な挿話。この挿話を種にして、ボルヘスは「タデオ・イシドロ・クルスの生涯」という短篇を書いている。

＊「跛足のウーフニクたち」　ユダヤ人に広まっていた寓話。彼らウーフニクたちの使命は神にこの世の正しさを明らかにすることだという。ボルヘス『幻獣辞典』にも取上げられている。

＊モレイラ　アルゼンチンの小説家エドゥアルド・グティエレスのガウチョ小説『フアン・モレイラ』(一八七九年)の主人公。

＊《黒い蟻》　ブエノスアイレスに実在した伊達男。エドゥアルド・グティエレスによって小説化され有名になった。

＊セグンド・ソンブラ　アルゼンチンの小説家リカルド・グイラルデスのガウチョ小説『ドン・セグンド・ソンブラ』(一九二六年)の主人公。理想のガウチョとして、語り手によって回想される。

＊『キム』　一九〇一年刊の長篇小説。ラホールの孤児キムはインド各地を放浪したあと、最後は秘密探偵となって活躍する。

＊「橋を架ける人々」　短篇集『一日の仕事』(一八九八年)の巻頭小説。ガンジス河の橋梁建設に従事する英人技師の苦闘を描く。

＊『プーク丘のパック』　一九〇六年刊の短篇集。言及はスコットランド駐屯の古代ローマ軍に材をとった二つの短篇「長城にて」「翼帽子族」。

＊ハーバート・スペンサー(一八二〇―一九〇三)　英国の哲学者。進化論的哲学の樹立者。著書『個人対国家』(一八八四年)のなかで、国家社会は個人に対する干渉をあたうかぎり減ずべきことを説いた。

ケベード

＊王　オイディプスをさす。

＊ゴンゴラ（一五六一―一六二七）　スペイン・ルネサンス期最大の詩人。三六四頁の訳注を参照。

＊レオポルド・ルゴーネス（一八七四―一九三八）　アルゼンチンの代表的詩人、また批評家。詩集に、フランスの象徴派を思わせる『庭園の黄昏』（一九〇五年）など。

＊エドマンド・スペンサー（一五五二？―九九）　英国ルネサンス期最大の詩人。叙事詩『妖精の女王』など。

＊アウレリアーノ・フェルナンデス・ゲーラ　未詳。

＊《宇宙論的証明》　スコラ学者たちが試みた神の存在の証明法で、自然界における因果の系列を溯って、もはやいかなるものの結果でもない第一原因に到達し、これを神とみなす考え方をいう。

＊ディアゴラス　前五世紀後半のギリシアの叙情詩人。無神論者として知られる。

＊プロタゴラス（前四八三？―四一四）　アテナイで活躍したソフィスト。「人間は万物の尺度」なる格言で有名。

＊ビオン（前二九〇頃―？）　快楽説を説いたアテナイの哲学者。**テオドロス**は快楽と識見の調和を説いた前四世紀ごろのギリシアの哲学者。

＊よきサマリア人の譬話　『ルカ伝』十章三十―三十五節。

＊パンと魚の譬話　『マタイ伝』十四章十五―二十一節、『マルコ伝』六章三十五―四十四節など。

＊sequebantur　たとえば『マタイ伝』四章二、二十二節など。

＊『マルコ・ブルート伝』　清廉潔白な人柄と雄弁で知られたローマの政治家マルコ・ブルート（マルクス・ブルートゥス〔ブルータス〕）の伝記。一六四四年刊。

＊ルカヌス(三九―六五) ローマの叙事詩人。共和制末期の内乱を描いた『ファルサリア(内乱賦)』十巻が代表作。

＊『大悪党』 一六〇八年頃に書かれた代表的悪漢小説。正式の題を『放浪児の手本、悪党の鏡、ドン・パブロスと呼ばれる騙りの生涯物語』という。

＊『万人の時』 イングランドを初めとする西欧列国の野望を諷刺したパンフレット。一六四五年刊。

＊ルキアノス(一二〇―一八〇頃) ギリシアの散文作家。架空旅行譚の先駆的作品『本当の話』などを書いている。

＊『スペインのパルナッソス』 友人ゴンサレス・デ・サラスによって、ケベードの死後一六四八年に出版された詩集。一六七〇年、甥のペドロが出版した『最後の三人のミューズ』と合わせて、全九部(九人のミューズ)からなり、収録された詩篇は千を超える。

＊プロペルティウス 紀元前一世紀のローマの詩人。『哀歌』四巻が代表作。

＊ペルシウス(三四―六二) ローマの詩人。六篇の難解な諷刺文を遺している。

＊ユウェナリス(六七頃―一三〇頃) ローマ最高の諷刺詩人。

＊ジョアシャン・デュ・ベレー(一五二二―一六〇) フランスの詩人。ローマ滞在中に故国への郷愁をうたった『哀惜詩集』など。

『ドン・キホーテ』の部分的魔術

＊『ファルサリア』 カエサルとポンペイウスの抗争を描いたルカヌス作の叙事詩。

*『**アマディス**』　十六世紀初めのスペイン騎士物語。ドン・キホーテが読みふけったロマンスの一つ。

***ウナムーノ**（一八六四—一九三六）　スペインの思想家、詩人。『生の悲劇的感情』『ドン・キホーテとサンチョの生涯』など。

***アソリン**（一八七三—一九六七）　スペインの作家。『田舎の町々』『ドン・キホーテの旅路』など。

***アントニオ・マチャード**（一八七五—一九三九）　スペインの詩人。詩集『カスティーリャの野』など。

***獄中の寂寥を慰めてくれた寓話**　セルバンテスは三度入牢の経験があり、『ドン・キホーテ』も牢獄で書き始められたという伝説がある。

***一連の章において**　正篇二十一章、四十四章、四十五章。

*『**ラ・ガラテア**』　処女作の牧歌小説。一五八五年刊。

***床屋**　和尚の誤り。

***モイセス・デ・レオン**（?—一三〇五）　モーセス・ベン・シェム・トーブ・デ・レオンとも。

*『**ゾハール**』　『セフェル・イェツィラー』とならんで、ユダヤ教の神秘思想であるカバラの古典になっている。十四世紀の作。

***ジョサイア・ロイス**（一八五五—一九一六）　アメリカの哲学者。ハーヴァード大学教授をつとめた。

ナサニエル・ホーソン

＊アディソン(一六七二―一七一九)　イギリスの評論家、詩人。
＊エドゥアルド・グティエレス(一八五三―九〇)　アルゼンチンの小説家。代表作はガウチョ小説『ファン・モレイラ』。
＊フェニモア・クーパー(一七八九―一八五一)　アメリカの小説家。反文明の辺境小説で知られる。
＊ワシントン・アーヴィング(一七八三―一八五九)　アメリカの小説家。日本では『スケッチ・ブック』の著者として知られるが、スペインに材をとった短篇集『アルハンブラ物語』などがある。
＊聖書的な名前　ナサニエルは誠実公明なキリストの弟子ナタナエルの英語名。
＊バンダ(一八六七―一九五六)　フランスの思想家。反近代の合理主義を主張した。
＊ピランデルロ(一八六七―一九三六)　イタリアの劇作家、小説家。戯曲『作者を捜す六人の登場人物』など。
＊あの場面　第三巻にある。
＊次のようなところ　第一巻参照。
＊マルカム・カウリー(一八九八―一九八九)　アメリカの詩人、批評家。
＊「地球の大燔祭」　短篇集『古い牧師館の苔』(一八四六年)に収録されている。
＊『パレルガとパラリポメナ』　最後の著作(一八五一年)。表題は(主著に対する)「附録と補遺」の意。
＊アンドルー・ラング(一八四四―一九一二)　イギリスの作家、民俗学者。

＊ラドウィグ・ルーイソン（一八八二―一九五五）　アメリカの小説家、批評家。

＊『大理石の牧神』　イタリアを舞台にした長篇小説。一八六〇年刊。

＊「ヒギンボタム氏の悲惨な最期」　短篇集『トワイス・トウルド・テイルズ』（一八三七年）中の一篇。

＊マーガレット・フラー（一八一〇―五〇）　アメリカの批評家、フェミニスト。

＊エチェベリア（一八〇五―五一）　アルゼンチンの作家、思想家。意味もなく惨殺される若者の死を通して、ローサスの独裁を諷刺した短篇小説「屠殺場」は特に有名。

＊ヴァン・ワイク・ブルックス（一八八六―一九六三）　アメリカの批評家。後出の著書は十九世紀前半のアメリカ文学史。

ウォールト・ホイットマン覚書

＊アポロニオス・ロディオス　紀元前三世紀のギリシアの叙事詩人。言及されているのは叙事詩『アルゴナウティカ』。

＊ルカヌス（三九―六五）　ローマの詩人。言及されているのは叙事詩『内乱賦』（『ファルサリア』とも）。

＊カモンイス（一五二五?―八〇）　ポルトガルの詩人。言及されているのは民族叙事詩『ウス・ルジアダス』。

＊ジョン・ダン（一五七二―一六三一）　イギリスの詩人、宗教家。言及されているのは瞑想詩「魂

の推移について」。

＊フィルダウシ（九四〇頃―一〇二五頃）　ペルシアの詩人。言及されているのはイラン国民の民族叙事詩『王者』。

＊ゴンゴラ（一五六一―一六二七）　スペインの詩人。綺想体ゴンゴリスモの名祖。『孤愁』二篇は理想社会を描いた牧歌的物語詩。

＊カスカーレス（一五六四―一六四二）　スペインの歴史家、文芸批評家。

＊グラシアン（一六〇一―一五八）　スペインの作家、モラリスト。

＊バルビュス（一八七三―一九三五）　フランスの作家。『地獄』（一九〇八年）は壁穴から隣室を覗きみた男が、そこに出現する人間の赤裸な姿に絶望する次第を描く。

＊ラセルズ・アバクロンビ（一八八一―一九三八）　イギリスの詩人、批評家。

＊プラット峡谷　コロラド州にある。

＊『バガヴァッドギーター』　サンスクリット語で書かれた古代インドの宗教哲学詩。〈聖なる神の歌〉を意味し、叙事詩『マハーバーラタ』第六巻に含まれている。

＊アッタール（一一三六―一二三〇）　ペルシア三大神秘主義詩人の一人。言及されているのは寓意詩『鳥の言葉』。

＊ヴォルネー（一七五七―一八二〇）　伯爵。フランスの学者、思想家。

＊転身を予言して　ホラティウス『歌集』第三巻三十番。

＊大理石の像も……　シェイクスピア『ソネット集』五十五番。

エドワード・フィッツジェラルドの謎

＊《**麻薬団**《ハシッシン》》　あらゆる敵を暗殺で倒すというイスラム教の過激派。王侯貴族や十字軍将兵をさかんに暗殺して内外に恐れられた。十一世紀末から一世紀半、強盛を誇る。社名は暗殺にかかる前に彼らが亢奮剤ハシッシュを服用したことから。

＊**アルプ・アルスラーン**　セルジュク朝のスルタン。在位一〇六三―七二年。

＊《**清純兄弟会**》　九七〇年ごろバスラに生まれた秘密の宗教的政治結社。その思想には新プラトン派の影響が認められる。

＊**アル・ファーラビー**(八七〇頃―九五〇)　アラビア哲学の体系を樹立した一人。

＊**アヴィケンナ**(九八〇―一〇三七)　アラビア名イブン・シーナ。アヴェロエスとならんで中世最大の哲学者。

＊**ローペやカルデロン**　ともに十七世紀スペインの詩人、劇作家。

＊「**一と多**」　五世紀のネオ・プラトニスト、プロクロスにこの題の論文がある。

＊**……敗れている**　これは全て一〇六六年の出来事。ノルウェー王はハラル三世、サクソン人の王とはイングランド王ハロルド二世、ノルマンディ公爵はギョーム(後にイングランド王ウィリアム一世)。オマルの没年は一一二三年。

＊『**ユーフレイナ**』　英国ケンブリッジを背景にした教育論、一八五一年刊。

＊『**鳥の言葉**』　十三世紀のペルシア詩人アッタールの作。

＊イサーク・ルリア（一五三四—七二）　スペイン生まれのユダヤ・カバラ学者。天地創造と贖罪について接神論的教義を唱えた。

オスカー・ワイルドについて

＊ヒュー・ヴィアカー　作品に作者の意図を探る空しさを描いたヘンリー・ジェイムズの短篇「絨毯の下絵」の主人公。

＊レベッカ・ウェスト（一八九二—一九八三）　イギリスの小説家、批評家。H・G・ウェルズの愛人でもあった。

＊シュオッブ（一八六七—一九〇五）　フランスの作家。『架空の伝記』（一八九六年）など。

＊ライオネル・ジョンソン（一八六七—一九〇二）　イギリスの詩人、批評家。

＊……さらにない　ライオネル・ジョンソン「夢の教会」八行。

＊『彷徨える宮殿』　フランスの象徴派詩人ギュスタヴ・カーンの作品。一八八七年刊。

＊『庭園の黄昏』　アルゼンチンの詩人レオポルド・ルゴーネスの作品。一九〇五年刊。

＊ピソー〔複数形〕　ピソー夫妻？　キケロに関係するこの名前の人物として、愛娘の婿やキケロの暗殺を企てた政敵などがいる。

＊レズリー・スティーヴン（一八三二—一九〇四）　イギリスの文学者、哲学者。『十八世紀イギリス思想史』など。作家ヴァージニア・ウルフは末娘。

＊セインツベリ（一八四五—一九三三）　イギリスの文学史家、批評家。

＊ライムンドゥス・ルルス（一二三五？―一三一六）　スペインの修道士、哲学神学者。基本概念の機械的組み合わせによって真理を発見しようとする《ルルスの術》で知られる。

＊レオン・ブロワ（一八四六―一九一七）　フランスの作家。熱烈なカトリック信者。本書中のエッセイ「謎の鏡」を参照。

＊モレアス（一八五六―一九一〇）　フランスの象徴主義詩人。

チェスタトンについて

＊……難題を課していない　ポウの短篇「群集の人」および「赤死病の仮面」への言及。

＊ラファエロ前派　十九世紀中葉、イギリスの画家ハント、ロセッティらが興した芸術家の結社。ラスキン、モリスらを含む広汎な審美運動に発展した。

＊ユーリズン　ブレイクのいわゆる予言書に登場する老いた巨人。人間の偏狭な理性(リーズン)や道徳を象徴し、サタンの役割を演じることがある。

＊ロスタン（一八六八―一九一八）　フランスの詩人、劇作家。『シラノ・ド・ベルジュラック』の作者。

＊『夢が作り出される材料』　シェイクスピア『あらし』四幕一五六―七行。

＊カフカの著作集の第一巻　『審判』をさす。

初期のウェルズ

＊フランク・ハリス(一八五六―一九三一) アメリカの評論家。雑誌の編集に携わる一方、直接面識のあったワイルド、ショーなどの伝記を書いている。

＊『エクトル・セルヴァダク』 ジュール・ヴェルヌの《驚異の旅》シリーズの一冊。一八七七年刊。

＊ロニー兄弟 十九世紀末に合作で活躍したフランスの兄弟作家。科学空想小説を得意とした。

＊リットン(一八〇三―七三) イギリスの政治家、小説家。代表作『ポンペイ最後の日』など。

＊ロバート・ポールトク(一六九七―一七六七) イギリスの弁護士作家。『ロビンソン・クルーソー』風な小説『ピーター・ウィルキンズ』を書いている。

＊『モロー博士の島』 人間性と宗教に対する諷刺譚(一八九六年刊)。生理学者モローが作りだした「獣人」は宗教や道徳を与えられるが、彼らの内なる獣性はたえずそれらをふり払おうとする。

＊……全てのものである 『コリント前書』九章二十二節に、「我すべての人には凡ての状(さま)に従えり、云々」とある。

＊パーラム氏の夢物語 風刺的政治社会小説『パーラム氏の独裁』一九三〇年。

＊アンセルムス(一〇三三―一一〇九) カンタベリ大司教。スコラ学の父と言われる神学者。

＊《存在論的証明《アルグメントゥム・オントロギクム》》 まず神の概念を呈示してから、神の存在を証明しようとする方法。アンセルムスが最初に試みた。

＊彼は百科全書を作り 『世界史概説』やその姉妹篇『生命の科学』の編纂などを指す。

＊**『ヨブ記』を書き直した**　宗教問題をあつかった対話体の小説『主教の魂』(一九一七年)を指す。

＊**ベロック**(一八七〇―一九五三)　フランス生まれの英国作家。カトリックの擁護に尽力した。

＊**「プラットナー物語」**　一八九七年発表の短篇。

＊**アハシュエロス**　「さまよえるユダヤ人」の名で知られる中世伝説の主人公。刑場へひかれるキリストを侮辱した罪で永遠に流浪しなければならない。

ジョン・ダンの『ビアタナトス』

＊**サー・ロバート・カー**(?―一六四五)　ジェイムズ一世の廷臣、後に伯爵。

＊**父性愛の象徴であるペリカン**　自ら流した血によって雛を養うと言われる。

＊**アンブロシウス**(三三九―三九七)　ローマの司教。西方教会の確立に尽力した。著書『ヘクサメロン』は、六日間の天地創造をめぐる聖書解説。

＊**フェストゥス**　後六二年ユダヤ総督。就任後程なく自殺。

＊**テミストクレス**　古代ギリシアの政治家、将軍。失脚後ペルシアに逃亡。ペルシア王の命によるギリシア反攻を果たし得ず自殺したと伝えられる。

＊**エピクテトス**(五五頃―一三五)　奴隷から身を起こした古代ローマの哲学者。理性が人間の本質であり、内なる心の自由に幸福を求めることを説く。

＊**ヒュー・フォーセット**(一八九五―一九六五)　イギリスの詩人、評論家。ダンを初めとする文学者の伝記で知られる。

＊フランシスコ・デ・ビトリア(一四八〇―一五四六)　宗教改革当時、スペインで再興されたスコラ哲学(サラマンカ学派)の代表者。
＊グレゴリオ・デ・バレンシア(一五四九―一六〇九)　スペイン出身のイエズス会士。
＊ベニート・ペレリオ(一五三五―一六一〇)　スペイン出身のイエズス会士。ローマで神学・聖書釈義学を教えた。
＊『スペインの異端者たち』　メネンデス・イ・ペラーヨ著、一八八〇―八二年刊。
＊決疑論　道徳問題を社会慣行や教会・聖典の律法に照らして解決する法。イエズス会で特に重視された。

パスカル

＊「土塊《つちくれ》の精髄」『ハムレット』二幕二場にあるハムレットの言葉。
＊「コペルニクスの意見《オピニオン》」　ブランシュヴィック版・断章二一八。
＊『アルマゲスト』　後二世紀プトレマイオスが編纂した天文学書。天動説に基づく宇宙体系が述べられている。
＊サー・トマス・ブラウン(一六〇五―八二)　イギリスの医師、文人。三五二頁参照。
＊「人はひとりで死ぬだろう」　ブランシュヴィック版・断章二十一。
＊……に適用するとき　ブランシュヴィック版・断章二三三。
＊七行からなる断章　ブランシュヴィック版・断章四六九。

＊アシン・パラシオス（一八七一―一九四四）　スペインのイスラム学者、マドリード大学教授。
＊アルノビウス　四世紀前半に活躍したラテン教父。『護教論』の著書がある。
＊シルモン（一五五九―一六四三）　フランスの宗教家、イエズス会士。パスカルの論敵。
＊アルガゼル（一〇五八―一一一一）　イスラム世界最高の思想家、神学者。
＊絵を非難した断章　ブランシュヴィック版・断章一三四。
＊小宇宙《ミクロコスモス》の観念　人間を宇宙（＝大宇宙）の縮図として捉える古代ギリシア以来の考え。

夢の邂逅

＊オザナム（一八一三―五三）　フランスの歴史学者、文学者。『ダンテと十三世紀のカトリック哲学』などの著書がある。
＊テオフィル・シュペーリ　未詳。
＊カルロ・ステイネル　未詳。
＊「将軍スキピオも……」『煉獄篇』二十九歌一一五行。
＊「そのことを記した……」『煉獄篇』二十九歌一〇二行。
＊地獄第二圏　肉欲の罪を犯したものが落とされている圏谷。
＊「私から永遠に……」『地獄篇』第五歌一三五行。

ジョン・ウィルキンズの分析言語

＊カール・ルートヴィヒ ボヘミア王フリードリヒ五世と英国王ジェイムズ一世の娘エリザベスの間の長子。

＊英国王立協会《ロイヤル・ソサエティ》 イギリス最古の学術団体。一六四五年創設。

＊P・A・ライト・ヘンダソン 未詳。

＊フリッツ・マウトナー（一八四九―一九二三） ドイツのジャーナリスト、作家。パロディや諷刺に独得の才を発揮した。

＊E・シルヴィア・パンクハースト（一八八二―一九五八） イギリスのフェミニスト。『デルフォス』は「国際語の将来」という副題がふられた人工語擁護論。

＊ランスロット・ホグベン（一八九五―一九七五） イギリスの自然科学者。専門的著作の他に、啓蒙的な科学書を書いている。

＊《ヴォラピュック》 ドイツ・カトリック教の聖職者シュライアーが一八八〇年に考案した国際語。

＊《インテルリングア》 イタリアの数学者・言語学者ペアノが一九〇三年に考案した。ラテン語の語彙と文法を簡略にしたもの。

＊スペイン王立アカデミー スペイン語を改良純化する目的で一七一三年創立。国語辞典（一七二六年以来）、文法（一七七一年以来）、古典のテクストなどを刊行している。

＊ボニファシオ・ソトス・オチャンド 未詳。

＊フランツ・クーン博士（一八一二―八一）　ドイツの言語学者、神話学者。

＊『善知の天楼』　未詳。

カフカとその先駆者たち

＊「恐怖と疑念」　神の予感を主題にした宗教詩。詩集『パッチアロット、その他』の中の一篇。

＊レオン・ブロワ（一八四六―一九一七）　フランスの作家、熱烈なカトリック信者。『絶望した男』（一八八六年）、『ナポレオンの魂』（一九一二年）などがある。

＊ダンセイニ卿（一八七八―一九五七）　アイルランドの軍人、劇作家。短篇物語も書いている。東洋的神秘と恐怖を盛り、幻想と現実をないまぜにするところに特徴がある。

＊『観察』　一九一三年発表の小品集。完成された最初の著作。

亀の化身たち

＊ニコラウス・クザーヌス（一四〇一―六四）　ドイツの哲学者、聖職者。神は《反対の一致》であり、人間は《無知の知》（直観的知性）によってそれを捉えることができると説く。

＊競走場の論証　ある時間の半分はその時間の二倍と等しくなる、という第四の逆説。ただし、次の記述からも分かるように、これはボルヘスの勘違いで、彼が言おうとしているのは《分割の逆説》とよばれる第一の逆説のことであろう。

＊その最初の論駁　アリストテレス『自然学』六巻九章。

＊《第三の人間》の議論　アリストテレス『形而上学』一巻九章、十一巻一章。

＊パトリシオ・デ・アスカラテ（一八〇〇―八六）　スペインの哲学者、哲学史家。

＊アグリッパ（一四八六―一五三五）　ドイツの神秘思想家。魔術による自然支配を唱える。晩年、一切の学問に対して懐疑的態度を示した。

＊セクストゥス・エンピリクス　後二〇〇年頃のアレクサンドリアの医者、懐疑論者。

＊ヘルマン・ロッツェ（一八一七―八一）　ドイツの哲学者。自然科学的実証主義と思弁哲学を調和させようとこころみた。

＊ウィリアム・ジェイムズ（一八四二―一九一〇）　アメリカの哲学者、心理学者。プラグマティズムの創始者。作家ヘンリーの兄。

＊ルヌーヴィエ（一八一五―一九〇三）　フランスのカント主義哲学者。

＊ゲオルク・カントール（一八四五―一九一八）　ドイツの数学者。集合論の創始者として知られる。

＊テオドール・ゴムペルツ（一八三二―一九一二）　オーストリアの古典文献学者、哲学史家。

＊カントの二律背反　相互に矛盾する命題が同等の権利をもって主張されること。世界をわれわれの認識能力から独立した一個の完結体と考えるとき、理性は四対の矛盾命題に直面する、とカントはいう。

書物崇拝について

＊バーナード・ショーのある戯曲　『シーザーとクレオパトラ』をさす。

＊『絨毯』「真の哲学に関する科学的註解」という副題のある神学論文集。個々の論文が絨毯のように織り交ぜられている。

＊ジョージ・セイル（一六九七？—一七三六）イギリスのオリエント学者。『コーラン』の英訳などがある。

＊『セフェル・イェツィラー』『ゾハール』とともに、カバラの二大古典をなす。

＊カリオストロ（一七四三—九五）イタリアはシチリア島生まれの名うての詐欺師。なお、カーライルのエッセイ「カリオストロ伯爵」は一八三三年に書かれた。

キーツの小夜鳴鳥

＊……と書いたことがあった　キーツの詩を出版したテイラー宛ての、一八一八年二月二十七日付けの手紙の中にある言葉。

＊シドニー・コルヴィン（一八四五—一九二七）イギリスの美術史学者。ケンブリッジ大学美術史教授、大英博物館絵画部長を歴任。専門分野以外に、キーツの研究書・伝記、スティーヴンソンの書簡集などの編著がある。

＊ブリッジズ（一八四四—一九三〇）イギリスの詩人。『美の遺言』（一九二九年）など。

＊F・R・リーヴィス（一八九五—一九七八）イギリスの批評家。厳格な倫理的価値によって作品を裁断し、英文学の伝統を措定した。

＊ギャロッド（一八七八—一九六〇）イギリスの文学者。『キーツ』（一九二六年）などの著書がある。

＊エイミー・ローウェル（一八七四—一九二五）　アメリカの詩人。詩集の他に評伝『キーツ』（一九二五年）などの著書がある。

＊学習用辞典　ジョン・レンプリエール著『古典作家人名辞典』。一七八八年以来現在も刊行されており、訳者の手許にも一部ある。

＊『饗宴』　四篇からなる、ダンテの哲学・詩学論。

＊簡潔な公式　この命題はふつう《オッカムの剃刀》とよばれている。

＊《ルイセニョール》……　上から順に、スペイン語、ドイツ語、イタリア語。

＊『エクセター写本』　中世英詩の写本。九七五年頃の書写と言われている。

謎の鏡

＊フィロン　紀元前二五頃—後五〇頃のユダヤ人哲学者。ユダヤ教とギリシア哲学の結合を企てた。

＊マケン（一八六三—一九四七）　イギリスの小説家、エッセイスト。幻想的作品を多く書いている。

＊トーレス・アマト（一七七二—一八四七）　スペインの司教。聖書の翻訳で知られる。

＊シプリアーノ・デ・バレーラ（一五三二？—一六〇二？）　スペインの聖職者。プロテスタントに改宗し英国に渡った。新約聖書やカルヴァンの翻訳がある。

＊『恩知らずの乞食』……　いずれも、分冊刊行された、八巻からなる日記（一八九九—一九一七）の標題。

＊『ナポレオンの魂』　ナポレオンを聖霊になぞらえた評論。一九一二年刊。

＊**アクロスティック**　各行の初め(または中や終り)を縦に読むとある意味が生まれる詩文。わが折句のようなもの。

二冊の本

＊**ゲーリンク**　ナチス最高指導者の一人。元帥。
＊**イーデン**　英国の政治家。前大戦の前後にわたって外相を三度、戦後首相を一度つとめた。
＊**アイアンサイド**　英国陸軍元帥。一九四〇年夏、ヒトラー侵攻に備える国防軍総司令官をつとめた。
＊**南アイルランド**　当時のアイレ国、現在のアイルランド共和国。
＊**サー・サミュエル・ホー**(一八八〇—一九五九)　イギリスの政治家。一九四〇—四四年、スペインを中立化させる使命を帯びて駐西特派大使をつとめた。
＊**わたしは反ユダヤ主義者ではない**　ボルヘスにはポルトガル系ユダヤ人の血が流れている。
＊**『ハドリバーグを堕落させた男』**　一九〇〇年刊の短篇・エッセイ集。表題作は作者晩年の暗い人間観を反映させた短篇物語。
＊**「モニトゥール」**　ナポレオンが発行させた御用新聞。一七九九年創刊。
＊**ケチュアやケランディ**　新大陸発見当時、前者はペルー、後者はラプラタ河右岸の辺境に棲んでいたインディオ。
＊**『ドイツ国民に告げる』**　一八〇七—〇八年の冬、ナポレオン占領下のベルリンで行なわれた公開講演。ドイツ国民を鼓舞した。

＊庶子王ウィリアム　英国王ウィリアム一世のこと。ノルマンディ公ロベールの庶子として生まれた。

＊ノックス（一五〇五？―七二）　スコットランドの宗教改革家。

＊フリードリヒ二世（一七一二―八六）　俗にフリードリヒ大王とよばれる。プロシアをヨーロッパの列強にのしあげた。

＊フランシア博士（一七六六？―一八四〇）　独立三年後の一八一四年以降パラグアイの総統。孤立策をとって内政改革、産業興隆に力を入れ、独立維持の基礎を作った。神学博士。

一九四四年八月二十三日に対する註解

＊あの愚かな水路学者たち　未詳。

＊生活圏　ナチスが領土拡張を正当化するために使った用語。

＊サン・マルティン（一七七八―一八五〇）　アルゼンチン生まれの愛国者。南米諸国の独立に尽力した。

＊ツァラトゥストラのそれ……　ニーチェの『ツァラトゥストラ』における権力意志の思想をさすのであろう。

＊ヨハネス・スコトゥス・エリウゲナ（八一〇頃―八七七頃）　新プラトン派の思想によるキリスト教神学を樹立。汎神論的傾向の神秘思想を展開したため、その説は異端とされた。『自然区分論』（八六七年）など。

ウィリアム・ベックフォードの『ヴァセック』について

***ボリバル**（一七八三―一八三〇）　ベネズエラ生まれの将軍・政治家。コロンビア、ボリビア両共和国の創建者。

***「悲愁の国《ドレンテ・レグノ》」**　地獄のこと。『煉獄篇』第七歌二二行。

***「いっときの香りと慰み」**　『ハムレット』一幕三場九行。

***uncanny**　「一見超自然的な驚異や恐怖などに特徴づけられた」を意味する形容詞。

***バルテレミ・デルベロ**（一六二五―九五）　フランス最初の東洋学者。コレージュ・ド・フランス教授。『東洋事典』はガランによって一六九七年に公刊された。

***アントワーヌ・アミルトン**（一六四五？―一七二〇）　アバデア伯の孫としてアイルランドに生まれ、幼時フランスに移住。以後英仏を交互に往来した。フランス語の作品が数冊あり、『四人のファカルディン』は『千夜一夜物語』の純愛譚を諷刺したもの。

***『バビロンの王女』**　一七六八年刊。王女が恋人の行くえを追って世界諸国を放浪する。作者による諸国の宗教、習俗に対する批判がきかれる。

***ピラネージ**（一七二〇―七八）　イタリアの版画家。有名な『幻想の牢獄』は十四枚からなる銅版画、二十二歳の時の作。

***マリーノ**　後出（三八五頁）の訳注を参照。

『深紅の大地』について

＊『深紅の大地』 アルゼンチン女性と駆落ち結婚してバンダ・オリエンタル（ウルグアイ）に逃れてきた英国青年が、農場での仕事を探し歩くうちに次々に事件に巻き込まれていく。時は一八六〇年代から七〇年代にかけての頃で、当時オリエンタル地方は、二つの大隣国アルゼンチン、ブラジルそれぞれに支援を受けたブランコス（白色党）とコロラードス（赤色党）が拮抗して内乱状態にあった。なお、「深紅の大地」とは、革命内乱でこの地に夥しい人の血が流れたことを暗示する、と著者ハドソンは注記している。

＊『エル・パヤドール』 ガウチョ文学論、一九一六年刊。

＊バンダ・オリエンタル 現ウルグアイ共和国の旧名。ラプラタ副王領「東部地区」の意。

＊『航海記集成』 当時までに書かれた旅行記の集大成。アベ・プレヴォーの監修、一七四六―七〇年刊。ルソーは『人間不平等起源論』の中で、資料として利用している。

＊カネロネス、アリアス、グメルシンダ 最初のものはウルグアイの地名、あとは物語中の人名。

＊エセキエル・マルティネス・エストラーダ（一八九五―一九六四） アルゼンチンの詩人、エッセイスト。

＊ガウチョ文学の正典を代表する傑作 ホセ・エルナンデスの『マルティン・フィエロ』（一八七二、七九年）などを念頭に置いている。

＊アスカスビの作品 ガウチョものの歌物語『サントス・ベーガ』（一八五〇―五一年）のこと。

＊《黒い蟻》 前出(三五八頁)。

＊マコーリー(一八〇〇—五九) イギリスの歴史家、政治家。主著『英国史』は明治年間わが国でもよく読まれた。

＊ボズウェル(一七四〇—九五) イギリスの弁護士。『サミュエル・ジョンソン伝』の著者として知られている。

＊ミラー(一七九五—一八六一) イギリスの軍人。独立革命期の南米、特にペルーで将軍として活躍。『回顧録』(一八二九年)がある。

＊ロバートソン(一七九二—一八四三) スコットランド出身の商人、著述家。南米での商売で財をなし、中年になってケンブリッジに学んだ。『南米書簡』三巻など。

＊バートン(一八二一—九〇) イギリスの探険家、旅行記作家。アメリカものとして、『パラグアイ戦地通信』(一八七〇年)などがある。

＊カニンガム＝グレアム(一八五二—一九三六) スコットランド出身の政治家、作家。青年時代をアルゼンチンの農場で送り、同地に取材した短篇小説を書いている。

有人から無人へ

＊モーセの五書 旧約聖書最初の五巻。

＊庭を歩んだ 『創世記』三章八節への言及。

＊「エホバは……」 『創世記』六章六節。

＊「おまえの……」『出エジプト記』二十章五節、『申命記』六章十五節。

＊「燃えるような……」『エゼキエル書』三十八章十九節。

＊「在りて在る者」『出エジプト記』三章十四節。

＊「神の僕らの僕《セルヴス・セルヴォールム・ディ》」ローマ教皇の称号として使われた。グレゴリウス一世(五四〇?―六〇四)はグレゴリオ聖歌で知られる教皇。

＊ルイス・デ・レオン(一五二七?―九一) スペインの修道士、詩人、聖書翻訳者。

＊カスティリア語 スペイン語の標準語とされる方言。

＊omni omnis から派生した「全、遍」の意の連結形。

＊『ディオニュシオス著作集』『アレオパギタ著作集』とも『ディオニュシオス偽書』とも。著者はパウロの弟子ディオニュシオス・アレオパギタと言われたこともあったが、実際は新プラトン主義に理解の深い別人の作とされている。新プラトン派の神秘主義思想が盛られている。

＊シャンカラ(七八八―八二〇?) インドの哲学者。現象界は虚妄であり、唯一の実在たる神の幻であるとする不二一元論の代表者。

＊ドライデン(一六三一―一七〇〇) 英国の詩人、劇作家、批評家。

＊モーリス・モーガン(一七二六―一八〇二) イギリスの著述家。「サー・ジョン・フォールスタッフの劇的性格について」という有名な論文がある。

伝説の諸型

＊『マッジマ・ニカーヤ』 南方に伝えられたいわゆる「パーリ五部」(仏陀の説法を集めた最古の経典)の一つで中部と言われるもの。

＊仏陀になる前の菩薩シッダルタ 小乗仏教では、仏陀になるまでの釈迦を菩薩と言う。因みに仏陀とは、もはや眠りのない「覚者」の意で、キリストと同じく本来は普通名詞。

＊ハルディ(一八五二—一九〇四) ドイツのインド学者、宗教史学者。上記の著書は一八九〇年刊。

＊アルフレッド・フーシェ(一八六五—一九五二) ソルボンヌ教授。仏教美術に関する研究書の他、『釈尊伝』(一九四九年)などがある。

＊法顕《ほっけん》 東晋時代の人。三九九年、経典を求めてインドに向かい、十五年の大旅行の後、多くの仏典を持ち帰った。彼の旅行記は『仏国記』と題されて西洋に紹介されている。

＊カピラヴァストゥ 釈迦が太子として生まれたシャーキャ国の首都。

＊アショーカ王(前二六八?—二三二?) インド・マウリヤ朝第三代の王。仏教に帰依し、仏法による政治を行なった。

＊『バルラームとヨサファト』 聖人伝の形式を持つ中世のキリスト教的小説。グルジア人修道士ヨハネスによって八—九世紀頃に書かれた。

＊ハコン・ハコナルソン ノルウェー王。在位一二一七—六三。

＊チェザーレ・バローニオ(一五三八—一六〇七) ナポリ出身の教会史家、ヴァチカン図書館長。後出『ローマ殉教録』の最初のものは、一五八四年グレゴリウス十三世の命により枢機卿シルレトによって編纂された。

＊ディオゴ・デ・コウト(一五四二―一六一六)　ポルトガルの歴史家。ゴアの政府記録局長として、ポルトガル人のアジア発展史を綴る。後出『アジア史』の最初のものは、同じポルトガルの歴史家バーロスによって書かれた。

＊メネンデス・イ・ペラーヨ(一八五六―一九一二)　スペインの文学者、批評家。マドリード大学教授、国立図書館長を勤めた。著書にスペインの正統思想をカトリシズムと規定した『スペインの異端者たち』や小説史がある。

＊ケッペン(一七七五―一八五八)　ドイツのインド学者。後出の著書は一八五七年の刊行。

＊『ブッダ・チャリタ』　一、二世紀頃の人アシュヴァゴーシア(馬鳴《めみょう》)の作。高雅な散文で書かれ、仏陀伝の最高傑作とされる。漢訳『仏所行讃』。

＊『ラリタ・ヴィスタラ』　紀元一世頃に成立したとされる仏陀の誕生前から成道までの物語。地上における仏陀の生涯と活動は超自然者の「遊戯」(ラリタ)であるとし、仏陀を崇高な神的存在として描いている。

＊作品の内容を神々に明かすとき　この作品は仏陀自らが語り手になっている。

＊第四天　兜率天《とそつ》とも言い、地上に下るまで釈迦はここに暮らしていた。

＊「わが神……」　『マタイ伝』二十七章四十六節、『マルコ伝』十五章三十四節。

＊ヴィンタニッツ(一八六三―一九三七)　ドイツのインド学者。『インド文学史』(一九一三年)など。

＊ヘルマン・ベック(一八七五―一九三七)　ドイツのインド学者。『仏教――仏陀とその教理』など。

アレゴリーから小説へ

***フランチェスコ・デ・サンクティス**（一八一七—八三）　イタリアの文学者。ナポリ大学で比較文学を講じた他、三度文部大臣をつとめた。『イタリア文学史』二巻は一八七〇—七一年の刊行。

***『解放されたイエルサレム』**　イタリアの詩人トルクアト・タッソーの、十字軍遠征に材をとった叙事詩。一五七五年。

***マリーノ**（一五六九—一六二五）　イタリアの詩人。『アドーネ』は美青年アドニス（アドーネ）とヴィーナスの恋の神話をあつかった長篇物語詩。

***ジョージ・ヘンリー・ルーイス**　イギリスの哲学史家。作家ジョージ・エリオットの内縁の夫。『哲学者列伝』（四巻、一八四五—四六年）などの著書がある。

***唯名論対実在論の論争**　《普遍論争》とよばれているもので、前者は実在するものは個々のものであり、普遍（神）は存在しないとする立場。後者は個物に先立って普遍が実在すると主張する。

***ポルフュリオス**（二三三？—三〇四？）　新プラトン主義の哲学者。プロティノスの弟子。師の著作を編纂し、師の伝記を書いた。言及されている論文は、普通「エイサゴゲー」とよばれる『アリストテレス範疇論入門』のこと。

***ロスケリヌス**（一〇五〇頃—一一二〇）　フランスの哲学者。唯名論を初めて明確に主張した。アベラルドゥスはその弟子。

***モーリス・ド・ヴルフ**（一八六七—一九四七）　ベルギーの哲学史家。初めルーヴァン大学、後ハ

ーヴァード大学教授。中世のスコラ哲学に詳しい。

＊ヘリマヌス・コントラクトゥス(一〇一三―五四)　ドイツの学者、詩人、作曲家。古代ローマの歴史を年代記形式で著した他、数学・音楽に関する著述がある。

＊『テセイダ』　ギリシア神話の英雄テセウスに取材した叙事詩。一三四〇年。

＊「騎士の物語」『カンタベリ物語』冒頭の一話。

ラーヤモンの無知

＊ルグイ(一八六一―一九三七)　フランスの英文学者、ソルボンヌ教授。下記の言及は、彼が中世・ルネサンスを分担執筆した『英文学史』(一九二四年)中の記述に対して。

＊聖アルビヌス(七三〇―八〇四)　アルクインとも。英国ヨークの出身。カール大帝の宮廷で教育の事業に携った。

＊ワース(一一二四?―七四?)　ノルマンの詩人、歴史家。アーサー王伝説を扱った『ブリュ物語』は『ブルート』の種本になった。

＊エレオノール(一一二二?―一二〇四)　初めフランス王ルイ七世に嫁したが離婚、後に英国王ヘンリー二世の妃となる。

＊ピクト人　主にスコットランド高地地方に住んでいた原住民族。

＊「そのころ……」　四巻五六三行。

＊ハリカルナッソスのディオニュシオス　前一世紀後半。ギリシアの文芸批評家、歴史家。『古代

ローマ史』など。

***『ブリトン列王記』**　イギリスの年代記作者ジェフリ・オヴ・モンマス（一一〇〇?―五四）の作。アーサー王をはじめ、ブリトン人諸王の伝説を集録。

***ヒューディブラス**　スペンサー『妖精の女王』、サミュエル・バトラーの諷刺詩などに登場。

***リア**　シェイクスピアの悲劇に登場。

***フェレックスとポレックス**　ゴーボダック王の二人の息子。ノートンとサックヴィルの合作になる英国最古の悲劇の一つ『ゴーボダックまたはフェレックスとポレックス』は両王子の反目と国の分裂を描いたもの。

***ラッド**　アーサー王伝説のロット王。

***シンベリン**　シェイクスピアのロマンス劇に登場。

***ヴォーティガン**　W・H・アイアランドの悲劇『ヴォーティガンとロイーナ』（一七九六年）に登場。

***ユーサ・ペンドラゴン**　アーサー王の父。

***バルバロッサ**　ドイツ王、神聖ローマ帝国皇帝フリードリヒ一世。綽名の意味は「赤ひげ」。

***ヘンギスト**　四四九年頃ブリテン島に上陸したジュート族首領の一人。四八八年までケント一帯を支配した。

***キュネウルフ**　八世紀末の英国詩人。言及されている作品は『十二使徒の運命』。

***『エジプト出国』**　七、八世紀頃の無名詩人の作。紅海におけるエジプト軍の災禍をうたう。

***「ブリテンもの《マチエール・ド・ブルターニュ》」**　ロマンスのなかで、アーサー王をめぐる物語を指す。

＊フランチェスカ・ダ・リミニとパオロの二人に…… 言及は『神曲』地獄篇第五歌。フランチェスカとパオロは義理の姉弟。不倫の恋におちた時、二人は王妃ギネヴィアが円卓騎士ランスロットと倫ならぬ恋におちる条りを読んでいた。

＊パセント ユーサの弟。アイルランド王ギロマールと組んで兄の殺害をくわだてた。

＊アングロサクソン詩 英文学史上、アングル族の侵入からノルマン征服までの中世前期の詩を指す。頭韻の使用や比喩的用法、脚韻がないことなどに特徴がある。

＊ガストン・パリス(一八三九—一九〇三) フランスの中世文学者。『中世フランス文学史』など。

＊カブレラ(一五二八—七四) スペインの軍人。コルドバ市(アルゼンチン)の創建者。

＊ファン・デ・ガライ(一五二八—八三) スペインの探険家、コンキスタドール。

＊謎詩《リドル》 十世紀末に書写された『エクセター写本』に一〇〇篇近く収められている。

＊『鳥獣譬歌《ベスチャリ》』 一二五〇年頃に成立した英国の動物寓意詩。

＊I can not geste — rum, ram, ruf — by lettre チョーサー『カンタベリ物語』(「牧師の話序」)。

＊W・P・ケア(一八五五—一九二三) イギリスの中世英文学者、ロンドン大学教授。『叙事詩とロマンス』など。

＊……のことを知らなかった 前者は古英語最古の詩で、吟遊詩人が世界各地の宮廷を歴訪した次第をうたった『ウィドシース』。後者は古英語最大の叙事詩『ベイオウルフ』。

バーナード・ショーに関する(に向けての)覚書

＊クルト・ラースヴィッツ（一八四八―一九一〇）　ドイツ新カント派の哲学者。

＊掉尾文　長い従属節を幾つも重ね、最後に主文がおかれる文章。

＊エレラ・イ・レイシッグ（一八七五―一九一〇）　ウルグアイの前衛詩人。

＊『愉快な芝居』　『戦争と英雄』ほか、初期の四篇の喜劇を一巻に集めたもの。一八九八年刊。『不快な芝居』と一幅対をなす。

＊サミュエル・バトラー（一八三五―一九〇二）　イギリスの作家、独自の進化論を唱えた。『万人の道』など。

＊ラヴィニア、ブランコ・ポズネット……　上から順に、ショーの作品『アンドロクレスとライオン』、『ブランコ・ポズネットのすっぱぬき』、『ジョン・ブルのもう一つの島』、『傷心邸』、『悪魔の弟子』、『シーザーとクレオパトラ』に登場する人物。

＊アルベルト・ゼールゲル（一八八〇―一九五八）　ドイツの文学史家。

＊『戦争と英雄』　二人の軍人――冷徹な現実主義者ブルンチュリ大尉とロマンチックな理想主義者サラノフ少佐――を対比させながら、英雄と戦争に対する甘い見方を嘲笑する。一八九四年。

＊G・B・S　ショーがよく使った署名。

＊ヴェーダンタ哲学　ウパニシャッドに基づく汎神論的一元論。インド哲学の主流。

歴史の謙虚さ

＊セシル・B・ド・ミル（一八八一―一九五九）　アメリカの映画監督。

＊『トゥスクラヌム談論』 前四五年頃に書かれた道徳哲学論。幸福の本質が論じられている。

＊ピュタゴラスの教団 前五世紀ごろ。霊魂の不滅と輪廻を説き、魂を鎮めるため数学の研究(数は万物の根本原理である)をすすめる。

＊セヒスムンド カルデロンの寓話的宗教劇『人生は夢』(一六三五年)の主人公。

＊スノッリ・スツットルソン(一一七八―一二四一) 詩人、歴史家であると同時に、アイスランドの長者でもあった。主著は『散文エッダ』、『ヘイムスクリングラ』など。

＊『エル・シードの歌』 スペインの武勲詩。一一四〇年頃の作。実在の国民的英雄エル・シード・カンペアドールを讃える。

＊『モールドンの戦い』 侵入したデーン人を迎え撃って戦死したサクソン人族長の武勲を詠う。十世紀頃の作。

＊「バーベナの小枝……」 『征服されざる人々』(一九三八年)の巻末短篇「バーベナの香り」から。美しい義母に唆かされて、主人公は政敵の銃弾に斃れた父の復讐に出かけていく。

＊「傭兵たちの墓碑銘」 第一次大戦で散華した英国の職業軍人をうたった短詩。一九一七年作。

＊レグルス ポエニ戦争(ローマ対カルタゴ)におけるローマの将軍。

＊サクソ・グラマティクス 十二世紀のデンマークの歴史家。『ゲスタ・ダノルム』(デンマーク人の事跡)の著者。

新時間否認論

る。

＊ダニエル・フォン・ツェプコ（一六〇五―六〇）　ドイツの詩人。多くのアフォリズムを遺している。

＊ケンプ・スミス（一八七二―一九五八）　イギリスの哲学者。エディンバラ大学形而上学教授をつとめたカント研究者。

＊コンディヤック（一七一五―八〇）　フランス啓蒙期の哲学者。ロックの批判から出発し、全ての精神活動を感覚に帰着させた。

＊《不可識別者の同一性》　全く識別できない二物は存在しない、すなわち二物であれば必ず差異をもつが、「ある議論の中で互いに区別できない対象は、その議論にとって同じものと見なさるべきである」。

＊『プリンキピア』　ニュートンの科学論文（一六八七年）。運動の三法則、万有引力などを用いて自然現象を説明したもの。

＊リヒテンベルク（一七四二―九九）　ドイツの物理学者。《リヒテンベルクの図形》（絶縁板上に現われる放電図形）で知られる。

＊イシドロ・スアレス大尉（一七九九―一八四六）　ボルヘス母方の曾祖父で軍人。ボルヘスには彼をうたった詩が何篇かある。

＊フニンの戦い　ペルー独立の激戦。

＊夢想した馬の数　『リチャード三世』における王の有名な台詞「馬だ！　馬をもて！　代りにこの国をやるぞ」（五幕四場）への言及か。この戯曲は一五九二―九三年に執筆され、一五九四年の

春に初演されたと推定されている。

*《ミシュナ》　二世紀末、ユダヤ教の口伝を収集し、生活・宗教に関する規則を編集したもの。

*『社会主義案内』　正しくは『知的女性のための社会主義と資本主義への案内』という。一九二八年刊。

*C・S・ルイス(一八九八—一九六三)　イギリスの英文学者、童話作者、キリスト教弁証家。

*ジョン・ノリス(一六五七—一七一一)　イギリスの哲学者。所謂ケンブリッジ・プラトン学派の一人。ロックに反対してイデア界の実在性を主張した。

*ユダ・アブラバネル(一四三七—一五〇八)　ポルトガル生まれのユダヤ人学者・政治家。ダビデの裔《すえ》といわれる名家の出。学者としては旧約聖書の註解で知られる。

*ジェミストゥス　十五世紀前半に活躍したビザンティウムのプラトン主義学者。プラトン哲学の西欧への普及に功績があった。

*マールブランシュ(一六三八—一七一五)　フランスの哲学者。世界の事象の作用者を神と見立て、被造物はこの神の作用の「機会因」であると考える。

*ヨハネス・エックハルト(一二六〇頃—一三二七)　ドイツの神秘主義者。人間の内なる神性を強調する。

*トーランド(一六七〇—一七二二)　イギリスの思想家。理神論を唱え、キリスト教教義の合理性を証明しようとした。

*アレグザンダー・キャンベル・フレイザー(一八一九—一九一四)　イギリスの哲学者。ロック、

バークリーの著作を校訂・刊行した。

***心身平行論**　心理過程と生理過程には平行する関係があるという心理学説。スピノザが初めて説いた。

***マイノンク**（一八五三—一九二〇）　オーストリアの哲学者。精神作用の対象の本質を、非存在も含めて研究する対象論を提唱した。

***有感石像**　コンディヤックが自説を説明するために使った比喩。無感の大理石像に五感を順次付加し、石像内部の変化を辿ることで、人間の精神能力は全て感覚に帰せられることを証明しようとする。

***仮説動物**　生得観念を否定するためにロッツェが想定した架空動物。極めて単純な感覚構造にもかかわらず、時間と空間を発見することができる。

***『ヴィスッディマッガ』**　五世紀の学僧ブッダゴーサが著した南方上座部の教義要綱書。

エピローグ

***「全ての人のための全てのもの」**　『コリント前書』九章二十二節。

***ボナヴェントゥラ**（一二二一—七四）　イタリアのスコラ哲学者。

***エティエンヌ・ジルソン**（一八八四—一九七八）　フランスにおける中世哲学研究の権威。

解説

本書『続審問』は一九三七年から五二年にかけて書かれたエッセイを一本にまとめたものである。全三十八篇のうち約半数が英米文学(広義)をあつかっている。非英語圏作家の評論集としては異色と言うべきだろう。これについては、父親の影響を受けて早くから英文学(さらには哲学)に親しんだということも関係しているが、いまその点には立ち入らない。表題はボルヘス最初のエッセイ集『審問』(一九二五年)の続篇という意味合いを持つ。しかし、こちらは出版された後すぐ作者によって回収され、生前に再版されることはなかった。そういう事情を考えると、「続」に当たるスペイン語 'otras' (<otro) は、この言葉のふつうの意味「他の、別の」がより作者の意に添うものかもしれない。また「審問」は法廷での尋問か何かを連想させて、エッセイ集の表題にはそぐわないような気もするが(元のスペイン語には「異端審問(所)」の意味もある)、論題の真義を究めようとする著者の強い決意を示すものと受取るべきだろう。

一九三七年から五二年は、著者の年齢で言うと三十代の後半から五十代初めまでのことになる。全体の四分の一ほどはボルヘスの代表作『伝奇集』(四四年)に含まれる短篇小説と執筆年が重なっているし、約半分はもう一つの傑作短篇集『不死の人』(四九年)所収の作品と執筆の時を同じくする。ボルヘスが世界的に知られるようになるのは六〇年代に入ってからのことだが、彼の国際的名声に貢献した作品は右に挙げた二つの短篇集、それに『続審問』と『創造者』であった。ちなみに、ボルヘスが纏まったかたちで初めて英語圏に紹介されたのは、一九六二年『迷宮のかずかず』(*Labyrinths*)と題された散文集に依るもので、この選集は『伝奇集』『不死の人』『続審問』『創造者』からの抜粋で構成されていた。本書のエッセイが書かれた十五年間は、ボルヘスの作家人生でいちばん稔り多く、また充実した時期であったと言えよう。ただし、敬愛する父の死、九死に一生を得た大怪我、ペロン独裁政権による嫌がらせ、母と妹の投獄や軟禁、短い結婚生活の破綻など、私生活ではたぶん最も恵まれない時期であった。本書のような評論集、それも多くは形而上学的傾向の文学論集のなかに、国家の(とくに全体主義体制の)個人への干渉を慨嘆し、ときに激しく糾弾するエッセイが含まれているのは異様といえば異様だが、それらが書かれた第二次大戦前後の世界情勢を考えればとくに不思議なことではないし、右のような作者個人の事情や権威主義に対する嫌悪(「アメリコ・カストロ博士の警告」参照)を知ればさらに納得がいくだろう。

ボルヘスの著作について、フィクションとエッセイの境界が曖昧であるとはしばしば指摘されることだ。典型的な一例を挙げれば「アル・ムターシムを求めて」の場合がそうで、初出のときのように『永遠の歴史』(一九三六年)に収録されていれば、〈永遠〉の主題に関連するエッセイと受けとめられるだろうし、『伝奇集』(一九四四年)に編入されればエッセイ仕立ての短篇小説として読まれるだろう。ということは、作品自体は玉虫色で、どういう地の中に置くかでその性格が決まってくるのだ。『続審問』に収められたエッセイを検討する前に、『伝奇集』冒頭の三篇について、物語の意匠を浮かび上がらせてみることにしよう。われわれはそこに『続審問』の多くのエッセイに共通する代表的なモチーフを認めるだろうから。

「アル・ムターシムを求めて」は、インドの弁護士が書いた同じ題の推理小説のストーリーを紹介しながら、その形而上学的意義を示唆する内容になっている。アル・ムターシムとは「救いを求める者」を意味するアッバース朝第八代カリフの名前で、救いを求めて遍歴を重ねるうちに、みずから救済者である神になったという皇帝である。インドの弁護士が書いた小説は、イスラム教徒とヒンズー教徒の争いに巻き込まれたボンベイの大学生が、追手の追跡をのがれて逃亡生活を続けているうちに、自分の逃避行がアル・ムターシムの遍歴のなぞり、つまり光り輝く神であり、プラトンのイデアでもある原型へ無限に後退(＝接近)していく旅であることに気づくというものだ。短篇小説の場合、作品に意味を付与する何らかのモチーフ(意匠)が欠かせないが、ボルヘスの短篇ではモチーフの形而上学的性格がきわだっている。それがフィクションとエッセイの境界を曖昧にしている原因でもあるのだが、この作品から〈無限後退〉というモチーフを取り除いたらこの短篇は成立しないだろう。序でながら、短篇の原題は文字どおりには「アル・ムターシムへの接近」を意味する。

『伝奇集』冒頭のあと二つの短篇について、もっぱらモチーフに注目して作品を読んでみよう。「トレーン、ウクバール、オルビス・テルティウス」は、観念論(唯心論)を基本的原理として成立している〈素晴らしい新世界〉を描いたものである。観念論の立場からすれば、個人の独自性は否定される。あるのは単一で永遠の主体のみ。したがって、トレーン国では文学作品も個々の作家の作品ではなく、単一永遠の主体の制作物である。また物自体も原理的に否定されているのだから、この国の言葉に「名詞」('sub-stantivo' 原義「物質からなる」)はない……。三つ目の短篇「『ドン・キホーテ』の著者、ピエール・メナール」は、フランスの美学者ピエール・メナールが、「ピエール・メナールであり続け、ピエール・メナールのさまざまな経験をとおして」、『ドン・キホーテ』を再現しようとする物語である。これはメナールにとって、わが身に血肉化したフランス語やフランス文学の伝統やセルバンテス以後三百年の西欧の歴史をそぎ落としながら、十七世紀初めのセルバンテスになるというほとんど不可能な難業を意味する。加筆と消去を繰り返しながらメナールが書き続けた『ドン・キホーテ』の原稿は、ごく一部の断片をのぞいて破棄された。しかし、と語り手は言う、「［この現存する断片的な『ドン・キホーテ』は］重ね書きの羊皮紙と見るのが正しい。そこには、メナールの「前の」筆跡――かすかであるが解読できないことはない――が透けて見える。残念ながら第二のピエール・メナールだけが、先行者の作業を逆に行なうことによって、このいわばトロイの遺跡を発掘し、蘇らせることが可能なのだろう……」（鼓直訳）。何層にも重なったトロイの遺跡を掘り返すように、重ね書きを逆にたどっていけば、メナールの難業のプロセスが見えてくるだろうというのだ。

〈無限後退〉と〈重ね書きの羊皮紙《パリンプセスト》〉はそれぞれ「アル・ムターシム」と「ピエール・メナール」を支える意匠であるが、この二つはじつは同じものである。前から後へ、上から下へという違いこそあれ、原型への漸次的接近という形式は変わらないのだ。この二にして一なるモチーフに、「トレーン」の〈観念論〉を加えた二つのモチーフは、『続審問』のなかで最も頻繁に現われてくるものである。まず〈無限後退〉から、その具体例を見てみよう。このモチーフは「コウルリッジの花」のなかで初めて明示的に取り上げられ、二つの作品『タイム・マシン』と『過去の感覚』(ヘンリー・ジェイムズ)に架橋する共通項として提示される。そうすることで両作品の異質性は乗り越えられ、作品の個別性が否定される。トレーン国の文学作品のように、両者は単一永遠の主体による作品と見立てられるわけで、〈無限後退〉に〈観念論(=汎神論)〉のモチーフがさりげなく接ぎ木されている。「コウルリッジの夢」では、蒙古皇帝が夢に見て造営した宮殿、コウルリッジが夢の中で授けられた詩の中の宮殿を、「単一永遠の主体」もしくは「永遠の客体」(ホワイトヘッド)が〈無限後退〉によってこの世に姿を現わす段階的前触れと捉えている。注意ぶかい読者は、このエッセイを締めくくる文章が、先ほど引用した「ピエール・メナール」の一節に似ていることに気づいて驚くだろう。

〈無限後退〉は「時間とJ・W・ダン」「天地創造とP・H・ゴス」「『ドン・キホーテ』の部分的魔術」「カフカとその先駆者たち」「亀の化身たち」などでも不可欠の意匠になっている。またこの意匠の具体的なかたちとして、しばしば数列や順列が使われている。しかしボルヘスがこの意匠を持ち出すのは、それぞれのエッセイであつかわれる主題の客観的真実性を論証するためではない。同じことが先に取り上げた二つのコウルリッジ論についても言える。二つのエッセイはコウルリッジの文学世界については、ほとんど何も教えてくれない。ボルヘスはコウルリッジの詩文に現われた花と宮殿のイメージに注目し、二つのイメージが喚起する形而上学的想念に美的感興を覚えている。何らかの啓示を予感させるそうしたイメージが、彼の言う「美的事実」(本書一一三頁)なのだ。程度の違いはあっても、〈観念論〉をモチーフにしたエッセイ——「ナサニエル・ホーソン」「エドワード・フィッツジェラルドの謎」「キーツの小夜鳴鳥」「有人から無人へ」「アレゴリーから小説へ」「新時間否認論」——についても同様の構図が見られるだろう。では、なぜ〈観念論〉なのか。

観念論の本質は物質に対する観念の優位であり(わたしは野暮を承知で最低限のおさらいをしている)、観念論者に特徴的な認識方法は、経験を排除した純粋で純理的な思考、いわゆる思弁である。一方、われわれの棲むこの世界は基本的には、物質と経験を一義的な原理として成り立っている。ボルヘスもときどき言及するように、われわれは誰も唯名論者であり唯物論者なのだ。その根底には、物質(空間)の実在性、時間の連続性・均質性に対する信頼がある。しかし(と、ボルヘスは言うだろう)、われわれが見る夢、われわれが時として陥る幻想はこの信頼を根底から揺るがせる。退屈な絶対均質の時間が流れる唯名論者の日常世界で、その罅《ひび》とも綻びとも言うべき夢や幻想(「不合理の罅」二〇三頁)が、一瞬とはいえ目くるめくような強烈さでわれわれを襲う。チェスタトンは、ポウやカフカのように悪夢の作家呼ばわりをされたとしたら、おそらく黙ってはいなかったただろう。「にもかかわらず、凄絶怪奇なものをつい見てしまういつもの癖は直らない」(一五二頁)。ボルヘス自身も「超自然を頭ごなしに撥ねつける人々……に、つねに与しようと努めている」(三〇頁)。にもかかわらず、われわれの棲む世界、この堅固な時空連続体の罅につい目がいってしまうのだ。この罅は世界の虚構性を暗示しているのではないか。世界はそれ自体きまった意味をもつ内容ではなく、様ざまな解釈を許容する一つの形式、彼の言う「美的事実」なのではないか。長城の築造(さらには焚書坑儒)は中国史上の史的事実であるが、それを「形式」の内容と捉え直すとき、史的事実は様ざまな啓示を孕んだ「美的事実」に変るだろう。この言葉が使われている「城壁と書物」が、執筆時期から言えばむしろ終りのほうに属するにもかかわらず、本書の冒頭に置かれたのは故なしとしない。それは本書全体に通底するキーノートなのだ。

ボルヘスの作品でエッセイとフィクションの境界が曖昧なように、エッセイの場合も文学論なのか哲学論なのか、その性格はしばしば判然としない。しかしボルヘスにとって、そうした違いなどどうでもよかったはずだ。トレーン国の哲学者たちがそう考えるように、彼も「哲学は幻想的な文学の一部門である」と考えただろう。トレーン国の哲学者たちがそうであるように、彼が求めたのも「驚異」であっただろう。本書の「エピローグ」で、ボルヘスは収録されたエッセイの特徴として、「宗教的ないし哲学的観念をその美的価値によって、時には奇異で驚嘆的であるから評価しようとする傾向」を第一に挙げている。驚異の美的事実を求めて、ボルヘスは文字通り古今東西の言葉の海を旅した。というより、彼が言葉の海を旅していると、驚異の美的事実が彼に遭遇したというほうが正しい。その過程で、様ざまなジャンル、時代と資質を異にする作家（ときには登場人物）が、モチーフを磁場として交わりあう。一見何の繋がりもない作品が、磁場によって新しい布置を与えられる。その代表的な例として「カフカとその先駆者たち」を挙げることができるだろう。

このエッセイは一人の偉大な作家が生まれることで、かつては事実上存在しなかった作品が、いわば闇の中から忽然と姿を現わす不思議を説いている。偉大な作家を新しい時代や社会に置き換えれば、作品は、時代や社会が要請する新しい読み方の出現によって、ふたたび生き返ることを意味する。作品は二度生まれるのだ。これは〈無限後退〉のモチーフ（原義「動機」）によって、時代や国を異にする作品を繋げていく、本書の多くのエッセイが志向する読み方とも重なり合う。カナダの英文学者ノースロップ・フライは、こうした読み方を批評理論として体系化しようとした。原型批評ともよばれる彼の文学論が、理論ということもあってボルヘスの評論ほど一般に受け入れられないのは仕方がない。しかし、両者とも西洋文化の周縁に生き、伝統の重圧から自由であった点は共通している。そのことが時間軸・空間軸を自在に往還する読み方を可能にしたのではないか。いま往還という言葉が頭に浮かんだ瞬間、むかし『往還の記』(竹西寛子著)という本を読んだことを思い出した。著者は古典を現代に繋げ、生き返らせようとしている。その読み方が何とも新鮮で魅力的だった。

＊

本書は *Otras inquisiciones 1937-52*(Sur, 1952) の全訳である。岩波文庫に収録するにあたって、原著とつきあわせながら旧訳(『異端審問』晶文社、一九八二年)に徹底的に手を入れた。岩波文庫への収録を申し出られた文庫編集部の入谷芳孝氏にまずお礼を申し上げたい。氏は編集の実務を担当されただけでなく、訳文についても貴重な助言を惜しまれなかった。「アメリコ・カストロ博士の警告」「ケベード」について、とくに戯れ歌からソネットに至る韻文の解釈については、真下祐一さん(ラテンアメリカ文学者。スペイン語の詩集を二冊出している詩人でもある)の助力を仰いだ。ケベードのソネットに関して、氏は代表的な版本と註釈にあたって解釈に遺漏がないよう努めてくださった。氏のご厚意に衷心よりお礼を申し上げる。今回の改訳にあたっては仏訳も参照し、大いに得るところがあった(ガリマール社、一九八〇年(初版五七年))。

原著の版本について一言。本書は五二年の初版のあと、六〇年に第二版(分冊全集版)、七四年に第三版(一巻本全集に収録)が出されたが、そのつど収録されるエッセイに異同があった。逐一詳細は記さないが、最終的には初版から五篇が姿を消し、二篇が新たに付け加わった。うち一篇は五五年に書かれたものなのに、巻末「エピローグ」の日付けは初版の五二年のまま。また、「ウォールト・ホイットマン覚書」は第三版以降は除外されているにもかかわらず、その次の「象徴としてのヴァレリー」の書き出し、「ポール・ヴァレリーの名前をホイットマンの名前と隣りあわせに並べることは、云々」は初版のまま。こうした矛盾にボルヘスは気づかなかったのだろうか。なお現在刊行されている〈ボルヘス叢書〉版(マドリード、アリアンサ社)は七四年の第三版と基本的には同じである。

二〇〇九年五月

中村健二

〔編集付記〕

本書は中村健二訳『異端審問』(晶文社、一九八二年五月刊行)を文庫化したものである。今回の文庫化にあたっては、書名を『続審問』と改め、本文・原註・訳註に加筆修訂をほどこした。

(岩波文庫編集部)

続《ぞく》 審《しん》 問《もん》 J. L. ボルヘス著

2009 年 7 月 16 日 第 1 刷発行
2024 年 10 月 25 日 第 6 刷発行

訳 者 中村健二《なかむらけんじ》

発行者 坂本政謙

発行所 株式会社 岩波書店
〒101-8002 東京都千代田区一ツ橋 2-5-5

案内 03-5210-4000 営業部 03-5210-4111
文庫編集部 03-5210-4051
https://www.iwanami.co.jp/

印刷・精興社 製本・牧製本

ISBN 978-4-00-327923-6 Printed in Japan

読書子に寄す

——岩波文庫発刊に際して——

岩波茂雄

真理は万人によって求められることを自ら欲し、芸術は万人によって愛されることを自ら望む。かつては民を愚昧ならしめるために学芸が最も狭き堂宇に閉鎖されたことがあった。今や知識と美とを特権階級の独占より奪い返すことはつねに進取的なる民衆の切実なる要求である。岩波文庫はこの要求に応じそれに励まされて生まれた。それは生命ある不朽の書を少数者の書斎と研究室とより解放して街頭にくまなく立たしめ民衆に伍せしめるであろう。近時大量生産予約出版の流行を見る。その広告宣伝の狂態はしばらくおくも、後代にのこすと誇称する全集がその編集に万全の用意をなしたるか。千古の典籍の翻訳企図に敬虔の態度を欠かざりしか。さらに分売を許さず読者を繋縛して数十冊を強うるがごとき、はたしてその揚言する学芸解放のゆえんなりや。吾人は天下の名士の声に和してこれを推挙するに躊躇するものである。このときにあたって、岩波書店は自己の責務のいよいよ重大なるを思い、従来の方針の徹底を期するため、すでに十数年以前より志して来た計画を慎重審議この際断然実行することにした。吾人は範をかのレクラム文庫にとり、古今東西にわたって文芸・哲学・社会科学・自然科学等種類のいかんを問わず、いやしくも万人の必読すべき真に古典的価値ある書をきわめて簡易なる形式において逐次刊行し、あらゆる人間に須要なる生活向上の資料、生活批判の原理を提供せんと欲する。この文庫は予約出版の方法を排したるがゆえに、読者は自己の欲する時に自己の欲する書物を各個に自由に選択することができる。携帯に便にして価格の低きを最主とするがゆえに、外観を顧みざるも内容に至っては厳選最も力を尽くし、従来の岩波出版物の特色をますます発揮せしめようとする。この計画たるや世間の一時の投機的なるものと異なり、永遠の事業として吾人は微力を傾倒し、あらゆる犠牲を忍んで今後永久に継続発展せしめ、もって文庫の使命を遺憾なく果たさしめることを期する。芸術を愛し知識を求むる士の自ら進んでこの挙に参加し、希望と忠言とを寄せられることは吾人の熱望するところである。その性質上経済的には最も困難多きこの事業にあえて当たらんとする吾人の志を諒として、その達成のため世の読書子とのうるわしき共同を期待する。

昭和二年七月

《哲学・教育・宗教》〔青〕

ソクラテスの弁明・クリトン　プラトン　久保勉訳
ゴルギアス　プラトン　加来彰俊訳
饗宴　プラトン　久保勉訳
テアイテトス　プラトン　田中美知太郎訳
パイドロス　プラトン　藤沢令夫訳
メノン　プラトン　藤沢令夫訳
国家　全二冊　プラトン　藤沢令夫訳
プロタゴラス　―ソフィストたち　プラトン　藤沢令夫訳
パイドン　―魂の不死について　プラトン　岩田靖夫訳
アナバシス　―敵中横断六〇〇〇キロ　クセノポン　松平千秋訳
アリストテレス　ニコマコス倫理学　全二冊　高田三郎訳
アリストテレス　形而上学　全二冊　出隆訳
アリストテレス　弁論術　戸塚七郎訳
アリストテレース詩学・ホラーティウス詩論　松本仁助・岡道男訳
物の本質について　ルクレーティウス　樋口勝彦訳
エピクロス　―教説と手紙　出隆・岩崎允胤訳

生の短さについて　他二篇　セネカ　大西英文訳
怒りについて　他二篇　セネカ　兼利琢也訳
エピクテトス　人生談義　全二冊　國方栄二訳
人さまざま　テオプラストス　森進一訳
マルクス・アウレーリウス　自省録　神谷美恵子訳
老年について　キケロー　中務哲郎訳
友情について　キケロー　中務哲郎訳
弁論家について　全二冊　キケロー　大西英文訳
平和の訴え　エラスムス　箕輪三郎訳
エラスムス＝トマス・モア往復書簡　沓掛良彦・高田康成訳
方法序説　デカルト　谷川多佳子訳
哲学原理　デカルト　桂寿一訳
精神指導の規則　デカルト　野田又夫訳
情念論　デカルト　谷川多佳子訳
パンセ　全三冊　パスカル　塩川徹也訳
パスカル　小品と手紙　塩川徹也・望月ゆか訳
スピノザ　神学・政治論　全二冊　畠中尚志訳

知性改善論　スピノザ　畠中尚志訳
スピノザ　エチカ（倫理学）　全二冊　畠中尚志訳
スピノザ　国家論　畠中尚志訳
スピノザ往復書簡集　畠中尚志訳
デカルトの哲学原理　―附 形而上学的思想　スピノザ　畠中尚志訳
スピノザ　神・人間及び人間の幸福に関する短論文　畠中尚志訳
モナドロジー　他二篇　ライプニッツ　谷川多佳子・岡部英男訳
ノヴム・オルガヌム（新機関）　ベーコン　桂寿一訳
市民の国について　全二冊　ヒューム　小松茂夫訳
自然宗教をめぐる対話　ヒューム　犬塚元訳
君主の統治について　―謹んでキプロス王に捧げる　トマス・アクィナス　柴田平三郎訳
精選　神学大全　全四冊　トマス・アクィナス　山本芳久編／稲垣良典・山本芳久訳
エミール　全三冊　ルソー　今野一雄訳
人間不平等起原論　ルソー　本田喜代治・平岡昇訳
ルソー　社会契約論　桑原武夫・前川貞次郎訳
言語起源論　―旋律と音楽的模倣について　ルソー　増田真訳
ディドロ　絵画について　佐々木健一訳

- 純粋理性批判 全三冊 — カント 篠田英雄訳
- カント 実践理性批判 — 波多野精一 宮本和吉 篠田英雄訳
- 判断力批判 全二冊 — カント 篠田英雄訳
- 永遠平和のために — カント 宇都宮芳明訳
- プロレゴメナ — カント 篠田英雄訳
- 人倫の形而上学 全二冊 — カント 熊野純彦 宮村悠介訳
- シュライエルマッハー 独白 — 木場深定訳
- ヘーゲル 政治論文集 全二冊 — 金子武蔵訳
- 哲学史序論 —哲学と哲学史 — ヘーゲル 武市健人訳
- 歴史哲学講義 全二冊 — ヘーゲル 長谷川宏訳
- 法の哲学 —自然法と国家学の要綱 全二冊 — ヘーゲル 上妻精 佐藤康邦 山田忠彰訳
- 学問論 — シェリング 西川富雄監 藤田正勝訳
- 自殺について 他四篇 — ショウペンハウエル 斎藤信治訳
- 読書について 他二篇 — ショウペンハウエル 斎藤忍随訳
- 知性について 他四篇 — ショーペンハウエル 細谷貞雄訳
- 不安の概念 — キェルケゴール 斎藤信治訳
- 死に至る病 — キェルケゴール 斎藤信治訳

- 体験と創作 全二冊 — ディルタイ 柴田治三郎 小牧健夫訳
- 眠られぬ夜のために 全二冊 — ヒルティ 草間平作 大和邦太郎訳
- 幸福論 全三冊 — ヒルティ 草間平作 大和邦太郎訳
- 悲劇の誕生 — ニーチェ 秋山英夫訳
- ツァラトゥストラはこう言った 全二冊 — ニーチェ 氷上英廣訳
- 道徳の系譜 — ニーチェ 木場深定訳
- 善悪の彼岸 — ニーチェ 木場深定訳
- この人を見よ — ニーチェ 手塚富雄訳
- プラグマティズム — W・ジェイムズ 桝田啓三郎訳
- 宗教的経験の諸相 全二冊 — W・ジェイムズ 桝田啓三郎訳
- 日常生活の精神病理 — フロイト 高田珠樹訳
- 精神分析入門講義 全二冊 — フロイト 高田珠樹 新宮一成 須藤訓任 道籏泰三訳
- 純粋現象学及現象学的哲学考案 全二冊 — フッセル 池上鎌三訳
- デカルト的省察 — フッサール 浜渦辰二訳
- 愛の断想・日々の断想 — ジンメル 清水幾太郎訳
- ジンメル宗教論集 — 深澤英隆編訳
- 笑い — ベルクソン 林達夫訳

- 道徳と宗教の二源泉 — ベルクソン 平山高次訳
- 物質と記憶 — ベルクソン 熊野純彦訳
- 時間と自由 — ベルクソン 中村文郎訳
- ラッセル教育論 — 安藤貞雄訳
- ラッセル幸福論 — 安藤貞雄訳
- 存在と時間 全四冊 — ハイデガー 熊野純彦訳
- 学校と社会 — デューイ 宮原誠一訳
- 民主主義と教育 全二冊 — デューイ 松野安男訳
- 我と汝・対話 — マルティン・ブーバー 植田重雄訳
- アラン 幸福論 — 神谷幹夫訳
- アラン 定義集 — 神谷幹夫訳
- 天才の心理学 — E・クレッチュマー 内村祐之訳
- 英語発達小史 — H・ブラッドリ 寺澤芳雄訳
- 日本の弓術 — オイゲン・ヘリゲル述 柴田治三郎訳
- 似て非なる友について 他三篇 — プルタルコス 柳沼重剛訳
- ことばのロマンス —英語の語源 — ウィークリー 寺澤芳雄 出淵博訳
- ヴィーコ 学問の方法 — 上村忠男 佐々木力訳

- 国家と神話 全二冊 カッシーラー 熊野純彦訳
- 天才・悪 ブレンターノ 篠田英雄訳
- 人間の頭脳活動の本質 他一篇 ディーツゲン 小松摂郎訳
- 反啓蒙思想 他二篇 バーリン 松本礼二編
- マキアヴェッリの独創性 他三篇 バーリン 川出良枝編
- ロシア・インテリゲンツィヤの誕生 他五篇 バーリン 桑野隆編
- 論理哲学論考 ウィトゲンシュタイン 野矢茂樹訳
- 自由と社会的抑圧 シモーヌ・ヴェイユ 冨原眞弓訳
- 根をもつこと 全二冊 シモーヌ・ヴェイユ 冨原眞弓訳
- 重力と恩寵 シモーヌ・ヴェイユ 冨原眞弓訳
- 全体性と無限 全二冊 レヴィナス 熊野純彦訳
- 啓蒙の弁証法 ―哲学的断想 M・ホルクハイマー T・W・アドルノ 徳永恂訳
- ヘーゲルからニーチェへ ―十九世紀思想における革命的断絶 全二冊 レーヴィット 三島憲一訳
- 統辞構造論 付『言語理論の論理構造』序論 チョムスキー 福井直樹 辻子美保子訳
- 統辞理論の諸相 方法論序説 チョムスキー 福井直樹 辻子美保子訳
- 快楽について ロレンツォ・ヴァッラ 近藤恒一訳
- ニーチェ みずからの時代と闘う者 ルドルフ・シュタイナー 高橋巖訳

- フランス革命期の公教育論 コンドルセ他 阪上孝編訳
- 人間の教育 全二冊 フレーベル 荒井武訳
- 旧約聖書 創世記 関根正雄訳
- 旧約聖書 出エジプト記 関根正雄訳
- 旧約聖書 ヨブ記 関根正雄訳
- 旧約聖書 詩篇 関根正雄訳
- 新約聖書 福音書 塚本虎二訳
- 文語訳 新約聖書 詩篇付
- 文語訳 旧約聖書 全四冊
- キリストにならいて トマス・ア・ケンピス 大沢章 呉茂一訳
- 聖アウグスティヌス 告白 全二冊 服部英次郎訳
- アウグスティヌス 神の国 全五冊 服部英次郎 藤本雄三訳
- 新訳 キリスト者の自由・聖書への序言 マルティン・ルター 石原謙訳
- キリスト教と世界宗教 シュヴァイツェル 鈴木俊郎訳
- カルヴァン小論集 波木居斉二編訳
- 聖なるもの オットー 久松英二訳
- コーラン 全三冊 井筒俊彦訳

- エックハルト説教集 田島照久編訳
- ムハンマドのことば ハディース 小杉泰編訳
- 新約聖書外典 ナグ・ハマディ文書抄 荒井献 大貫隆 小林稔 筒井賢治 編訳
- 後期資本主義における正統化の問題 ハーバーマス 山田正行・金慧訳
- シンボルの哲学 ―理性、祭礼、芸術のシンボル試論 S・K・ランガー 塚本明子訳
- ジャック・ラカン 精神分析の四基本概念 全二冊 ジャック＝アラン・ミレール編 小出浩之 新宮一成 鈴木國文 小川豊昭訳
- 精神と自然 生きた世界の認識論 グレゴリー・ベイトソン 佐藤良明訳
- 精神の生態学へ 全三冊 グレゴリー・ベイトソン 佐藤良明訳
- 人間の知的能力に関する試論 全二冊 トマス・リード 戸田剛文訳
- 開かれた社会とその敵 全四冊 カール・ポパー 小河原誠訳

《法律・政治》〔白〕

- 人権宣言集　高木八尺・末延三次・宮沢俊義 編
- 新版 世界憲法集 第二版　高橋和之 編
- 君主論　マキアヴェッリ／河島英昭 訳
- フィレンツェ史 全二冊　マキァヴェッリ／齊藤寛海 訳
- リヴァイアサン 全四冊　ホッブズ／水田洋 訳
- ビヒモス　ホッブズ／山田園子 訳
- 法の精神 全三冊　モンテスキュー／野田良之・稲本洋之助・上原行雄・田中治男・三辺博之・横田地弘 訳
- 完訳 統治二論　ジョン・ロック／加藤節 訳
- 寛容についての手紙　ジョン・ロック／加藤節・李静和 訳
- キリスト教の合理性　ジョン・ロック／加藤節 訳
- ルソー 社会契約論　桑原武夫・前川貞次郎 訳
- フランス二月革命の日々 —トクヴィル回想録　トクヴィル／喜安朗 訳
- アメリカのデモクラシー 全四冊　トクヴィル／松本礼二 訳
- リンカーン演説集　高木八尺・斎藤光 訳
- 権利のための闘争　イェーリング／村上淳一 訳
- 近代人の自由と古代人の自由・征服の精神と簒奪 他一篇　コンスタン／堤林剣・堤林恵 訳
- 民主主義の本質と価値 他一篇　ハンス・ケルゼン／長尾龍一・植田俊太郎 訳
- 危機の二十年 —理想と現実　E・H・カー／原彬久 訳
- ザ・フェデラリスト　A・ハミルトン　J・ジェイ　J・マディソン／斎藤眞・中野勝郎 訳
- アメリカの黒人演説集 —キング・マルコムX・モリスン 他　荒このみ 編訳
- モーゲンソー 国際政治 —権力と平和 全三冊　原彬久 監訳
- ポリアーキー　ロバート・A・ダール／高畠通敏・前田脩 訳
- 現代議会主義の精神史的状況 他一篇　カール・シュミット／樋口陽一 訳
- 政治的なものの概念　カール・シュミット／権左武志 訳
- 第二次世界大戦外交史 全二冊　芦田均
- 憲法講話　美濃部達吉
- 日本国憲法　長谷部恭男 解説
- 民主体制の崩壊 —危機・崩壊・再均衡　ファン・リンス／横田正顕 訳
- 憲法　鵜飼信成

《経済・社会》〔白〕

- 政治算術　ペティ／大内兵衛・松川七郎 訳
- 国富論 全四冊　アダム・スミス／水田洋 監訳　杉山忠平 訳
- 道徳感情論 全二冊　アダム・スミス／水田洋 訳
- 法学講義　アダム・スミス／水田洋 訳
- コモン・センス 他三篇　トーマス・ペイン／小松春雄 訳
- 経済学における諸定義　マルサス／玉野井芳郎 訳
- オウエン自叙伝　ロバアト・オウエン／五島茂 訳
- 戦争論 全三冊　クラウゼヴィッツ／篠田英雄 訳
- 自由論　J・S・ミル／塩尻公明・木村健康 訳
- 大学教育について　J・S・ミル／竹内一誠 訳
- 功利主義　J・S・ミル／関口正司 訳
- ロンバード街 —ロンドンの金融市場　バジョット／宇野弘蔵 訳
- イギリス国制論 全二冊　バジョット／遠山隆淑 訳
- ユダヤ人問題によせて　ヘーゲル法哲学批判序説　マルクス／城塚登 訳
- 経済学・哲学草稿　マルクス／城塚登・田中吉六 訳
- 新編輯版 ドイツ・イデオロギー　マルクス　エンゲルス／廣松渉 編訳　小林昌人 補訳
- マルクス エンゲルス 共産党宣言　大内兵衛・向坂逸郎 訳
- 賃労働と資本　マルクス／長谷部文雄 訳
- 賃銀・価格および利潤　マルクス／長谷部文雄 訳
- マルクス 経済学批判　武田隆夫・遠藤湘吉・大内力・加藤俊彦 訳

マルクス 資本論 全九冊	エンゲルス編 向坂逸郎訳
裏切られた革命	トロツキー 藤井一行訳
文学と革命 全二冊	トロツキー 桑野隆訳
ロシア革命史 全五冊	トロツキー 藤井一行訳
トロツキー わが生涯 全二冊	森田成也 志田昇訳
空想より科学へ ―社会主義の発展	エンゲルス 大内兵衛訳
イギリスにおける労働者階級の状態 ―一九世紀のロンドンとマンチェスター 全二冊	エンゲルス 一条和生 杉山忠平訳
帝国主義	レーニン 宇高基輔訳
国家と革命	レーニン 宇高基輔訳
雇用、利子および貨幣の一般理論 全二冊	ケインズ 間宮陽介訳
シュムペーター 経済発展の理論 全二冊	塩野谷祐一 中山伊知郎 東畑精一訳
シュムペーター 経済学史 ―学説ならびに方法の諸段階	中山伊知郎 東畑精一訳
日本資本主義分析	山田盛太郎
恐慌論	宇野弘蔵
経済原論	宇野弘蔵
資本主義と市民社会 他十四篇	大塚久雄 齋藤英里編
共同体の基礎理論 他六篇	大塚久雄 小野塚知二編

言論・出版の自由 他一篇 ―アレオパジティカ	ミルトン 原田純訳
ユートピアだより	ウィリアム・モリス 川端康雄訳
有閑階級の理論	ヴェブレン 小原敬士訳
社会科学と社会政策にかかわる認識の「客観性」	マックス・ヴェーバー 富永祐治 立野保男訳 折原浩補訳
プロテスタンティズムの倫理と資本主義の精神	マックス・ヴェーバー 大塚久雄訳
職業としての学問	マックス・ウェーバー 尾高邦雄訳
社会学の根本概念	マックス・ヴェーバー 清水幾太郎訳
職業としての政治	マックス・ヴェーバー 脇圭平訳
古代ユダヤ教 全三冊	マックス・ヴェーバー 内田芳明訳
支配について 全二冊	マックス・ウェーバー 野口雅弘訳
宗教と資本主義の興隆 歴史的研究 全二冊	トーニー 出口勇蔵・越智武臣訳
世論 全二冊	リップマン 掛川トミ子訳
贈与論 他二篇	マルセル・モース 森山工訳
国民論 他二篇	マルセル・モース 森山工編訳
ヨーロッパの昔話 その形と本質	マックス・リュティ 小澤俊夫訳
独裁と民主政治の社会的起源 ―近代世界形成過程における領主と農民 全二冊	バリントン・ムーア 宮崎隆次 森山茂徳 高橋直樹訳
大衆の反逆	オルテガ・イ・ガセット 佐々木孝訳

シャドウ・ワーク	イリイチ 玉野井芳郎 栗原彬訳

《自然科学》〔青〕

ヒポクラテス医学論集	國方栄二編訳
科学と仮説	ポアンカレ 河野伊三郎訳
ロウソクの科学	ファラデー 竹内敬人訳
種の起原 全二冊	ダーウィン 八杉龍一訳
自然発生説の検討	パストゥール 山口清三郎訳
完訳 ファーブル昆虫記 全十冊	山田吉彦 林達夫訳
科学談義	T・H・ハックスリ 小泉丹訳
メンデル 雑種植物の研究	岩槻邦男 須原準平訳
アインシュタイン 相対性理論	内山龍雄訳・解説
相対論の意味	アインシュタイン 矢野健太郎訳
アインシュタイン 一般相対性理論	小玉英雄編訳・解説
自然美と其驚異	ジョン・ラバック 板倉勝忠訳
ダーウィニズム論集	八杉龍一編訳
近世数学史談	高木貞治
ニールス・ボーア論文集1 因果性と相補性	山本義隆編訳

ニールス・ボーア論文集2 量子力学の誕生　山本義隆編訳

ハッブル 銀河の世界　戎崎俊一訳

パロマーの巨人望遠鏡 全二冊　D・O・ウッドベリー　関正雄・湯澤博・成相恭二訳

生物から見た世界　ユクスキュル・クリサート　日高敏隆・羽田節子訳

ゲーデル 不完全性定理　林晋・八杉満利子訳

日本の酒　坂口謹一郎

生命とは何か ―物理的にみた生細胞　シュレーディンガー　岡小天・鎮目恭夫訳

ウィーナー サイバネティックス ―動物と機械における制御と通信　池原止戈夫・彌永昌吉・室賀三郎・戸田巌訳

熱輻射論講義　マックス・プランク　西尾成子訳

コレラの感染様式について　ジョン・スノウ　山本太郎訳

20世紀科学論文集 現代宇宙論の誕生　須藤靖編

高峰譲吉文集 いかにして発明国民となるべきか　鈴木淳編

相対性理論の起原 他四篇　廣重徹　西尾成子編

ガリレオ・ガリレイの生涯 他二篇　ヴィンチェンツォ・ヴィヴィアーニ　田中一郎訳

精選 物理の散歩道　ロゲルギスト　松浦壮訳

岩波文庫の最新刊

女らしさの神話(上)(下)
ベティ・フリーダン著／荻野美穂訳

女性の幸せは結婚と家庭にあるとする「女らしさの神話」を批判し、その解体を唱える。二〇世紀フェミニズムの記念碑的著作、初の全訳。(全二冊)〔白二三四-一、二〕 定価(上)一五〇七、(下)一三五三円

富嶽百景・女生徒 他六篇
太宰 治作／安藤 宏編

昭和一二―一五年発表の八篇。表題作他「華燭」「葉桜と魔笛」等、スランプを克服し〈再生〉へ向かうエネルギーを感じさせる。(注＝斎藤理生、解説＝安藤宏)〔緑九〇-九〕 定価九三五円

人類歴史哲学考(五)
ヘルダー著／嶋田洋一郎訳

第四部第十八巻―第二十巻を収録。中世ヨーロッパを概観。キリスト教の影響やイスラム世界との関係から公共精神の発展を描く。(全五冊)〔青N六〇八-五〕 定価一二七六円

……今月の重版再開……

碧梧桐俳句集
栗田 靖編

定価一二七六円〔緑一六六-二〕

法窓夜話
穂積陳重著

定価一四三〇円〔青一四七-一〕